가사,
조선의 마음을
담은 노래

가사,
조선의 마음을
담은 노래

김용찬 지음

———

고전시가를 전공하면서 여전히 작품들을 읽고 연구하는 데 가장 어려움을 느끼는 갈래가 바로 '가사(歌辭)'이다. 현전하는 가사 중에는 구전으로 전해지던 작품이 많은데, 그것이 문자로 정착되면서 정확한 의미를 파악할 수 없는 어구나 표현이 포함된 작품들이 적지 않기 때문이다. 일부 작품들의 경우 구전되는 과정에서 생겨난 오류들을 배제할 수 없으며, 설혹 어떤 표현이 전승 과정의 오류로 판명되더라도 본래의 의미가 무엇인지를 확인할 수 없다는 한계가 있다. 더욱이 작품에 사용된 한자어와 전고(典故)들은 그 의미를 정확히 알지 못하는 독자들에게 난해한 암호문을 읽는 것 같은 기분을 느끼게 한다. 이와 함께 '표준어'라는 개념이 존재하지 않던 시절, 가사를 창작하고 향유했던 사람들의 언어 습관이 작품에 그대로 반영될 수밖에 없었다는 점도 작품의 독해를 어렵게 만드는 요인이다. 따라서 제대로 된 작품론을 펼치기 위해서는 개별 작품들의 전체적인 내용을 전후 맥락을 통해 추론해야 하는 경우가 적지 않다.

오랫동안 시가를 연구해 온 전공자도 이러한 상황이니, 가사를 공부하고자 하는 학생들이 가사 작품을 제대로 읽고 이해하기는 어려운 일이다. 실제로 내가 만났던 일선 학교의 국어 교사들도 가사 작품을 가르치는 데 어려움이 있다고 토로하기도 했다. 가사 작품들을 현대어로 번역하거나 상세한 주석을 붙인 책들이 출간되었지만, 그 책을 활용하여 작품을 읽는다고 하더라도 학생들이 제대로 이해하지 못한다는 것이다. 나는 고전시가 전공자로서 이러한 문제에 대해 진지하게 고민해 왔으며, 학생들과 일반 독자들이 가사 작품을 쉽게 이해할 수 있는 글이 필요하다는 것을 절감하게 되었다. 조선 시대의 가사 작품들을 쉽게 풀이하여 독자들이 어렵지 않게 대할 수 있도록 하려는 이 책의 출간 작업은 그러한 나의 문제의식에서 비롯되었다.

　　그러던 중에 지난 2014년 《오늘의 가사문학》이 계간지로 창간되면서, '가사 명품 산책'이라는 가사 작품론 원고 집필을 맡게 되었다. 지금까지 매년 4편의 가사 작품론을 집필했으며, 시간이 흐르면서 원고가 꽤 쌓였다. 이 책은 4년 동안 발표한 작품론 16편을 묶어 엮은 것이다. 계간지에 실렸던 원고와는 달리, 일반 독자들이 좀 더 쉽게 읽을 수 있도록 가사 원문을 현대어로 바꾸어 실었다. 현대어로 바꾸긴 했지만 원문의 표현과 형식을 크게 벗어나지 않도록 했으며, 개별 작품들의 율격 형태도 그대로 유지했다.

　　책으로 엮는 과정에서 가사의 성격을 개략적으로 소개하는 내용이 첨가되었으면 좋겠다는 출판사의 제안을 받아들여, 새롭게 '프롤로그'를 집필하여 앞부분에 수록하게 되었다. 이 책에 수록된 원고들은 애초 집필된 순서에 상관없이, 작품의 창작과 향유된 시기를 고려하여 시대순으로 배열했다. 모든 가사 작품들은 전문을 제시하는 것을 원칙으로 하고, 각 작품에 대한 설명은 독자들 눈높이에 맞추려고 노력했다. 작품 원문에는 별도의 주석을 붙이지 않았으며, 작품 구절이나 용어에 대한 설명은 본문에서 다루었다. 필요한 경우 개별 작가의 성격과 각 작품이 차지하는 문학사에서의 위상, 그리고 각 작품이 향유되고 유통되는 환경을 적시하기도 했다. 가사 작품에 대한 기존의 연구들을 참고하기는 했지만, 원고를 집필하면서 철저히 개별 작품들에 초점을 맞추어 새롭게 읽고 그 의미를 설명하고자 했다. 독자들이 이 책을 읽으면서, 그동안 어렵고 까다롭게만 생각했던 가사 작품과 조금 더 가까워질 수 있다면 더할 나위가 없겠다.

나는 고전문학 연구자로서 고전문학 작품을 학생들과 일반 독자들이 쉽게 접할 수 있는 길을 찾고 있으며, 이 책의 출간도 그러한 노력의 하나이다. 여기서 다루고 있는 가사 작품들은 조선 시대 사람들이 창작하고 향유했던 노래이다. 그들은 자신들의 사상과 감정을 가사에 담아냈으며, 그것을 향유하면서 때로는 풍류와 흥취를 드러내고, 때로는 부조리한 현실에 대해 비판적인 목소리를 표출하기도 했다. 독자들이 이 책을 읽으면서 당시 사람들이 느꼈던 그러한 감정을 조금이라도 공유할 수 있었으면 좋겠다. 무엇보다 그동안 가사를 까다롭고 어렵게만 생각했던 학생들과 그들을 가르치는 교사들에게 좋은 지침으로 작용할 수 있기를 진심으로 기대한다.

이 원고를 검토하고 흔쾌히 출간을 결정해 준 출판사의 관계자들에게 감사의 마음을 전한다. 특히 원고의 검토 과정에서 윤문과 교정을 담당했던 편집자의 도움과 조언이 없었다면 출간의 과정이 더디게 진행되었을 것이다. 편집자의 검토를 거친 교정지를 받고서 비로소 나의 글쓰기 습관에 대해서 새삼 자각할 수 있었으며, 독자들이 쉽게 읽을 수 있도록 교정과 윤문에 애써준 담당자에게 다시 한번 고마움을 표한다.

대학에 자리를 잡아 학생들을 가르치기 시작한 지 어느덧 스무 해가 넘었다. 대학에서 학생들을 가르치면서 느꼈던 다양한 상념들이 문득 머릿속을 어지럽게 만들지만, 그래도 늘 학생들을 가르치면서 책을 읽고 글을 쓰는 것이 나에게는 가장 행복한 일이었다. 지난해 대학에 입학한 아들 가은이가 금년 11월에 군에 입대하게 되는데, 무사히 군 생활을 마치고 건강한 몸과 마음으로 돌아오기를 기대한다. 여전히 활발한 활동을 이어가고 있는 아내 심명선은 나의 학문 생활을 굳건하게 받쳐주는 버팀목이라 할 수 있다. 또한 팔십 중반에 접어든 나이에도 건강을 유지하고 계신 어머님도 오래도록 우리 곁에 함께 계시기를 간절히 빌어본다. 고전시가를 쉽게 접할 수 있는 몇 권의 저서를 출간했는데, 그 목록에 이 책이 새롭게 추가되었다. 앞으로도 지치지 않고 고전문학의 대중화 작업을 지속할 것을 스스로에게 다짐해 본다.

2020년 10월
순천의 여중재(與衆齋)에서
김용찬

차
례

가사, 조선의 정서를 노래하다

자유롭게 읊조리는 노래

가사는 노래이다. 하지만 정해진 악보가 있는 것은 아니고, 그저 부르는 사람이 흥에 맞춰 읊조리면 된다. 정해진 가락이 없으니, 같은 작품이라도 부르는 사람에 따라서 다양하게 불릴 수 있다. 이처럼 형식에 얽매이지 않고 자유롭게 부를 수 있기에, 흥겨운 비트에 맞춰 부르는 랩(rap) 음악과 유사하다. 다만 가사는 랩과는 달리 느리게 읊조리며 부르고, 랩처럼 운을 맞춰야 하는 것도 아니다.

대부분의 가사 작품은 작자의 정서를 담아 1인칭 시점으로 서술되는데, 노래를 부를 때 반드시 청자가 있어야 하는 것도 아니다. 혼자서도 얼마든지 읊조리듯이 부를 수 있지만, 뜻이 맞는 사람들끼리 모여 풍류를 즐기는 자리에서 부르는 것이 일반적인 향유 방식이었다. 가사는 읊조리듯이 부르는 것이 특징이어서, 대부분의 가사 작품은 '음영가사'로 분류할 수 있다. 물론 조선 후기에는 전문적인 창자가 정해진 악곡에 따라 부르던 '십이가사'가 널리 유행하기도 했다. 판소리를 부르기 전에 소리꾼들이 목을 풀려고 불렀던 허두가(虛頭歌)나 몇몇 잡가, 그리고 십이가사를 '가창가사'의 범주에 넣기도 한다. 특히 시조를 가창하는 '가곡창'과 '시조창', 그리고 가사를 노래하는 '가사창'을 전통음악에서는 '정악(正樂)'으로 구분한다.

형식적·내용적 특징

가사는 한 행이 4음보로 구성되는 이른바 '4음보격 연속체 시형'이라는 형태적 요건을 제외하면 내용이나 길이에 특별한 제약이 없는 고전시가 갈래이다. 최소한의 형식적 요건만 갖추면 그 속에 다양한 내용을 담아낼 수 있는 점이 가사의 가장 중요한 특징이다. 한 행이 4음보로 구성된다는 것도 최소한의 조건일 뿐, 개별 작품에서 4음보 율격을 벗어난 시행들을 적지 않게 발견할 수 있다. 작품의 길이도 10행 내외의 짧은 것에서부터 1000행이 넘는 장형(長型)에 이르기까지 다양하다. 내용의 개방성과 함께 작품의 길이에도 제약을 받지 않기 때문에, 조선 전기 사대부들은 시조와 더불어 상보적인 역할을 하는 양식으로 향유했다. 작품의 마지막 행이 시조의 종장과 같은 형식으로 마무리되는 것도 가사가 지닌 형식적 특징 가운데 하나이다.

가사가 지닌 내용의 개방성과 규모의 확장성은 다른 시가 갈래들과 분명히 구분되는 특징이다. 그래서 개별 작품들의 내용과 성향이 다채롭게 나타날 수 있다. 즉 화자의 감흥이나 생각을 유창하게 읊조리거나 복잡한 경험을 장황하게 서술하기도 하며, 때로는 이념적인 내용을 담아 상대방을 설득하는 수단으로 활용하기도 한다. 현전하는 작품들을 보면 개인의 정서를 표출한 서정적인 내용의 작품도 있고, 특정 인물과 사건을 중심으로 펼쳐지는 서사적인 이야기를 담은 작품도 있다.

즉 한 행이 4음보로 구성된 운문 형식이지만 서정성이 강한 작품이 있는가 하면, 기행의 기록을 담아내거나 자신의 생각을 펼쳐내는 작품도 존재한다. 특정 종교의 교리를 담아 포교 수단으로 삼는 교술적 성격의 작품도 있으며, 일정한 사건과 특정 인물을 중심으로 펼쳐지는 허구적인 내용의 작품도 있다. 이처럼 다양한 성격의 작품들이 포괄되어 있기에, 가사의 갈래를 규정하는 것은 쉽지 않다. 시행의 연쇄로 이루어진 운문문학이면서도 그 길이는 물론 내용이나 성격도 다양하다는 것이 가사가 다른 고전시가 갈래와 구별되는 면모이다.

가사의 기원과 전승

가사를 지칭하는 용어로는 가장 먼저 '장가(長歌)'를 들 수 있는데, 이는 짧은 형식의 시조를 지칭하는 '단가(短歌)'에 대응하는 명칭이다. 3장의 구조에 응축된 감정을 담아내는 짧은 형식의 시조에 비해, 가사는 길이가 길기 때문에 '긴 노래'라는 의미로 '장가'라 지칭했던 것이다. 일반적으로는 '가사(歌辭)'라는 명칭이 주로 사용되었으나, 노래로 불렸다는 것을 강조할 때는 '가사(歌詞)'로 표기하기도 했다. 가사의 기원은 '경기체가'에서 유래했다는 설과 중국의 장형 한시인 '사(辭)'와 '부(賦)' 같은 형식을 빌려왔다는 설 등이 있으나, 정설로 인정된 것은 없다. 가사가 우리 문학사에 처음 출현한 시기를 확정할 수는 없지만, 고려 말에 창작이 시작되었다는 것이 일반적으로 통용되는 견해이다. 최초의 가사 작품으로는 고려 말의 승려인 나옹화상 혜근(1320~1376)이 지은 〈서왕가〉를 들 수 있으며, 정극인(1401~1481)의 〈상춘곡〉은 조선 시대 가사 작품들 가운데 가장 앞선 시기에 창작되었다고 알려져 있다.

사대부 작가들은 가사를 지어서 곧바로 기록으로 남기기도 했지만, 구전되다가 훗날 누군가에 의해 문헌에 기록되는 경우가 일반적이었다. 그런 까닭에 이본이 생겨나게 되었으며, 향유자들에게 인기 있던 작품은 이본이 10종이 넘기도 했다. 이본이 여러 개일 경우, 문헌 정착의 선후를 따지거나 비교·분석을 거쳐 '최고본(最古本)'이나 '선본(善本)'을 가리는 것이 중요한 연구 주제로 취급되기도 한다. 발굴된 자료들을 보면 근대 이후 20세기에 창작된 작품이 적지 않으며, 현재 '한국가사문학관'에서는 '현대 가사'의 창작을 독려하고 새로운 작가를 발굴하는 일을 하고 있다.

작품이 전승되는 과정에서 일부 구절의 발음이나 표기가 달라지기도 하며, 구전되면서 시행의 앞뒤 순서가 바뀌는 일도 종종 있다. 그리고 전승자가 의도적으로 바꿈으로써 이본이 파생되기도 한다. 그렇기 때문에 한글로만 표기된 가사 작품을 읽어내는 것은 결코 쉬운 일이 아니다. 특히 조선 시대에는 '표준어'라는 개념이 없었기 때문에 연행자의 언어 습관이 작품에 반영되기 마련이었다. 그리고 전승되는 과정에서 발음과 표기에 혼란이 생겨 그 표현이 지닌 원래 의미를 파악하기가 어려운 경우도 있다.

역사적 사실이나 전설 등에 관한 전고(典故)가 포함된 단어나 구절이 적지 않다는 것도 가사가 지닌 표현상의 중요한 특징이다. 대체로 작품에 사용된 전고는 당시 향유층에게 상식으로 여겨지던 내용이다. 하지만 오늘날의 독자들에게는 그것이 새롭게 알아야 하는 지식이다. 따라서 전고의 뜻을 알고, 작품에서 그것이 어떠한 의미로 사용되었는지를 이해해야 한다. 이처럼 작품에 사용된 표현이나 용어의 의미를 정확히 이해하면서 작품을 감상하는 자세가 필요하다.

조선 전기 가사

조선 전기 가사의 창작과 향유는 사대부들에 의해 주도되었으며, '강호한정'과 '연군지정'을 노래한 작품들이 주류를 이루고 있다. 이 밖에도 기행이나 유배의 경험을 담아내는 경우도 많았으며, 여기에 일부 여성들이 창작에 참여하여 그들만의 정서를 담아내기 시작했다. 조선 시대 사대부들은 성리학을 사상적 기반으로 받아들여 인간 내면의 정신적 수양을 강조하면서 도덕적 심성을 기를 수 있다고 여겼다. 내면적 수양을 중요시하는 '수기(修己)'와 관직에 나아가 관리로서의 올바른 처신을 강조하는 '치인(治人)'은 이들이 강조했던 의식 세계를 가장 잘 보여주는 표현이다. 사대부들은 대체로 한시와 시조를 통해서 자신들의 이념과 감성을 응축하여 표현했으며, 다른 한편으로 가사를 통해서 다양한 생활 체험과 흥취 그리고 그들이 지닌 사상을 담아냈다.

조선 전기 가사에서 가장 두드러진 흐름을 보였던 경향은 '강호가사'였는데, 신흠의 〈면앙정가〉와 정철의 〈성산별곡〉 등이 이에 속한다. 작품에 등장하는 '자연'이라는 배경은 혼탁한 속세와는 전혀 다른 의미를 갖는 공간으로, 화자가 자연물을 벗 삼아 조화를 이루며 살아가는 모습이 형상화되어 있다. 대부분의 작품에는 화자가 거처하고 있는 자연 속에서의 여유로운 삶의 모습이 그려지고 있는데, 결말 부분에서 화자의 처지를 임금에 대한 '충'이라는 유가적 관념과 연결하는 경우가 많다. 특히 사대부들은 유가적 이념을 실천하는 삶을 살고자 했기에, 한시 등 다른 문학작품의 구절이나 중국의 고사에서 연상되는 용어를 작품 속에 형상화한 경우도 쉽게 발견된다. 대체로 작품의 배경이 되는 강호의 형상이 다소 관념적으로 그려지고 있지만, 자연과 조화를 이루며 살아가는 화자의 모습이 잘 드러나고 있는 것으로 평가되고 있다.

'기행가사' 역시 조선 전기 사대부들이 창작하고 향유했던 범주 가운데 하나이다. 이들 작품에는 대체로 작자가 관리로 임명을 받고 임지로 가는 과정이 그려지는데, 여정을 따라 곳곳을 소개하면서 화자의 감상을 덧붙이는 내용으로 이루어져 있다. 이 시기 기행가사의 대표작으로 꼽히는 백광홍의 〈관서별곡〉과 정철의 〈관동별곡〉에서는 작자가 병마평사와 관찰사로 임명을 받고 자신의 임지로 향하는 과정에서 명승지를 둘러보고 관리로서의 심경과 자부심을 한껏 드러내는 내용을 확인할 수 있다. 이들 작품이 후대까지 영향을 끼쳐, 조선 후기에도 적지 않은 기행가사들이 창작되었다.

조선 전기에는 치열한 당쟁으로 인해 권력투쟁에서 패배한 이들이 '역모'라는 죄명을 뒤집어쓰고 사형을 당하거나 유배형에 처해졌다. 이들은 유배지에서 자신의 억울한 심경을 가사로 창작하기도 했는데, 조위(1454~1503)의 〈만분가〉로부터 '유배가사'가 시작된 것으로 보고 있다. 또 정치적 상황 때문에 조정을 떠나 있으면서 임금에 대한 변함없는 충정을 강조하는 정철의 〈사미인곡〉과 〈속미인곡〉 등의 '연군가사'도 창작되었다. 기행가사와 연군가사로 분류될 수 있는 작품들이 조선 후기에도 지속적으로 창작되면서 하나의 하위 범주를 형성했는데, 이 또한 선행 작품들의 영향을 받았다고 평가되고 있다.

임진왜란과 병자호란 등 유례가 없는 전란의 체험을 담아낸 이른바 '전란가사'도 주목할 필요가 있는데, 박인로의 〈태평사〉와 〈선상

탄〉 그리고 최현의 〈용사음〉 같은 작품을 꼽을 수 있다. 당시의 현실에 대해 비판적 인식을 보여주는 허전의 〈고공가〉와 이원익의 〈고공답주인가〉는 '문답가'라는 형식을 취하고 있는 작품이다.

　이처럼 조선 전기에는 주로 사대부 작가들에 의해 가사가 창작되었다. 이와 함께 여성들이 자신의 처지를 가사 형식에 담아 향유했던 '규방가사'도 창작되기 시작했는데, 이 범주의 가장 앞선 작품으로는 허난설헌의 〈규원가〉를 들 수 있다. 특히 규방가사는 향유층이 점점 넓어져 조선 후기에는 가장 활발하게 창작되고 향유되었다.

조선 후기 가사

임진왜란(1592)과 병자호란(1636)은 조선의 견고했던 사회구조와 이념적 틀을 근본적으로 바꿔놓은 사건이었다. 7년 동안 지속된 임진왜란의 영향으로 전 국토는 철저히 파괴되고 대다수 민중도 피폐한 삶을 살아야 했다. 그로부터 30여 년이 지난 후 발생한 병자호란은, 조선의 지식인들이 오랑캐라고 무시했던 청나라의 황제에게 선조가 항복하는 굴욕적인 사건으로 각인되었다.

　문학사에서는 이 시기를 기준으로 조선 전기와 후기로 구분하는 것이 일반적이다. 가사 작품들에 형상화된 양상도 그 이전과는 크게 달라졌으며, 무엇보다 사대부에 치중되었던 가사의 향유 계층이 점차 확대되었다는 점이 가장 큰 변화라고 할 수 있다. 따라서 작품의 내용이나 형식이 다채로운 양상을 보이고 있다는 점이 조선 후기 가사문학의 가장 중요한 특징이라고 하겠다. 박인로의 〈누항사〉는 전란 이후에 피폐해진 농촌의 모습을 그려낸 작품으로, 조선 전기에서 후기로 넘어가는 과도기적 모습을 보여준다고 평가되고 있다.

그러나 조선 후기 가사에서 주목할 수 있는 범주로는 당시 서민들의 삶을 구체적으로 다루고 있는 이른바 '서민가사' 유형의 작품들을 가장 먼저 꼽을 수 있을 것이다. 조선 전기 사대부 작가들의 가사에서는 대체로 강호에서 여유롭게 생활하는 화자의 모습이 관념적으로 그려졌다. 하지만 '서민가사'에 속하는 작품들은 빠르게 변해가는 당시 사회의 전환기적인 양상이 구체적이고 사실적인 필치로 표현되고 있다. 조선 전기 가사들과 달리 이 유형에 속하는 작품들은 작자의 이름이 전해지지 않는 경우가 많다는 것도 주지할 필요가 있다.

 이러한 작품들 가운데 당시의 현실에 대해 날카로운 비판의 시각을 보여주는 일련의 작품들을 일컬어 '현실비판가사'라 칭한다. 예를 들면 《초당문답가》라는 가사집에 수록되었던 〈우부가〉나 〈용부가〉와 함께, 가혹한 세금에 시달리던 변방 지역 민중의 삶을 형상화한 〈갑민가〉 등이 이 범주에 속한다. 이 작품들은 봉건사회의 체제가 흔들리는 당대의 전환기적 상황을 반영하고 있으며, 문학사적으로도 중요성이 인정되어 조선 후기를 대표하는 범주로 활발하게 연구되었다. 조선 후기의 가사문학은 창작층과 향유층이 대거 확대되었고, 작품에서 다루는 내용 또한 다양하게 분화되었음을 알 수 있다.

 조선 후기에도 여성들이 주된 향유층으로 활동하면서, 남성 중심적 관념이 지배했던 사회를 살아가던 여성들의 생각과 경험을 표출하는 작품들이 적지 않게 전해지고 있다. 여성들이 주체가 되어 창작하고 향유했던 작품들을 일컬어 '규방가사' 혹은 '여성가사'라는 범주로 묶을 수 있다. 특히 봄철 여성들만의 나들이라고 할 수 있는 화전놀이의 경험과 소회를 가사로 풀어냈던 '화전가'류의 작품들이 대표적이라고 할 수 있다. 이와 함께 시집가는 딸에게 시집살이에 필요한 덕목을 서술하여 전해주었던 이른바 '계녀가'류의 가사도 존재하는데, 때로는 남성들이 작품의 창작에 관여하여 교훈적인 내용을 담아내기도 했다.

가사의 하위 범주의 하나로, 작품에 특정 인물을 등장시켜 일정한 사건을 허구적으로 그려낸 작품들을 '서사가사'라고 일컫는다. 그 가운데 〈노처녀가〉는 조선 후기의 소설집인 《삼설기》에 수록되어 당시의 독자들에게 소설로 받아들여졌음을 확인할 수 있다. 장편으로 구성된 〈덴동어미화전가〉도 여성들의 화전놀이에 참여했던 덴동어미의 파란만장한 일생을 서사적으로 그려내고 있다는 점에서 서사가사의 범주에 포함할 수 있다. 그 명칭은 '서사가사'라고 했지만, 이들 작품에 구현된 서사성은 본격적인 소설의 그것과는 다르다. 대체로 등장인물들 간의 전형화된 갈등을 서사적인 줄거리 속에 일화처럼 전개하고 있다는 점이 특징이다.

조선 후기에 이르면 새로운 종교로 동학과 천주교(서학)가 널리 전파되었고, 이들 종교의 신자들은 대부분 글을 모르는 민중들이었다. 동학에서는 '사람이 곧 하늘(인내천)'을 핵심 교리로 내세웠으며, 천주교는 신분을 뛰어넘어 누구든지 죽은 후에 천국에 갈 수 있다는 이념을 내세웠다. 엄격한 신분 질서 속에서 고통을 겪던 당시의 민중들에게 이들 종교의 교리는 아주 매력적으로 다가왔을 것이다. 그리하여 '동학가사'나 '천주가사' 등의 종교가사는 당시 글을 모르는 민중들에게 쉽게 전파하기 위해서 가사의 4음보 형식에 맞춰 창작되었다. 특히 엄격한 4음보의 율격을 지키는 경향은 애국계몽기의 독립신문이나 대한매일신보 같은 신문에 수록되었던 '애국가'류와 '우국가'류의 가사들로 계승되었다고 여겨진다.

가사는 '4음보격 연속체 율문'이라는 조건을 충족한다면 그 내용이나 길이는 얼마든지 변형할 수 있는 개방성을 지닌 갈래이다. 그렇기 때문에 작품 속에 다양한 생각과 경험을 서술할 수 있으며, 화자의 심리를 상세하게 묘사할 수 있다. 가사는 형식적인 제약이 적어 조선 후기에는 다양한 계층의 사람들이 창작과 향유에 참여할 수 있었다. 그리하여 주제와 서술 방식에서도 조선 전기와는 확연히 변모된 양상을 보여주고 있다. 이전까지의 가사 향유 방식은 주로 읊조리던 것이 일반적이었는데, 조선 후기에 이르면 몇몇 작품이 정해진 악곡에 따라 가창되기 시작했다.

이 당시 풍류방을 중심으로 한 여항의 연행 현장에서 다양한 가사들이 가창되었으며, 그 가운데 남녀 간의 애정을 소재로 한 작품들이 인기 있는 레퍼토리였다. 이렇게 민간의 연행 공간에서 향유되다가 대체로 19세기 후반부터 20세기 초반을 거치면서 '십이가사'라는 명칭으로 정착되었다고 한다. '십이가사'에 속하는 12곡의 레퍼토리는 고정된 것이 아니라 창자에 따라서, 전해지는 기록에 따라서 구체적인 작품명이 조금씩 다르게 나타나기도 한다. 그 가운데 〈춘면곡〉과 〈상사별곡〉은 당시의 유흥 공간에서 서로 화답가로 불리면서 가장 인기를 끌었던 레퍼토리였다고 한다. 일제강점기에는 축음기가 등장하면서, 십이가사는 잡가와 함께 당시의 대중들에게 매우 인기가 있었다고 한다. 이렇게 향유되던 '가창가사'의 레퍼토리들이 지금까지 전해지면서 불리고 있는 것이다.

상춘곡 - 봄을 노래하다

면앙정가 - 강호의 삶을 노래하다

만분가 - 유배지에서 울분을 토로하다

성산별곡 - 성산의 아름다운 경치에 취하다

관동별곡 - 기행의 여정과 목민관의 포부를 노래하다

사미인곡 - 여성의 감성으로 님을 그리다

속미인곡 - 님에 대한 여정을 대화체로 풀어내다

누항사 - 전란 후의 곤궁한 삶을 담아내다

고공가·고공답주인가 - 고공의 목소리를 통해 경영의 방법을 묻다

규원가 - 가부장제 사회에서 여성의 삶을 토로하다

우부가 - 어리석은 인물들로 세태를 비판하다

용부가 - 중세적 관념의 틀로 여성을 재단하다

갑민가 - 조선 후기 유리민의 현실을 노래하다

노처녀가 - 자신의 결함을 의지와 열망으로 극복하다

상사별곡 - 님을 그리며 상사의 정을 토로하다

춘면곡 - 봄날의 꿈속에서 님과의 재회를 기원하다

01

상춘곡(賞春曲)
― 봄을 노래하다

한 해의 24절기 중 우수와 경칩이 지나면 꽁꽁 얼었던 대동강 물도 풀린다고 한다. 이 두 절기는 봄의 시작을 알린다. 우수(雨水)는 겨우내 내리던 눈이 비로소 비로 변하고 얼음이 녹아 물이 된다는 뜻을 지닌 절기이다. 경칩(驚蟄)은 겨울잠을 자던 개구리가 깨어나 활동을 시작하기 때문에, 이때부터 봄이 본격적으로 시작되는 것으로 인식되고 있다. 3월 초순에 해당하는 경칩 무렵이면 앙상하던 나뭇가지에도 푸릇한 새싹이 돋아나고, 겨울 동안 추위를 견디기 위해 두껍게 걸쳤던 사람들의 옷차림도 조금은 가벼워진다. 이따금 꽃샘추위가 찾아오기도 하지만, 온화한 햇살이 비치면서 봄이 본격적으로 시작되었음을 느낄 수 있다. 따뜻한 봄기운에 겨울 동안 잔뜩 움츠러들었던 마음도 풀리기 시작하고, 봄을 즐기기 위한 사람들의 발걸음도 분주해지기 마련이다.

우리나라처럼 사계절이 뚜렷한 지역에 사는 사람들은 계절의 변화에 민감하다. 사람마다 좋아하는 계절이 다르기는 하지만, 그럼에도 많은 이들은 사계절 중에서 특히 봄을 더 기다리고 좋아하는 것 같다. 아마도 봄날의 따뜻한 기운과 함께 활기찬 생활을 할 수 있기 때문이 아니겠는가. '청춘(靑春)'이란 표현이 단적으로 말해주듯, 봄은 젊음과 생명력을 상징하는 계절이기도 하다. 그리고 학생들은 3월 초의 입학식을 시작으로 한 해의 학교생활에 접어들게 된다. 학교는 새롭게 입학한 새내기들의 밝은 표정으로 가득 차고, 재학생들 역시 새로운 마음가짐으로 학교생활을 시작하곤 한다. 아마도 대부분의 학생들이 학기가 시작되면서 자신의 지난 생활을 돌아보고, 올 한 해를 어떻게 살아갈지 한 번쯤 진지하게 생각해 보았을 것이다.

　겨울을 보내고 따뜻한 봄을 맞이하는 심정은 옛사람들도 그리 다르지 않았을 것이다. 그리하여 봄을 노래한 시가 작품들은 대체로 그 분위기가 매우 밝고 경쾌한데, 정극인(1401~1481)의 가사 〈상춘곡〉을 그 대표적인 작품으로 꼽을 수 있다. 예전에는 가사의 효시로 소개되었으나, 고려 말의 승려 나옹이 지은 〈서왕가〉가 알려지면서 그러한 통설이 수정되었다. 하지만 〈상춘곡〉은 사대부가 지은 조선 시대 가사로는 가장 앞선 시기에 창작되었다. 작자가 만년에 벼슬에서 물러나 고향인 전라도 태인에 거처하면서 지은 것으로 알려져 있는데, 이 작품은 화자가 자연에 머물며 봄을 맞이하는 정취를 잘 그려내고 있다. 〈면앙정가〉나 〈성산별곡〉 등 조선 전기 강호자연을 읊은 여타의 작품들은 사계절의 모습을 담아내고 있는 것이 일반적이다. 하지만 '봄을 즐기는 노래'라는 뜻의 제목에서도 분명하게 드러나듯이, 〈상춘곡〉은 봄이라는 계절만을 대상으로 형상화하고 있다. 작자가 다른 계절에 비해 봄을 특별하게 여기고 있음을 짐작할 수 있는데, 작품을 통해서 구체적인 양상을 살펴보자.

홍진(紅塵)에 묻힌 분네 이내 생애(生涯) 어떠한가
옛사람 풍류(風流)를 미칠가 못 미칠가
천지간(天地間) 남자 몸이 나만 한 이 하건마는
산림(山林)에 묻혀 있어 지락(至樂)을 모를 것가
수간모옥(數間茅屋)을 벽계수(碧溪水) 앞에 두고
송죽(松竹) 울울리(鬱鬱裏)에 풍월주인(風月主人) 되었어라

　작품의 서두에서 화자는 자신이 머무는 공간이 서로의 이익을 다
투며 아웅다웅 살아가는 속세와는 질적으로 다르다는 것을 강조하고
있다. 또한 자신은 자연 속에서 유유자적하며 풍류를 즐기는 삶에 만
족하고 있음도 드러내고 있다. 작품은 화자가 '홍진에 묻혀 사는 사
람들'에게 자신의 생활이 어떠한지를 묻는 것으로 시작한다. '홍진'은
붉은 먼지를 뜻하며, 번거롭고 어지러운 속된 세상을 비유적으로 이
르는 말이다. 따라서 속세에 사는 사람들은 당연히 옛사람들의 풍류
에 견줄 만한 삶을 누리는 화자를 부러워할 수밖에 없을 것이라 전제
하고 있다고 하겠다. 이후로는 더 이상 속세의 사람들이나 그들의 생
활은 언급하지 않고, 자연 속에서 노니는 화자의 삶에 초점을 맞추고
있을 뿐이다.
　화자의 그러한 삶의 방식은 '옛사람'으로 표현된 선현들의 그것과
비교될 수 있는 것이다. 아마도 이러한 인식은 현실 정치에서 물러나
자연에 은거하며 살아가던 당시 사대부들의 일반적인 양상일 것이
다. 따라서 세상 사람들은 부귀영화를 누릴 수 있는 속세에서의 화려
한 삶을 꿈꾸지만, 자신은 그저 '산림에 묻혀' 소박하게 지내면서 지
극한 즐거움을 누리고 있다고 생각한다. 천지간에 남자로 태어난 사

람은 많지만, 이러한 자연에 거처하면서 화자처럼 지극한 즐거움을 누릴 수 있는 이는 많지 않기 때문이라고 설명한다. 푸른 시내를 앞에 두고 띠풀로 엮은 몇 칸 되지 않은 초가에 살고 있으나, 주위에는 소나무와 대나무가 우거져 풍류를 즐길 수 있으니 화자 스스로 '풍월주인'으로 자부하게 된다. 풍월, 즉 바람과 달은 자연을 대표하는 것들이니, '풍월주인'이란 곧 자신이 자연의 주인임을 드러내는 표현이라 하겠다.

엊그제 겨울 지나 새봄이 돌아오니
도화(桃花) 행화(杏花)는 석양리(夕楊裏)에 피어 있고
녹양(綠楊) 방초(芳草)는 세우(細雨) 중에 푸르도다
칼로 말라냈나 붓으로 그려냈나
조화 신공(造化神功)이 물물(物物)마다 헌사롭다
수풀에 우는 새는 춘기(春氣)를 못내 겨워 소리마다 교태(嬌態)로다
물아일체(物我一體)어니 흥이야 다를쏘냐
시비(柴扉)에 걸어보고 정자(亭子)에 앉아보니
소요음영(逍遙吟詠)하여 산일(山日)이 적적(寂寂)한데
한중진미(閑中眞味)를 알 이 없이 혼자로다

화자가 머물고 있는 공간을 더욱 돋보이게 하는 것은 바로 봄이라는 계절이다. 자연에서의 삶은 사시사철 만족스럽지만, 그중에서도 특히 봄은 화자에게 특별한 의미로 다가온다 계절이 바뀌면서 맞이하는 시간은 늘 새롭기 마련이니, 화자 역시 겨울을 지내고 '새봄'이 돌아왔음을 말하고 있다. 더욱이 복사꽃과 살구꽃이 석양을 배경으

로 피어 있고, 푸릇한 버드나무와 향기로운 풀들은 가랑비가 내리는 속에 더욱 푸르게 느껴진다. 봄을 대표하는 이러한 풍경은 마치 칼로 마름질하거나 붓으로 그려놓은 것 같은 한 폭의 그림을 연상할 수 있을 듯하다. 더욱이 곳곳에 드러나는 봄의 풍경은 마치 조물주가 각기의 사물에 신공(神功)을 불어넣은 듯 야단스럽기조차 하다. '헌사롭다'는 매우 활기차고 소란스럽다는 뜻이다. 때마침 수풀 속에서 들려오는 새소리도 봄기운에 젖은 것처럼 교태스럽게 들린다. 적막한 겨울과 비교할 때, 화자에게 이러한 봄의 풍경이 더욱 활기차게 느껴질 법하다.

마치 자연과 하나가 된 것처럼 생각되니 가히 '물아일체'라 할 수 있으며, 그곳에 머물고 있는 화자의 흥은 점점 고조되기 마련이다. 화자는 봄기운을 즐기기 위해 집을 나서 사립문 근처를 걷기도 하고, 또 근처에 있는 정자에도 앉아본다. 이곳저곳을 거닐며 조용히 시구를 읊조리지만, 산에서 보내는 낮 동안의 시간은 그저 적적하게만 느껴진다. 하지만 이러한 생활이야말로 한가로운 가운데 느끼는 진정한 맛이라 할 수 있으니, 속세의 사람들은 전혀 알 수 없고 화자 혼자서만 알 수 있는 것이다.

이 작품에서 화자가 느끼는 정회는 주관적일 수밖에 없다. 다른 사람들에게는 한가로이 지내는 자연에서의 삶이 지루하게 느껴질 수도 있기 때문이다. 어쨌든 주변의 풍광을 돌아보며 여유롭게 생활하는 화자의 모습은, 붉은 먼지가 잔뜩 끼어 있는 속세와 비교했을 때 비로소 가치 있는 것으로 이해될 수 있다.

이봐 이웃들아 산수(山水) 구경 가자꾸나

답청(踏靑)으란 오늘 하고 욕기(浴沂)란 내일 하세

아침에 채산(採山)하고 나조에 조수(釣水)하세

갓 괴어 익은 술을 갈건(葛巾)으로 받아놓고

꽃나무 가지 꺾어 수 놓고 먹으리라

화풍(和風)이 건듯 불어 녹수(綠水)를 건너오니

청향(淸香)은 잔에 지고 낙홍(落紅)은 옷에 진다

준중(樽中)이 비었거든 나에게 아뢰어라

소동(小童) 아이에게 주가(酒家)에 술을 물어

어른은 막대 짚고 아이는 술을 메고

미음완보(微吟緩步)하여 시냇가에 혼자 앉아

명사(明沙) 조한 물에 잔 씻어 부어 들고

청류(淸流)를 굽어보니 떠오는 것 도화(桃花)로다

무릉(武陵)이 가깝도다 저 뫼가 그것인가

송간(松間) 세로(細路)에 두견화(杜鵑花)를 부치 들고

봉두(峰頭)에 급히 올라 구름 속에 앉아보니

천촌만락(千村萬洛)이 곳곳에 벌여 있네

연하일휘(煙霞日輝)는 금수(錦繡)를 펼쳐논 듯

엊그제 검은 들이 봄빛도 유여(有餘)할사

이전까지 혼자서 봄의 풍광을 즐겼던 화자는 문득 주변의 이웃을 생각하고 함께 산수 구경을 가자고 청한다. 그러면서 화자는 봄에 할 수 있는 놀이들을 나열하며 하나씩 차례차례 즐길 것이라고 말한다 흔히 음력 3월 3일(삼짇날)을 '답청절'이라고도 하니, 예로부터 이때 를 즈음하여 산과 들을 다니며 푸릇푸릇한 풀을 밟는 풍습이 있었다.

'욕기'는 《논어》의 〈선진〉 편에서, 공자의 물음에 제자인 증점이 답한 내용에 나오는 표현이다. 즉 공자의 물음에 증점은 자기를 알아주는 사람이 있다면 그들과 함께 기수(沂水)에서 목욕하고 무우(舞雩)에서 바람을 쐬면서 시를 읊조리겠다고 대답했다. '욕기'는 냇물에서 목욕한다는 의미로, 봄날의 흥취를 형상화하는 관용적인 표현으로 사용되고 있다. 나아가 아침에는 산나물을 채취하고 저녁에는 낚시를 함으로써 자연 속에서의 여유로운 삶을 누리고 싶다고 했다.

자연 속에서의 풍류를 즐기는 데 역시 술이 빠질 수 없다. 얼마 전에 담가놓았던 술이 발효되어 익어가니, 칡으로 엮어 만든 거친 삼베로 걸러 한 잔을 마실 때마다 나뭇가지를 꺾어 세며 마시겠다는 것이다. 마신 술잔을 그때그때 세지 않고 나뭇가지를 꺾어 나중에 한꺼번에 확인하는 방식은 예로부터 풍류객들이 즐겨 사용했다. 때마침 온화한 바람이 시내 저편에서 불어오니, 맑은 향은 술잔에 은은하게 어리고 붉은 꽃잎이 옷에 떨어지기도 한다. 분위기에 취해 마시다 보면 좋은 안주가 없더라도 어느새 술동이가 바닥을 보이게 될 것이다. 그러면 옆에서 술 시중을 들던 아이는 술동이가 비었음을 화자에게 알리고, 화자는 그 아이를 이끌고 술집에 다시 술을 사러 간다. 아이에게 술동이를 메고 따라오도록 하며, 화자는 지팡이를 짚고 앞장을 서서 조용히 시구를 읊조리며 걷는다. 이윽고 시냇가에 다다르자 혼자 앉아 다시 술 마실 준비를 한다. 맑은 모래가 비치는 시냇가에서 잔을 씻어 술을 부어 들고 화자 홀로 그 분위기를 만끽하는 것이다.

이 부분에서 '이웃'과 '소동'이 등장하지만, 그들은 단지 분위기를 돋우는 존재일 뿐 작품 속의 상황을 즐기는 것은 언제나 화자 혼자이다. 아름다운 봄의 풍광을 안주 삼아 취흥이 도도하게 오르니, 문득 시내의 상류에서 복사꽃이 떠내려온다. 한시나 고전시가에 쓰이는 상투적 표현으로, 화자의 흥취를 돋우는 존재로서 시냇물에 떠내려오는 복사꽃은 대개 '무릉도원'을 연상시키는 시어이다. 자연에서 즐기는 화자의 삶이 무릉도원의 그것과 다를 바 없다는 의미이니, 이는 '홍진에 묻혀 사는 분들'은 전혀 경험하지 못할 경지라 하겠다. 복사꽃 역시 봄에 피는 꽃이니, '시냇물에 떠내려오는 복사꽃'은 봄철의 분위기를 돋우는 역할을 톡톡히 하고 있다.

이쯤에 이르면 이미 화자는 스스로 무릉도원의 신선이 부럽지 않다고 생각할 법하다. 눈앞에 보이는 봉우리가 무릉도원에 비견될 수 있으니, 그곳에 오르면 화자 역시 무릉도원의 신선이 될 수 있을 것이라 여긴다. 그리하여 소나무 사이로 난 작은 길을 따라 진달래꽃(두견화)을 부여잡고 화자는 한달음에 산봉우리에 올라 구름 속에 자리를 잡는다. 눈앞에는 곳곳에 속세의 사람들이 사는 마을이 보이고, 그 위로 안개와 노을이 함께 어우러진 자연 풍광이 햇빛에 비치고 있다. 눈앞에 펼쳐진 모습은 마치 비단을 펼쳐놓은 듯하다. 겨울에는 꽁꽁 얼어 거뭇하던 들판도 어느덧 파랗게 초목에 덮이니, 온 세상이 봄빛을 충분히 만끽할 수 있게 된 것이다.

그런데 작품 속에 묘사된 이러한 형상은 화자가 빚어낸 주관적인 인식의 결과라 할 수 있다. 봄철에 만날 수 있는 지극히 평범한 풍광이 화자의 낙관적인 세계관과 만나 새로운 의미를 획득하게 되었기 때문이다. 따라서 작품 속에 그려진 형상은 '홍진에 묻힌 속세'와 구별되는 곳으로서, 화자의 자족감과 우월함을 드러내는 역할을 하고 있다. 사대부들의 시가 작품에서 화자가 처한 강호자연의 형상은 혼탁한 공간으로서의 속세와 구별되는 곳으로 그려지는 것이 일반적이다. 이 작품 역시 그러한 구도를 충실히 따르고 있으며, 작품의 마지막 부분에서는 '안빈낙도'의 삶을 추구하는 화자의 인식을 드러내는 것으로 마무리를 짓고 있다.

> 공명(功名)도 날 꺼리고 부귀(富貴)도 날 꺼리니
> 청풍명월(淸風明月) 외(外)에 어떤 벗이 있으리오
> 단표누항(簞瓢陋巷)에 허튼 혜음 아니 하네
> 아모타 백년행락(百年行樂)이 이만한들 어떠하리.

부귀와 공명은 세속에 사는 사람들이 누구나 바라는 삶의 목표라 할 수 있다. 그러나 화자는 부귀와 공명이 자신을 꺼리고 있다고 표현하고 있다. 즉 자신도 그것을 추구하지 않을 뿐만 아니라 부귀와 공명도 화자를 꺼리기에 단지 자연 속에서 '청풍명월'을 벗 삼아 살겠노라고 다짐한다. 청풍과 명월을 벗 삼아 지내는 모습은 작품의 서두에 제시된 '풍월주인'의 그것이라 할 수 있을 것이다. 나아가 '단표누항'은 화자가 추구하는 '안빈낙도'의 삶을 드러내는 상투적 표현으로 제시되고 있다. '단표누항'은 '누추한 시골에서 먹는 한 바구니의 밥과 한 표주박의 물'이란 뜻으로, 곧 공자의 제자인 안연이 추구했던 선비들의 청빈한 삶의 경지를 일컫는 표현이다. 비록 공명과 부귀와는 거리가 먼 누추한 삶을 살더라도, 화자는 허튼 생각을 하지 않고 담담히 그 생활을 즐기겠노라고 다짐한다.

가사의 마지막 구절은 대체로 시조의 종장과 같은 형식인데, 이 작품 역시 그렇다. 흔히 사람의 일평생을 '백 년'으로 표현하는데, 화자는 자연에서 유유자적한 삶을 살면서 한평생을 살더라도 좋을 것이라고 여기고 있다. '백년행락'에 자연에서의 삶에 만족하는 화자의 태도가 드러나 있다고 하겠다. 부귀나 공명과는 거리가 멀지만, 비록 누추하더라도 자연에서 유유자적하게 사는 것이야말로 화자가 추구하는 삶의 모습이라 할 수 있을 것이다. 더욱이 그러한 삶의 진수는 봄철에 더욱 진가를 발휘할 것이라고 여겼기에, 작자는 '상춘곡'이라는 제목을 통해서 그것을 구체적으로 표현한 것이다.

02

면앙정가(俛仰亭歌)
— 강호의 삶을 노래하다

오늘날 사람들은 걷는 것보다 차를 타고 다니는 생활에 더 익숙해져 있다. 그리고 어느 곳에서나 휴대폰으로 상대방에게 소식을 전할 수 있으며, 영화나 공연 등을 예약할 수도 있다. 많은 사람들이 그러한 편리함에 익숙해져 있지만, 따지고 보면 우리네 생활이 이렇게 바뀐 것은 그리 오래되지 않았다. 불과 30여 년 전에는 걷거나 대중교통을 이용하여 목적지로 향하고, 공중전화와 편지를 이용하여 상대방에게 소식을 전하는 것이 더 자연스러운 모습이었다. 하지만 하루가 멀다 하고 쏟아져 나오는 각종 기기들에는 새로운 기능들이 추가되어, 편리함에 익숙한 사람들을 유혹하곤 한다. 마치 그러한 흐름에 동참하지 않으면 다른 이들보다 뒤떨어진 삶을 살게 될 것처럼.

여러 가지 스마트한 기능을 지닌 문명의 이기들로 인해 때로는 오히려 모든 면에서 수동적이 되어가는 모습을 발견하게 된다. 그럴 때 나는 가끔 편리한 생활에서 잠시 벗어나 조금은 느리고 여유롭게 지내는 삶의 방식을 찾곤 한다. 가까운 곳에 있는 산을 오르거나, 문학

작품의 배경을 찾아 답사 여행을 떠남으로써 잠시나마 문명의 공간에서 벗어나 자연을 거닐 수 있는 시간을 갖는다. 산길을 가면서 잠시 쉬는 동안 내가 걸어온 길을 가만히 더듬어 보면, 구불구불 이어진 등산로들은 산의 형세를 따라 자연스럽게 이어져 있다. 그리고 사람들이 쉬어갈 수 있도록 만든 누정(樓亭)들은 주변의 자연환경과 조화를 이루고 있다.

자연 속에 자리를 잡고 있는 누정들은 그곳에 기대어 살아가던 사람들의 숨결을 간직하고 있다. 때로는 속세를 벗어나 강호에서의 삶을 노래한 문학작품들이 이러한 정자를 배경으로 창작되기도 했다. 전라남도 담양에 있는 '면앙정'은 송순(1493~1582)의 호이기도 한데, 무등산의 산세를 따라 뻗은 지류의 한 자락에 지은 정자이다. 또한 정자 주변을 노닐며 유유자적했던 작자의 삶을 그려내고 있는 송순의 가사 〈면앙정가〉의 무대이다. 이 작품은 작자가 자연 속에 정자를 짓고 생활했던 면모를 반영한 작품이기에, 그 내용을 통해 당시 사람들이 강호에서 노닐던 여유로움을 접할 수 있다.

> 무등산 한 활개 뫼가 동쪽으로 벋어 있어
> 멀리 떼쳐 와 제월봉(霽月峯)이 되었거늘
> 무변대야(無邊大野)에 무슨 짐작 하느라
> 일곱 굽이 한데 움쳐 문득문득 벌였는 듯
> 가운데 굽이는 구멍 든 늙은 용이
> 선잠을 갓 깨어 머리를 앉혔으니
> 너럭바위 위에 송죽(松竹)을 헤치고 정자(亭子)를 앉혔으니
> 구름 탄 청학(靑鶴)이 천 리(千里)를 가리라 두 나래 벌렸는 듯

옥천산(玉泉山) 용천산(龍泉山) 내린 물이
정자(亭子) 앞 넓은 들에 올올(兀兀)이 펴진 듯이
넓거든 기노라 푸르거든 희지 마라

〈면앙정가〉는 조선 전기를 대표하는 가사 중의 하나로, 정자가 위
치한 곳의 자연경관을 묘사한 전반부와 그 속에서 한가로운 생활을
즐기며 노니는 화자의 모습을 그린 후반부로 나뉜다. 작품의 서두 부
분은 면앙정의 위치를 설명하면서 멀리 무등산으로부터 정자 주변의
자연 형세를 차례로 그려내고 있다. '활개'는 새가 날개를 폈을 때의
양 날개를 이르는 말로서, 면앙정은 무등산을 몸체로 하는 산세가 동
으로 뻗어 멀리 자리를 잡은 제월봉에 위치하고 있음을 밝히고 있다.
그 앞에는 '끝이 없는 넓은 벌판(무변대야)'이 펼쳐져 있고, 굽이굽이
이어진 산줄기의 한가운데 마치 구멍에 숨어 있는 용이 선잠을 갓 깨
어 머리를 내민 곳에 해당한다. 소나무와 대나무가 울창한 곳의 너럭
바위 위에 앉힌 정자가 바로 화자가 머무는 면앙정이다. 정자가 위치
한 경관은 마치 청학이 두 날개를 펼친 듯하며, 주변의 산들에서 흘
러내린 하천이 앞에 펼쳐진 넓은 들로 이어진다.

쌍룡(雙龍)이 뒤트는 듯 긴 깁을 펼쳐논 듯
어드러로 가노라 무슨 일 바빠서
닫는 듯 따르는 듯 밤낮으로 흐르는 듯
물 좇는 사정(沙汀)은 눈같이 펼쳤거든
어지러운 기러기는 무엇을 어르느라
앉을락 내릴락 모일락 흩을락

노화(蘆花)를 사이 두고 울어곰 좇니는고

넓은 길 밖이요 긴 하늘 아래

두르고 꽂은 것은 뫼인가 병풍(屛風)인가 그림인가 아닌가

높은 듯 낮은 듯 끊는 듯 잇는 듯

숨거니 뵈거니 가거니 머물거니

어지러운 가운데 이름난 양하여

하늘도 두려 않고 우뚝이 섰는 것이 추월산(秋月山) 머리 짓고

용귀산(龍龜山) 몽선산(夢仙山) 불대산(佛臺山) 어등산(魚登山)

용진산(湧珍山) 금성산(金城山)이 허공(虛空)에 벌였거든

원근(遠近) 창애(蒼崖)에 머문 것도 하도 할사

흰 구름 뿌연 연하(煙霞) 푸른 것은 산람(山嵐)이라

천암만학(千巖萬壑)을 제집으로 삼아두고

나면서 들면서 이리도 구는지고

오르거니 내리거니 장공(長空)에 떠나거니

광야(廣野)로 건너가니 푸르락 붉으락 옅으락 짙으락

사양(斜陽)과 섞어지어 세우(細雨)조차 뿌리는가

계속해서 정자 앞을 흐르는 물에 대한 묘사가 이어지고, 물 위를 나는 기러기들과 허공에 그림처럼 펼쳐진 주변 산들의 풍광이 제시되어 있다. 마치 두 마리 용이 뒤트는 듯한 모습으로 시내가 흐르고, 그 한편에는 넓은 백사장이 눈처럼 희게 펼쳐져 기러기들이 갈대 사이를 날고 있다. 장공을 배경으로 꽂힌 듯이 위치한 산들은 마치 병풍 속의 그림인 듯 아름답게 펼쳐져 있으며, 그러한 산들의 모양을 열거법으로 그려내고 있다. 또한 면앙정이 위치한 주변의 산들이 마

치 하늘을 두려워하지 않고 우뚝 솟아 있다고 하면서, 그 가운데 머리가 되는 추월산을 비롯하여 여러 산의 이름을 구체적으로 제시하고 있다.

그 산들과 계곡이 만나는 곳에는 간혹 '푸른 절벽(창애)'이 형성되기도 하는데, 그곳을 중심으로 펼쳐지는 경치는 또한 승경(勝景)이라 할 수 있을 듯하다. 구름과 뿌연 안개에 휩싸인 산들과 그 속에서 가끔씩 피어오르는 '아지랑이(산람)'가 그림처럼 펼쳐져 있고, 그것들이 주변의 산들을 휘젓는 모양이 마치 제집을 드나드는 것 같다고 표현하고 있다. 나아가 이러한 산들을 배경으로 석양에 내리는 가랑비조차 조화롭게 그려지고 있다.

조선 시대의 사대부들은 관직에서 물러난 후 처사(處士)로 자처했는데, 이들은 정신적 수양에 힘쓰면서 자연에 머물러 여유로운 삶을 누리고자 했다. 이 작품에서 무등산의 정기를 이어받은 산자락에 위치한 면앙정은 복잡하고 혼탁한 정치 현실에서 벗어난 화자가 심신 수양을 하는 데 최적의 장소라 할 만하다. 이 부분까지는 카메라의 앵글을 천천히 움직이면서 보여주는 것처럼 묘사가 매우 사실적인 것이 특징이다.

남여(藍輿)를 배야 타고 솔 아래 굽은 길로 오며 가며 하는 적에
녹양(綠楊)에 우는 황앵(黃鶯) 교태(嬌態) 겨워 하는구나
나무 새 잦아지어 수음(樹陰)이 얼윈 적에
백척(百尺) 난간(欄干)에 긴 조으름 내어 펴니
수면(水面) 양풍(涼風)이야 그칠 줄 모르는가
된서리 걷힌 후에 산빛이 금수로다

황운(黃雲)은 또 어찌 만경(萬頃)에 편 것이요

어적(漁笛)도 흥을 겨워 달을 따라 부르는가

초목(草木) 다 진 후에 강산(江山)이 매몰커늘

조물(造物)이 헌사하야 빙설(氷雪)로 꾸며내니

경궁요대(瓊宮瑤臺)와 옥해은산(玉海銀山)이 안저(眼底)에 벌였어라

건곤(乾坤)도 풍성할사 간 데마다 경이로다

면앙정과 주변 풍광의 묘사가 끝나고 비로소 그 속에서 노니는 화자의 모습이 등장한다. 여기부터는 계절의 흐름에 따라 변하는 자연의 모습을 형상화했다. 화자는 의자가 설치된 '작은 가마(남여)'를 타고 소나무 아래 굽은 길로 나서, 푸른 나무와 새들이 지저귀는 봄 풍경을 만끽한다. '짙은 녹음(수음)'이 우거진 여름철에는 정자의 난간에 기대어 잠시 졸음에 잠기는데, 때마침 시원한 바람이 불어온다. 이어지는 부분에는 서리가 내린 후 단풍 든 모습과 들판에 누런 곡식이 익어가는 가을의 정경을 제시했는데, '황운'은 마치 구름처럼 가을의 들판에 누렇게 익은 곡식들을 지칭하는 비유적 표현이다. 화자는 초목이 다 시든 후 눈앞에 펼쳐진 눈과 얼음이 만들어낸 겨울 풍경을 보며 감상에 젖어보기도 한다. 특히 겨울 풍경은 '경궁요대'와 '옥해은산'이라 표현될 정도로 마치 별천지인양 묘사되고 있다. 작품 속에 그려진 모습은 그대로 정자 주변의 자연 풍광을 만끽하며 지내는 화자의 삶과 다르지 않다. 그렇기 때문에 강호에 묻혀 자연과 더불어 살아가는 유유자적한 화자의 형상은 독자들에게 부러움을 안겨줄 정도라 하겠다.

인간(人間)을 떠나와도 내 몸이 겨를 없다
이것도 보려 하고 저것도 들으려고
바람도 쐬려 하고 달도 맞으려고
밤으란 언제 줍고 고기란 언제 낚고
시비(柴扉)란 뉘 닫으며 진 꽃으란 뉘 쓸려뇨
아침이 모자라니 저녁이라 싫을쏘냐
오늘이 부족커니 내일이라 유여(有餘)하랴
이 뫼에 앉아보고 저 뫼에 걸어보니
번로(煩勞)한 마음에 버릴 일이 전혀 없다
쉴 사이 없거든 길이나 전하리야
다만 한 청려장(靑藜杖)이 다 무디어 가노매라

이 부분은 자연 속에서 생활하는 화자의 구체적인 모습을 잘 보여 주고 있다. '인간'은 강호 자연과는 구별되는 공간으로 곧 속세를 지칭하는데, 권력투쟁이 빈번하게 벌어지는 정치 현실을 포함하고 있다. 속세를 떠나서 자연에 머물고 있지만 화자는 잠시도 쉴 겨를이 없다고 말한다. 시시각각 변하는 자연의 아름다움을 즐기기 위한 화자의 모습이 다양하게 제시되는데, 강호에서의 생활이 어느 한순간도 놓치기 아까울 정도이기 때문이다. 작품 속에서는 실상 아주 바쁘게 묘사되고 있지만, 화자로서는 자연을 오가며 즐기는 다양한 일들이 시각을 다투며 할 필요가 있는 것은 아니다.

이것도 보고 저것도 들으며, 바람도 쐬고 떠오르는 달도 맞이하는 모습은 그야말로 자연을 만끽하는 삶이라 할 수 있다. 가을이 되어 떨어진 밤을 줍고, 고기를 언제 낚을까 하는 것조차 고민이 되기도 한다. 쉴 새 없이 나다니기에 사립문을 닫을 필요조차 없으며, 만개하여 떨어진 꽃은 그저 두고 보는 수밖에 없다. 강호에서 지내는 생활은 자연의 아름다움을 즐기는 것에 정신이 팔려, 화자에게는 아침부터 저녁까지 그리고 매일매일이 부족하다고 느껴지는 것이다. 정자 주변의 산과 산을 때론 앉아서 때론 걸으며 감상하느라 '번거롭고 수고롭다(번로하다)'고 표현했지만, 화자는 그 모든 것을 포기하고 싶은 생각이 전혀 없다고 말한다. 그야말로 자연에서의 삶을 즐기느라 쉴 사이가 없으며, '지팡이(청려장)'가 다 닳아서 무뎌질 정도로 자신의 생활을 탐닉하는 모습을 보여주고 있다.

술이 익었거니 벗이라 없을쏘냐
불리며 타이며 켜이며 이아며
온가짓 소리로 취흥(醉興)을 재촉하니
근심이라 있으며 시름이라 붙었으랴
누울락 앉을락 굽을락 젖힐락
읊을락 파람할락 마음껏 놀거니
천지(天地)도 넓고 넓고 일월(日月)도 한가하다
희황(羲皇)을 모를러니 이 적이야 그로구나
신선(神仙)이 어떻든지 이 몸이야 그로구나
강산풍월(江山風月) 거느리고 내 백년(百年)을 다 누리면
악양루(岳陽樓) 상(上)에 이태백이 살아온들
호탕정회(浩蕩情懷)야 이보다 더할쏘냐
이 몸이 이렁 굶도 역군은(亦君恩)이샸다.

이러한 여유로움 속에서 풍류를 즐기기 위해서는 술과 벗이 빠질 수 없다. 때마침 술이 익어 벗과 함께 노래를 부르며 악기도 연주하고 온갖 노래로 취흥을 재촉하니, 근심과 시름이 화자의 마음속에 남아 있을 까닭이 없다. '불리며'는 노래를 부르게 하는 것을 가리키고, '타이며'와 '켜이며' 그리고 '이아며'는 여러 종류의 악기를 연주하도록 하는 모습을 형용한 것이다. 노래와 악기 반주에 맞추어 누웠다가 앉았다가 몸을 굽혔다가 한껏 젖히기도 하며, 시구를 읊기도 하고 휘파람을 불면서 거리낌 없이 노니는 화자의 모습은 그야말로 자족적인 삶의 전형이라 할 수 있을 듯하다. 빼어난 승경 속에서 벗과 더불어 한가롭게 지낼 수 있기에 신선도 부럽지 않으며, 천하가 태평했던 태고 시절에 비견될 수 있다고 여기는 것이다. 그렇기에 면앙정을 중심으로 펼쳐지는 강호 자연에서의 화자의 생활은, 시선(詩仙)이라 지칭되며 풍류의 대명사로 불렸던 이태백이 악양루에서 누렸던 호탕정회보다 나을 것이라 자신한다. 그러면서 작품의 마지막 구절은 이와 같이 만족스러운 생활이 '또한 임금의 은혜(역군은)' 때문이라는 말을 잊지 않는다.

　이상으로 송순의 가사 〈면앙정가〉의 내용을 살펴보았는데, 이 작품은 작자의 고향인 전라남도 담양에 정자를 지은 감회와 그곳을 중심으로 작중 화자의 자족적인 삶의 모습을 담아내고 있다. 송순은 관직에서 물러난 후 만년에 담양에 은거하면서 제월봉 기슭에 면앙정을 짓고 강호에서의 삶을 노래했다. 주로 사대부들에 의해서 창작되었던 조선 전기의 가사들은 '강호한정'과 '연군지정'을 노래한 작품들이 주류를 이루고 있는데, 여기에서 다룬 〈면앙정가〉 역시 강호가사의 범주에 든다. 대체로 조선 전기의 사대부 가사들은 '자연 속에서의 여유로운 삶'을 임금에 대한 '충'이라는 유가적 관념과 연결하여 표현했고, 한시 등 다른 문학작품들의 구절이나 중국의 고사에서 연상되는 관념적 세계를 대비하여 형상화했다. 비록 강호에서의 삶을 미화하며 다소 관념적인 면모를 과장되게 표현했지만, 이들 작품에서는 자연을 거스르지 않고 조화를 이루며 살려 했던 이들의 삶의 태도가 반영되어 있다고 하겠다.

03

만분가(萬憤歌)
— 유배지에서 울분을 토로하다

'유배가사'의 시작을 연 조위(1454~1503)의 〈만분가〉는 작자가 무오
사화(1498)에 연루되어 유배지인 전라도 순천에서 지은 작품으로 알
려져 있다. 이 작품은 안정복의 저서인《잡동산이》에 수록되어 있는
데, 조위가 〈만분가〉를 부를 때 "늘 얼굴을 찡그리며 입으로는 퉁소
소리를 내고, 두 발로는 장고를 끼고서 손으로는 거문고를 연주했는
데, 악곡과 절주가 서로 호응하여 어그러짐이 없이 음악이 되었다."라
는 기록이 첨부되어 있다. 작품의 창작 배경에 대해서는 자세한 기록
이 전해지지 않지만, 전반적인 분위기와 '호남 어느 곳에'라는 작품의
구절로 보아 순천의 유배지에서 지은 것으로 논의되고 있다. 조위가
'늘 얼굴을 찡그리고' 이 작품을 불렀다는 기록이 전해지는 것으로
보아, 이러한 분위기는 〈만분가〉의 내용과 정서를 함축하고 있는 것
으로 볼 수 있을 것이다. 즉 그는 이 작품을 통해서 유배 생활을 했던
자신의 처지를 토로하고자 했던 것이다.

조위가 주로 활동했던 15세기 후반은, 오랫동안 중앙 정계에서 권

력을 장악하고 있던 훈구파와 새롭게 정계에 진출하던 사림파와의 치열한 권력투쟁이 진행되던 시기였다. 유배의 원인으로 작용했던 무오사화 역시 이러한 권력 다툼 와중에서 발생한 사건이었다. 무오사화는 사관(史官)이었던 김일손이 자신의 스승인 김종직의 〈조의제문〉을 실록 작성의 기초가 되는 '사초'에 수록함으로써 발단이 되었다. 〈조의제문〉은 중국 초나라의 회왕(의제)을 위한 제문 형식으로, 의제를 안타까이 여기며 그를 왕위에서 축출한 항우를 비판하는 내용의 글이다. 훈구파들은 〈조의제문〉에서 무도한 권력을 휘둘러 왕위를 찬탈한 항우가 세조를 가리키고, 축출당한 의제는 단종을 지칭한다고 주장했다.

권력을 장악하고 있던 훈구파들은 사초에 〈조의제문〉을 실은 것이 세조와 그 후손인 왕실의 정통성을 부정하는 것이라고 몰아세우면서, 이 사건을 당시 중앙 정계에 진출하여 활발하게 활동하던 사림파들을 대거 숙청하는 기회로 활용했다. 무오사화로 인해 김종직은 죽은 이후에 무덤에서 시신이 다시 파헤쳐지는 '부관참시'의 형을 받기도 했다. 조위는 이 사건에 직접 연루되지는 않았지만 김종직의 처남이자 직계 문인(門人)이었던 그에게도 정적들이 집요하게 책임을 물었다. 김종직의 문인들이 대거 숙청을 당하는 가운데 그 혼자만이 탄압의 손길을 피할 수는 없었을 것이다. 결국 조위는 당시 명나라에 사신으로 갔다가 돌아오는 길에 체포되어 의주로 압송되었고, 47세 때인 1500년에 순천으로 유배지를 옮겼으나 끝내 풀려나지 못하고 그곳에서 생을 마쳤다.

〈만분가〉는 무오사화로 인해 유배길에 올랐던 작자의 경험과 생각이 반영되어 있다. 이 작품은 화자가 천상의 절대자인 옥황상제에게

'님'과의 만남을 간절하게 기원하는 것으로 시작된다. 하지만 님과의 만남은 물론 옥황상제와의 소통도 쉽지 않은 것으로 제시되어 있으며, 그러한 현실에서 화자는 절망감을 느낄 수밖에 없었을 것이다. 외로움과 억울함이 혼재된 화자의 감정은 끝내 '울분'으로 분출되어, 갖가지 상념이 덧붙여지면서 절절한 어조로 토해지고 있다. 끝내 화자는 자신의 말이 님에게 전해지지 않을 것이라고 생각하며, 마지막에는 누구라도 자신의 뜻을 알아주기를 바라며 작품의 결말을 짓고 있다. 이러한 결말의 내용은 '역모'에 연루되어 급작스럽게 유배형에 처해졌기에 자신의 억울함을 하소연할 기회조차 없었던 작자의 심경이 짙게 녹아든 것으로 파악할 수 있다.

천상(天上) 백옥경(白玉京) 십이루(十二樓) 어디인가
오색운(五色雲) 깊은 곳에 자청전(紫淸殿)이 가렸으니
천문(天門) 구만리(九萬里)를 꿈이라도 갈 둥 말 둥
차라리 죽어가서 억만(億萬) 번 변화(變化)하여
남산(南山) 늦은 봄에 두견(杜鵑)의 넋이 되어
이화(梨花) 가지 위에 밤낮을 못 울거든
삼청(三淸) 동리(洞裏)의 저문 하늘 구름 되어
바람에 흩날리어 자미궁(紫微宮)에 날아올라
옥황(玉皇) 향안전(香案前)의 지척(咫尺)에 나아 앉아
흉중(胸中)에 쌓인 말씀 실컷 사뢰리라

작품의 서두는 화자가 천상의 옥황상제를 찾아가 '가슴속에 쌓인 말씀'을 드리고 싶다는 고백으로 시작하고 있다. 작품 속의 '천상 백

옥경', '자청전', '자미궁'은 모두 옥황상제가 다스리는 곳을 지칭하는 데, 화자에게는 '구만리'나 떨어진 장소이기에 꿈을 꾸더라도 쉽게 갈 수 없는 곳이다. 죽은 뒤 두견새로 다시 태어나 그 울음소리로 자신의 뜻을 전달하고자 해도 불가능하다는 것을 절감하고 있다. 그렇기 때문에 화자는 구름이 되어 바람에 날린다면 옥황상제가 계시는 '향안'에 나아가 '흉중에 쌓인 말'을 실컷 할 수가 있을 것이라 상상했다. 옥황상제에게 아뢰고자 하는 말은 뒤에 이어지는 내용에서 볼 수 있듯이, 화자가 님을 만나서 자신의 억울함을 토로하는 것이다. 하지만 화자는 자신이 옥황상제를 만날 수 있는 방법이 전혀 없음을 절감하고 있다.

어와 이내 몸이 천지간(天地間)에 늦게 나니

황하수(黃河水) 맑다마는

초객(楚客)의 후신(後身)인가 상심(傷心)도 가이없고

가태부(賈太傅)의 넋이런가 한숨은 무슨 일고

형강(荊江)은 고향이라 십 년을 유락(流落)하니

백구(白鷗)와 벗이 되어 함께 놀자 하였더니

어르는 듯 괴는 듯 남다른 님을 만나

금화성(金華省) 백옥당(白玉堂)에 꿈조차 향기롭다

오색실 이음 짧아 님의 옷을 못 하여도

바다 같은 님의 은(恩)을 추호(秋毫)나 갚으리라

백옥(白玉) 같은 이내 마음 님 위하여 지키더니

장안(長安) 어젯밤에 무서리 섞어 치니

일모수죽(日暮修竹)의 취수(翠袖)도 냉박(冷薄)할사

유란(幽蘭)을 꺾어 쥐고 님 계신 데 바라보니

약수(弱水) 가려진 데 구름 길이 험하구나

다 썩은 닭의 얼굴 첫맛도 채 몰라서

초췌한 이 얼굴이 님 그려 이렇구나

천층랑(千層浪) 한가운데 백척간(百尺竿)에 올랐더니

무단(無端)한 양각풍(羊角風)이 환해(宦海) 중(中)에 날리나니

억만장(億萬丈) 소(沼)에 빠져 하늘 땅을 모를로다

노(魯)나라 흐린 술에 한단(邯鄲)이 무슨 죄(罪)며

진인(秦人)이 취한 잔에 월인(越人)이 무슨 탓인가

성문(城門) 모진 불에 옥석(玉石)이 함께 타니

뜰 앞에 심은 난(蘭)이 반이나 이울었다

오동(梧桐) 저문 비에 외기러기 울며 넬 제

관산(關山) 만 리 길이 눈에 암암 밟히는 듯

청련시(靑蓮詩) 고쳐 읊고 팔도 한을 스쳐보니

화산(華山)에 우는 새야 이별도 괴로워라

　이어지는 부분에서 화자는 님과 헤어진 현실을 돌아보며 신세를 한탄하고 있는데, 불가능한 상황에 놓인 자신의 처지에 대한 절망적 인식이 잘 드러나 있다. 특히 자신의 처지를 권력투쟁으로 인해 중앙 정계에서 쫓겨나야만 했던 중국의 굴원(초객)이나 가의(가태부)에 비기고 있다. 아마도 '형강'은 자신의 고향(경상도 금릉)을 지칭한 듯하며, 고향을 떠나 관직에 진출하고 유배형에 처해진 상황에 대해 '십 년을 유락'한 것으로 표현했다. 지난 시절 고향을 떠나 십 년 동안 강호에 떠도는 삶을 살다가 남다른 님을 만나 한동안 즐겁게 지냈던 기

억을 떠올리기도 했다. 비록 님을 위해 옷을 만들어 바치지는 못하지만, 자신은 바다와 같은 님의 은혜를 반드시 갚으리라 생각하면서 백옥 같은 마음을 간직하고자 했다. 하지만 그것도 잠시, 한밤에 닥친 '무서리(무오사화)'로 인해 내쳐져 이제 님이 계신 곳을 멀리에서 바라볼 수밖에 없는 처지가 되었다.

　화자와 님과의 단절감은 '약수'라는 시어에 잘 드러나 있는데, 약수는 새털도 가라앉을 정도로 부력이 약해 절대로 건널 수 없는 강을 가리킨다. 님을 그리워하는 화자의 용모는 마치 닭의 얼굴처럼 초췌한 모습으로 비유되며, 그 처지 또한 겹겹이 거대한 파도가 몰아치는 '백 척 높이의 장대(백척간)'에 위태롭게 서 있거나 양의 뿔처럼 휘돌아 부는 '회오리바람(양각풍)'에 휩쓸려 깊은 못에 빠져 하늘과 땅을 모를 정도라고 묘사하고 있다. '노나라 흐린 술' 이후 구절은, 중국의 초나라에 진상한 노나라의 술을 조나라의 것과 바꿔치기하자 초나라의 군사들이 조나라의 수도인 한단을 포위했다는 고사를 가리킨다. '진인의 취한 잔' 이후 구절은, 중국 춘추시대에 진나라와 월나라는 거리가 멀어 서로 교류할 수 없을 정도로 소원했는데, 이러한 관계처럼 서로 전혀 관련이 없다는 의미이다. 따라서 이 두 구절은 모두 다른 사람 때문에 뜻밖의 어려움을 당하게 된 신세를 가리키니, 자신에게 닥친 현실이 억울하다는 의미라 하겠다.

　성문에 불이 나면 옥석이 함께 타듯이, 화자 역시 정치적 사건에 연루되어 다른 이들과 함께 님과 헤어져야만 하는 현실을 겪게 된 것이다. 반쯤 시들어버린 뜰 앞의 나이나 홀로 울며 가는 외기러기의 모습은 화자 자신의 처지를 비유한 것이며, 이미 변방으로 쫓겨나 만리 밖에 있는 님을 그리워할 수밖에 없는 신세로 전락한 것이라 하겠다. 마음을 고쳐먹고 '청련시'를 읊은 이백의 처지가 되어보기도 하지만, 화자의 가슴속에 쌓인 한은 주변에서 우는 새소리조차도 이별을 일깨워주는 것처럼 느껴진다.

망부산(望夫山) 전(前)에 석양(夕陽)이 거의로다

기다리고 바라다가 안력(眼力)이 진(盡)톳던가

낙화(落花) 말이 없고 벽창(碧窓)이 어두우니

입 누런 새끼 새들 어미도 그리건대

팔월(八月) 추풍(秋風)이 띳집을 거두우니

빈 긴에 쌓인 알이 수화(水火)를 못 면토다

생리(生離) 사별(死別)을 한몸에 혼자 맡아

삼천장(三千丈) 백발(白髮)이 일야(一夜)에 기도 길샤

풍파(風波)에 헌 배 타고 함께 놀던 저 류(類)들아

강천(江天) 지는 해에 주즙(舟楫)이나 무양(無恙)한가

밀거니 혀거니 염여퇴(灩澦堆)를 겨우 지나

만 리 붕정(鵬程)을 멀리곰 견주더니

바람에 다 부치어 흑룡강(黑龍江)에 떨어진 듯

천지(天地) 가이없고 어안(魚雁) 무정(無情)하니

옥(玉) 같은 면목(面目)을 그리다가 말 것인가

매화(梅花)나 보내고자 역로(驛路)를 바라보니

옥량(玉樑) 명월(明月)을 예 보던 낯빛인 듯

양춘(陽春)을 언제 볼까 눈비를 혼자 맞아

벽해(碧海) 넓은 가에 넋조차 흩어지니

나의 긴 소매를 눌 위하여 적시는고

'망부산'은 촉나라 유비의 부인이 떠나간 남편을 기다리다 망부석이 되었다는 곳을 지칭하는데, 님을 기다리는 화자의 심경을 그에 견주어 피력한 것이라 하겠다. 님을 기다리다 기력조차 쇠해지고, 마치 화자의 처지가 어린 새들이 어미의 보살핌을 받지 못하고 버려진 것과 같다고 표현했다. 나아가 가을바람에 빈 둥지(긴)에 놓인 알들이 물과 불의 위험에 고스란히 노출된 것과도 흡사한 처지라 인식하고 있다. 화자에게 님과의 이별은 그만큼 고통스러운 시간일 수밖에 없으며, 이미 길게 자란 백발이 하룻밤 사이에 더욱 길어질 정도라고 여겨지기도 하는 것이다.

　이즈음 화자는 과거 자신과 같이 생활하던 동료들을 생각하며, 마치 거친 풍파에 헌 배를 탄 처지에 비유하면서 그 배와 노 또한 제대로 갖춰졌는지를 떠올려 보기도 했다. '염여퇴'는 중국 양쯔강에 있는 모래톱으로, 물길이 험해 매우 위험한 곳이라 한다. 따라서 이는 정치적 사건에 휘말려 유배형을 당했던 동료들의 험한 여정을 비유하고 있다 하겠으며, '흑룡강'은 각자의 유배지인 최종 목적지를 지칭한 것이다. 비록 험준한 과정을 거쳐 유배지에 도착했지만, 님을 그리는 화자의 마음은 변함이 없음을 강변하고 있다. 자신의 마음을 담아 님에게 매화를 보내고자 하지만 보낼 방도가 없으며, 밤하늘의 달이 마치 님의 얼굴인 듯 느껴지기도 한다. 님과의 만남을 뜻하는 '양춘'을 언제 볼 수 있을까 생각하지만, 현실은 눈비를 맞으며 혼자 지내야만 하는 처지라 하겠다. 끝내 자신에게 닥친 현실을 생각하니 제대로 마음을 추스를 수 없어, 흐르는 눈물로 옷깃을 적셔야만 하는 상황을 절감하게 되었다.

태상(太上) 칠위분이 옥진군자(玉眞君子) 명(命)이시니

천상(天上) 남루(南樓)에 생적(笙笛)을 울리시며

지하(地下) 북풍(北風)에 사명(死命)을 벗기실가

죽기도 명(命)이요 살기도 하늘이니

진채지액(陳蔡之厄)을 성인(聖人)도 못 면하며

누설비죄(縷絏非罪)를 군자(君子)인들 어이하리

오월(五月) 비상(飛霜)이 눈물로 어리는 듯

삼 년 대한(大旱)도 원기(寃氣)로 일어난다

초수남관(楚囚南冠)이 고금(古今)에 한둘이며

백발황상(白髮黃裳)에 서툰 일도 하고 만타

건곤(乾坤)이 병(病)이 들어 혼돈(混沌)이 죽은 후에

하늘이 침음(沈吟)할 듯 관색성(貫索星)이 비추는 듯

고정의국(孤情依國)에 원분(寃憤)만 쌓였으니

차라리 할마(轄馬)같이 눈 감고 지내고자

창창(蒼蒼) 막막(漠漠)하여 못 믿을손 조화(造化)로다

이러나 저러나 하늘을 원망할까

도척(盜跖)도 성히 놀고 백이(伯夷)도 아사(餓死)하니

동릉(東陵)이 높은 건가 수양(首陽)이 낮은 건가

남화(南華) 삼십 편(篇)에 의론(議論)도 하도 할샤

남가(南柯)의 지난 꿈을 생각커든 슬믜어라

고국(故國) 송추(松楸)를 꿈에 가 만져보고

선인(先人) 구묘(丘墓)를 깬 후에 생각하니

구회(九回) 간장(肝腸)이 굽이굽이 그쳤어라

장해(瘴海) 음운(陰雲)에 백주(白晝)에 흩어지니

호남(湖南) 어느 곳이 귀역(鬼蜮)의 연수(淵藪)런지

이매망량(魑魅魍魎)이 실컷 젖은 가에

백옥(白玉)은 무슨 일로 청승(靑蠅)의 깃이 되고

북풍(北風)에 혼자 서서 가없이 우는 뜻을

하늘 같은 우리 님이 전혀 아니 살피시니

목란(木蘭) 추국(秋菊)에 향기로운 탓이런가

첩여(婕妤) 소군(昭君)이 박명(薄明)한 몸이런가

군은(君恩)이 물이 되어 흘러가도 자취 없고

옥안(玉顔)이 꽃이로되 눈물 가려 못 볼로다

화자의 '울분'이 가장 절절하게 표출되는 대목으로, 다양한 고사를 통해 자신의 처지를 비유적으로 묘사하고 있다. 화자는 자신의 불행한 상황을 '옥진군자의 명'으로 돌리면서, 천상의 남루에 올라가 피리를 불거나 지하 세계의 매서운 북풍 속에서 죽음의 명령을 없애고 싶다고 토로한다. '진채지액'은 공자가 진나라와 채나라 사이에서 죽을 지경에 처했던 상황을 이른 것이며, '누설비죄'는 죄가 없이 포승에 묶여 옥에 갇힌 공야장의 인품을 지칭하는 표현이다. 자신이 그와 같이 억울한 처지에 놓여 있다는 의미이며, 그 징표로 오월에 서리가 날리고 3년 동안 큰 가뭄이 지속되는 것과 같은 '원기'를 품고 있음을 토로하고 있다.

'초수남관'은 억울하게 옥살이하는 사람이라는 뜻으로, 화자 자신의 처지를 빗댄 것이다. '백발황상'은 나이가 들어 벼슬을 하는 사람이라는 의미로, 자신이 서러운 처지에 놓였음을 주장하고 있다 할 것이다. '건곤이 병이 들어 혼돈이 죽'었다는 것은 천체의 변고에 해당하며, 그 탓으로 하늘이 어두워져 화자가 유배형을 당했음을 비유한 것이다. '관색성'은 9개의 별로 된 별자리인데, 그 별들이 모두 밝으면 옥사(獄事)가 많아진다고 한다. 그렇기 때문에 홀로 나라를 생각하는 마음이 깊어지지만, 마음 한편에는 '원분' 또한 쌓여갈 뿐이다. '할마'는 한쪽 눈이 멀게 된 말을 지칭하니, 제 역할을 할 수 없는 처지인 자신을 빗대는 표현이라 하겠다. 울분이 가슴에 쌓이고 의지할 곳 하나 없는 비관적인 자신의 상황을 토로하고 있다 할 것이다.

천하의 도적인 '도척'은 멀쩡하고 충신이었던 '백이'는 '숙제'와 더불어 굶어 죽었으며, 도척이 죽어 묻힌 '동릉'은 높여지고 '백이와 숙제'가 죽은 '수양산'은 제대로 평가받지 못하는 현실을 탓해보기도 한다. '남화 삼십 편'이란 곧 《장자》를 지칭하며, '남가의 지난 꿈'은 한때의 헛된 부귀영화를 의미하는 '남가지몽'을 가리킨다. 이는 곧 자신이 처한 상황이 꿈이었으면 하는 화자의 생각을 표출한 것이라 하겠다. 화자는 꿈에서라도 고향에 있는 조상의 묘소를 돌아보고 싶으나 그마저도 불가능하기에 간장이 다 끊어질 지경이라 인식했다. '바다의 나쁜 기운(장해)'과 '음산한 구름(음운)'이 대낮부터 주위에 퍼지며, 화자가 있는 '호남 어느 곳이' 흉한 징조로 나타나고 있다고 토로했다. 화자는 이러한 상황을 마치 온갖 도깨비들(이매망량)이 모여드는 것과 같다고 생각했을 것이다.

또한 백옥이 쉬파리의 소굴이 된 것으로 비유했던바, '백옥'과 '청승'은 님과 그 주변에 있는 간신배들을 지칭한 것이다. 매서운 북풍 속에서 님을 생각하며 눈물을 흘렸으나, 님은 화자를 전혀 돌아보지 않는 것이 현실이라 하겠다. '목란'과 '추국'은 굴원이 지은 〈이소〉에서 취한 표현으로, 시류에 휩쓸리지 않고 살아가는 화자의 고결한 삶의 자세를 의미한다. 반첩여와 왕소군은 모두 중국 한나라 때의 궁녀로, 임금의 총애를 받지 못해 버려진 인물들이기에 자신의 처지와 흡사한 것으로 여긴 것이다. 그리하여 예전 자신을 향하던 임금의 은혜는 이제 자취 없이 사라졌으며, 상대의 얼굴조차 눈물이 앞을 가려 볼 수 없을 지경이 되었다고 생각하고 있다.

이 몸이 녹아져도 옥황상제 처분(處分)이요

이 몸이 쇠어져도 옥황상제 처분(處分)이라

녹아지고 쇠어지여 혼백조차 흩어지고

공산(空山) 촉루(髑髏)같이 임자 없이 구르다가

곤륜산(崑崙山) 제일봉(第一峯)에 만장송(萬丈松)이 되어 있어

바람 비 뿌린 소리 님의 귀에 들리기나

윤회(輪廻) 만겁(萬劫)하여 금강산(金剛山) 학(鶴)이 되어

일만 이천 봉(峯)에 마음껏 솟아올라

가을 달 밝은 밤에 두어 소리 슬피 울어

님의 귀에 들리기도 옥황상제 처분일다

한이 뿌리 되고 눈물로 가지 삼아

님의 집 창밖에 외나무 매화 되어

설중(雪中)에 혼자 피어 침변(枕邊)에 시드는 듯

월중(月中) 소영(疎影)이 님의 옷에 비치거든

어여쁜 이 얼굴을 네로다 반기실까

동풍(東風)이 유정(有情)하여 암향(暗香)을 불어 올려

고결(高潔)한 이내 생계 죽림(竹林)에나 부치고자

빈 낙대 빗기 들고 빈 배를 혼자 띄워

백구(白溝) 건너 저어 건덕궁(乾德宮)에 가고지고

그래도 한마음은 위궐(魏闕)에 달려 있어

내 묻은 누역 속에 님 향한 꿈을 깨어

일편(一片) 장안(長安)을 일하(日下)에 바라보고

외다 여겨 올케 여겨 이 몸의 탓일런가

이 몸이 전혀 몰라 천도(天道) 막막(漠漠)하니 물을 길이 전혀 없다

복희씨(伏羲氏) 육십사괘(六十四卦) 천지만물(天地萬物) 삼긴 뜻을

주공(周公)을 꿈에 뵈어 자세히 묻잡고저

하늘이 높고 높아 말 없이 높은 뜻을

구름 위의 나는 새야 네 아니 아돗더냐

　님을 만날 수 없는 상황에서 화자는 또다시 절망할 수밖에 없으며, 모든 일을 옥황상제의 처분으로 여기고 체념할 뿐이다. 죽어서 혼백이 흩어지고 공산에 해골로 떠돌게 되더라도, 곤륜산의 제일봉에 소나무가 되어 바람과 빗소리로 님의 귀에 들리기를 염원하기도 했다. 장구한 세월 동안 윤회를 거쳐 금강산 학이 되어 높이 솟아올라 그 울음소리가 님의 귀에 들린다면 좋으련만, 그런 희망조차 모두 옥황상제의 처분에 맡겨져 있다는 체념으로 귀결되는 것이다. 한과 눈물이 서린 매화가 되어 겨울철 눈 속에서 님의 창밖에서 피게 된다면, 혹시라도 그림자로 비추는 모습을 님이 알아볼 수 있을까 하는 생각을 떠올리기도 했다. 그러나 끝내 동풍에 암향으로 흩어져, 자신의 삶을 그저 죽림에 맡길 뿐이라는 인식에 도달하게 되는 것이다. 이 모든 일은 그저 화자 혼자만의 상상에서만 가능할 뿐, 현실에서는 도저히 불가능하기에 그 절망감은 더욱 깊어질 수밖에 없다.

이제 화자는 낚싯대를 들고 빈 배를 홀로 띄워 화자를 가로막고 있는 '백구'를 건너 '건덕궁'으로 가겠다고 한다. 한편으로 화자의 마음은 '위궐'을 향해 있다고 했으니, '위궐'이 님이 계시는 곳이라 한다면 '건덕궁'은 그곳에 있는 궁궐을 가리킨다고 할 수 있다. 그리하여 누추한 도롱이를 입고 님을 향한 꿈을 깨어, 멀리 님이 있는 장안을 눈 아래 굽어보기를 희망하게 되었다. 이런 상황에서 어떻게 행동하든지 결국 자신의 탓일 뿐이라고 체념하는 것이다. 자신이 왜 이런 지경에 처하게 되었는지를 알 수가 없고 물을 곳도 전혀 없으니 그저 막막할 따름이다. 그리하여 복희씨가 만들었다는 《주역》의 64괘로 점을 치거나, 주공을 꿈속에 뵙고서 그 까닭을 묻고 싶다고 했다. 하늘이 높고 높은 까닭을 구름 위를 나는 새는 알 수가 있을 것이다. 하지만 인간의 능력으로는 도저히 미칠 수가 없다는 인식은 곧 화자의 현실적 처지에 대한 체념과 같다. 이처럼 갖가지 상념 속에 님과의 만남을 생각하고 옥황상제의 힘을 빌려서라도 자신의 뜻을 전달하고자 했으나, 화자의 그 소망은 결코 이루어질 수 없다는 것을 자각하게 되는 것이다.

어와 이내 가슴 산이 되고 돌이 되어 어디어디 쌓였으며
비 되고 물이 되어 어디어디 울며 갈까
아무나 이내 뜻 알 이 곧 있으면
백세교감(百歲交遊) 만세상감(萬世相感) 하리라.

작품의 종결부에서는 비록 님을 만나 자신의 뜻을 전할 수 없을지라도 자신의 생각을 이해해 주는 사람이라도 만나기를 바라고 있다.

'어와'라는 감탄사는 자신의 힘으로는 어찌할 수 없다는 체념을 토로한 것이라 하겠다. 님을 생각하는 화자의 가슴이 산과 돌이 되었다면 얼마나 많은 곳에 쌓였을 것이며, 비와 물이 되었다면 수없이 많은 곳을 흐를 것이라는 생각에 이르게 되었다. 따라서 누구라도 님을 생각하는 자신의 뜻을 알아만 준다면, 그 사람과 한평생 교유하고 영원토록 공감하겠노라는 다짐으로 작품을 끝맺고 있다. 즉 화자는 자신의 소망이 끝내 이루어지지 않을 것이라는 현실을 자각했기에, 이렇게라도 님에 대한 변치 않는 애정을 재확인하고자 한 것이다. 이러한 비관적 인식이 결국 작자로 하여금 자신의 심정을 '만분(萬憤)'이라는 어휘로 표출하게끔 한 것이라 여겨진다. 이 작품의 작자인 조위는 자신의 억울함을 끝내 풀지 못하고 유배지인 순천에서 비극적인 생을 끝마치게 되었다.

04

성산별곡(星山別曲)
— 성산의 아름다운 경치에 취하다

정철(1536~1593)의 가사 〈성산별곡〉의 배경이 되는 '성산' 곧 '별뫼'는 지금의 전라남도 담양군에 자리하고 있다. 성산 자락에는 작품의 서두에 언급되는 '서하당'과 '식영정'이 자리 잡고 있으며, 그 옆으로는 근래에 지어진 '한국가사문학관'이 들어서 그곳이 가사문학의 산실임을 알려주고 있다. 〈성산별곡〉은 성산에 지어진 서하당과 식영정 주변의 승경을 노래하고, 그곳에서 노니는 사람들의 풍류 생활을 이상적인 형상으로 그려내고 있다. '지나가는 손님'으로 제시된 화자가 '서하당 식영정 주인'에게 말을 건네는 형식으로 시작되는데, 그 상대인 '주인'은 정철의 인척이자 성산에 서하당을 짓고 풍류를 즐겼던 김성원(1525~1597)으로 파악된다.

이 작품과 관련해서 다양한 논점이 제기되어 있는데, 그 가운데 하나가 바로 작품의 창작 시기 문제이다. 〈관동별곡〉을 비롯한 정철의 여타 가사 작품들은 언제 지었는지를 확인할 수 있는 단서가 남아 있지만, 〈성산별곡〉은 그 창작 시기와 관련한 기록이 명확하지 않다. 작품의 창작 시기와 관련해서 다양한 견해가 있으며, 그 가운데 다음의 두 가지 의견을 주목할 필요가 있다. 먼저 정철이 담양의 성산에 머물고 있을 시점을 근거로, 성산에 식영정이 지어지고 작자가 관직에 진출하기 전인 25세(1560년) 무렵에 창작했을 것이라는 견해가 그하나이다. 또 다른 의견은 정철이 중앙 정계에서 물러나 수년간 이곳에 머물던 50세(1585년) 이후에 지었다는 것이다. 작품의 내용이나 〈관동별곡〉 등 그의 다른 가사 작품들과 비교해 볼 때, 관직에 진출하기 전에 창작했다고 보는 것이 일반적인 관점이다.

다음으로 '서하당 식영정 주인'의 정체에 관한 논의들을 살펴보기로 하자. 그간의 연구에서는 화자의 상대가 되는 '주인'의 정체를 김성원이라고 보는 것이 일반적이었다. 하지만 식영정은 김성원이 그의 장인인 임억령(1496~1568)을 위해 지어준 정자이기에, 임억령이 〈성산별곡〉에 등장하는 '서하당 식영정 주인'이라는 견해도 제출되었다. 나아가 일부 학자들에 의해 이 작품의 작자가 정철이 아닌 임억령이라는 억측까지 제기되기도 했다. 그러나 작품 속에 등장하는 '주인'의 형상은 성산을 배경으로 여유롭게 풍류를 즐겼던 김성원의 그것으로 보는 것이 타당하리라고 여겨진다. 따라서 이 작품은 '어떤 지나가는 손님'으로 제시된 작자가 성산을 은거지로 삼아 유유자적한 삶을 살았던 김성원의 모습을 형상화하여 창작한 것으로 볼 수 있다.

마지막으로 〈성산별곡〉의 형식이 '대화체' 혹은 '문답체'라는 주장에 대해서 따져볼 필요가 있는데, 문제는 작품 속에 대화의 모습이 명확하게 구분되어 있지 않다는 점이다. 즉 작품의 서두와 말미에서 "서하당 식영정 주인아 내 말 듣소" 혹은 "손님이 주인에게 이르되"라는 표지로 '손님'의 진술 부분은 확인되지만, 이에 대한 '주인'의 답변은 뚜렷하게 구분하기가 쉽지 않다. 이런 측면에서 이 작품을 대화체 형식으로 파악하기보다는, 화자인 손님의 진술을 통해 주인의 생활을 묘사하기 위해 대화의 형식을 빌린 것으로 파악할 수 있다. 그렇다면 작품을 이끌어가는 '손님'은 단지 길을 가던 나그네가 아니라, 이미 성산에서 지내는 주인의 삶을 잘 이해하고 있는 인물로 전제할 수 있다. 실제 작품 속에 묘사된 주인의 삶의 모습이 때로는 손님의 진술인지 아니면 주인의 진술인지 명확히 구분되지 않을 정도이다.

다만 화자를 '손님'이라 표현한 것은, 그의 진술을 통해 자연에 은거하는 '주인'의 삶에 대한 세상 사람들의 대타적인 시선을 의식한 것이라 파악된다. 세상을 벗어나 사는 주인의 처지를 '적막 산중'으로 표현한 것이 이를 뒷받침한다. 화자는 성산의 풍경을 돌아보며 점차 주인의 삶에 동화되면서 그를 신선의 다른 표현인 '선옹(仙翁)'으로 인정하게 되는 것이다. 신선이 사는 세계는 당연히 '선계'라 할 수 있으니, 작품 속에서 그 배경이 되는 성산과 그 주변 공간은 승경으로 묘사되고 있다. 이처럼 〈성산별곡〉은 '지나가는 손님'을 가상의 화자로 설정하고, 그의 진술을 통해 아름다운 경치를 배경으로 신선처럼 풍류를 즐기는 '주인'의 삶을 묘사한 작품이다.

〈성산별곡〉의 구조는 크게 '서사 – 본사 – 결사'의 세 부분으로 나눌 수 있는데, 이 가운데 '본사'는 성산에서 지내는 사계절의 모습을 형상화하고 있다. 이제 작품의 흐름을 쫓아 그 내용과 의미를 구체적으로 살펴보자.

어떤 지날 손이 성산(星山)에 머물면서

서하당(棲霞堂) 식영정(息影亭) 주인아 내 말 들소

인생 세간(人生世間)에 좋은 일 많건마는

어찌 한 강산(江山)을 갈수록 낫게 여겨

적막(寂寞) 산중(山中)에 들고 아니 나시는가

송근(松根)을 다시 쓸고 죽상(竹床)에 자리 보아

저근덧 올라앉아 어떤가 다시 보니

천변(天邊)에 떴는 구름 서석(瑞石)을 집을 삼아

나는 듯 드는 양이 주인과 어떠한가

창계(滄溪) 흰 물결이 정자 앞에 둘렀으니

천손(天孫) 운금(雲錦)을 뉘라서 베어내어

잇는 듯 펼치는 듯 헌사도 헌사할사

산중(山中)에 책력(冊曆) 없어 사시(四時)를 모르더니

눈 아래 펼친 경(景)이 철철이 절로 나니

듣거니 보거니 일마다 선간(仙間)이라

이 작품은 '어떤 지나가는 손님'이 성산에 머물게 되면서 그곳에 은거하고 있는 '서하당 식영정 주인'에게 말을 건네는 것으로 시작하고 있다. 화자는 자신을 그저 '지나가는 손님(지날 손)'으로 표현했는데, 실제 작품에서는 성산의 사계절 풍경과 그에 맞춰 살아가는 주인의 삶을 구체적으로 묘사하고 있다. 따라서 화자는 단순한 손님이 아니라 이미 주인을 잘 알고 그의 삶의 방식에 깊이 공감하는 인물이라고 보는 것이 타당하다. 화자인 '손님'은 사람들이 어울려 사는 세상에는 좋은 일이 많은데, '주인'은 왜 속세를 벗어난 '적막 산중'을 좋다고 여기는지 궁금해하고 있다. 실상 이것은 화자의 진술로 표현되어 있지만, 자연에 은거하는 사람들에 대한 세상 사람들의 일반적인

인식을 대변한 것이라 할 수 있다. 그리하여 화자는 주인의 처지를 이해하기 위해 소나무 뿌리를 쓸어보고 대나무로 만든 평상에 앉아 주위의 풍광이 어떠한가를 찬찬히 바라본다.

화자의 눈앞에는 하늘가의 구름이 무등산 자락의 서석대를 집처럼 삼아서 오가는 모습으로 펼쳐지는데, 그것이 마치 주인의 자유로운 삶과 닮아 있는 것처럼 여겨졌다. 한편으로는 맑은 시냇물이 정자를 휘감아 흐르고, 마치 직녀가 짠 아름다운 비단으로 꾸며놓은 듯한 아름다운 풍광이 펼쳐져 있기도 하다. '천손'은 별자리인 직녀성의 다른 이름으로, '천손 운금'은 '직녀가 짠 구름 비단'이란 뜻으로 은하수를 비유한 것이다. 이것은 성산 주변의 풍경이 마치 하늘의 은하수를 옮겨놓은 듯하다는 표현이다. 이러한 자연에서의 생활은 곧 계절의 흐름을 의식할 필요가 없을 터이니, 산중에서 애써 책력(달력)을 보며 사시(四時)를 구분할 필요가 없다고 했다. 즉 자연의 풍광은 절로 사계절에 맞추어 승경으로 바뀔 것이니, 그곳에서 보고 듣는 모든 일이 마치 신선이 사는 세계의 그것과 흡사하다고 여겨지기 때문이다. 이제 화자는 신선 세계라는 뜻의 '선간'이라 표현된 '성산'의 사계절과 그곳에서 살아가는 주인의 삶을 본격적으로 그려내게 된다.

매창(梅窓) 아침 볕의 향기에 잠을 깨니

선옹(仙翁)의 하올 일이 곧 없도 아니하다

울 밑 양지(陽地) 편에 외씨를 심어두고

매거니 돋우거니 빗김에 손질하니

청문(靑門) 고사(故事)를 이제도 있다 하리

망혜(芒鞋)를 바삐 신고 죽장(竹杖)을 흩짚으니

도화(桃花) 핀 시내 길이 방초주(芳草洲)에 이었어라

닦아논 명경 중(明鏡中) 절로 그린 석병풍(石屛風)

그림자를 벗을 삼아 서하(西河)로 함께 가니

도원(桃源)은 어드매오 무릉(武陵)이 여기로다

성산에서의 봄날은 아침에 활짝 핀 매화의 향기를 맡으며 잠을 깨는 것으로 시작된다. 이미 성산을 '선간'이라 표현했으니, 그곳에서 살아가는 주인은 그대로 '선옹' 곧 신선이라 할 수 있다. '청문 고사'는 중국 진나라의 '소평'이란 사람과 관련된 고사이다. 그는 '동릉후'라는 직위에 임명되었지만 진나라가 멸망하자 벼슬을 그만두고 청문 밖에서 참외를 심고 기르면서 살았다고 한다. 따라서 속세를 떠나 자연에 은거하여 외를 심으며 살아가는 주인의 형상이 마치 '청문 고사' 속의 인물과 다를 바 없다고 표현한 것이다. 그리하여 주인의 봄날은 볕이 잘 드는 울타리 밑에 오이를 심어두고, 옛날 중국의 소평이 그랬듯이 그것을 가꾸는 것으로 하루를 시작하는 것이다.

이윽고 짚신을 바삐 신고 대나무 지팡이를 든 주인의 발길은 복사꽃이 핀 시내 길을 따라 아름다운 풀들이 피어 있는 시냇가 모래톱으로 향했다. 잠시 머물러 바라본 주위의 풍경은 우뚝 선 바위들이 마치 병풍처럼 둘러 있는 듯하다. 그곳에서 다시 발길을 옮겨 그림자를 벗으로 삼아 인근에 있는 서하로 향한다. 이처럼 주인이 봄날을 즐기는 모습을 마치 화자가 옆에서 직접 본 것처럼 묘사하고 있다. 복사꽃이 만발한 성산의 봄철 풍경이 마치 무릉도원에 비견될 수 있다고 했는데, 그러한 풍경이 선옹으로 묘사된 주인의 삶과 잘 어울린다고 여겼다.

남풍(南風)이 건듯 불어 녹음(綠陰)을 헤쳐내니

절(節) 아는 꾀꼬리는 어디로서 오는 건가

희황(羲皇) 베개 위에 풋잠을 얼핏 깨니

공중(空中) 젖은 난간(欄干) 물 위에 떠 있구나

마의(麻衣)를 걸쳐 입고 갈건(葛巾)을 기울여 쓰고

굽으락 비기락 보는 것이 고기로다

하룻밤 빗기운에 홍백련(紅白蓮)이 섞여 피니

바람기 없어서 만산(萬山)이 향기로다

염계(濂溪)를 마주 보고 태극(太極)을 묻잡는 듯

태을(太乙) 진인(眞人)이 옥자(玉字)를 헤아리는 듯

노자암(鸕鶿巖) 건너보며 자미탄(紫微灘) 곁에 두고

장송(長松)을 차일(遮日) 삼아 석경(石逕)에 앉았으니

인간(人間) 유월(六月)이 여기는 삼추(三秋)로다

청강(淸江)에 떴는 오리 백사(白沙)에 옮겨 앉아

백구(白鷗)를 벗을 삼고 잠 깰 줄 모르나니

무심코 한가(閑暇)함이 주인과 어떠한가

　이 부분 역시 화자의 시선에 따라 그려진 여름철 한때 '주인'의 생
활 모습이다. 여름이 되어 남풍이 살짝 불어오고, 주위의 나무와 풀들
은 녹음이 더욱 짙어진다. 꾀꼬리 우는 소리가 어디선가 들려오니 여
름이 되었음을 알 수 있고, 주인은 정자 안에서 태평 시절을 상징하
는 희황의 모습이 그려진 베개를 베고 살짝 들었던 풋잠을 깬다. 아
직 잠이 덜 깬 탓인지 정자의 난간이 물에 젖은 듯하여 마치 물 위에
떠 있는 것처럼 느껴진다. 화자가 거친 삼베옷을 입고 칡으로 만든

모자를 비스듬히 쓰고 물속에서 노니는 고기를 바라보는 것이 여름날의 일상이라 하겠다. 전날 밤 비가 내려 가득 찬 강물에는 붉고 흰 연꽃이 섞여 피어 있고, 바람이 불지 않아 그 향기가 날아가지 않고 온산을 가득 채우는 것처럼 느껴진다.

화자는 학자로서의 주인의 삶을 형상화하고자 '염계'와 '태을 진인'을 인용했다. '염계'는 중국 송나라의 학자인 주돈이가 살던 곳으로 그의 호이기도 하다. '태극'은 그의 학설로 우주 만물의 근원을 가리키는 표현이다. '태을 진인' 역시 천지의 도를 터득한 신선으로 흔히 중국의 성군인 우임금을 가리키며, '옥자'란 우임금이 얻었다는 《금간옥자(金簡玉字)》라는 비결이 적힌 책을 일컫는다. 화자는 주인의 삶이 마치 송나라의 대학자인 주돈이에 비견될 만하다고 생각하는 것이다. 이제 성산 부근의 '노자암'을 바라보고 '자미탄'을 지나, 해를 가리는 차일이 드리워진 듯한 소나무 숲의 그늘로 들어가 돌길에 앉아본다. 속세의 유월은 한여름이지만 이곳은 마치 가을처럼 선선함이 느껴진다. 흐르는 맑은 강에서 노니는 오리와 갈매기들을 벗 삼아 지내는 성산에서의 한가한 주인의 삶은 그 무엇과도 비길 수 없다. 이 역시 여름철 성산에서 맛볼 수 있는 승경의 모습이라 하겠다.

오동(梧桐) 서리 달이 사경(四更)에 돋아오니
천암(千巖) 만학(萬壑)이 낮인들 그러할가
호주(湖洲) 수정궁(水晶宮)을 뉘라서 옮겨온고
은하(銀河)를 뛰어 건너 광한전(廣寒殿)에 오르는 듯
짝 맞은 늙은 솔은 조대(釣臺)에 세워두고
그 아래 배를 띄워 갈대로 던져두니

홍료화(紅蓼花) 백빈주(白蘋洲) 어느 사이 지났길래

환벽당(環璧堂) 용(龍)의 소에 뱃머리 닿았구나

청강(淸江) 녹초(綠草) 변(邊)에 소 먹이는 아이들이

석양(夕陽)에 흥이 겨워 단적(短笛)을 빗겨 부니

물 아래 잠긴 용(龍)이 잠 깨어 일어날 듯

안개에 나온 학(鶴)이 제 깃을 던져두고 반공(半空)에 솟아 뜰 듯

소선(蘇仙) 적벽(赤壁)은 추칠일(秋七月)이 좋다 하되

팔월(八月) 십오야(十五夜)를 모두 어찌 지나는가

섬운(纖雲)이 사권(四捲)하고 물결이 채 잔 적에

하늘의 모든 달이 솔 위에 걸렸거든

잡다가 빠진 줄이 적선(謫仙)이 헌사할사

　가을의 정경은 흔히 보름달이 밝게 뜬 밤의 모습이 가장 인상적으로 여겨지는데, 화자 역시 그러한 밤 풍경을 그리고 있다. 이제 계절은 바뀌어 오동나무에 서리가 내리는 가을이 되었고, 주인은 사경이 되도록 잠을 이루지 못하고 주변 풍경을 바라보고 있다. '사경'은 새벽 1시에서 3시까지의 시간을 가리키니, 아마도 가을의 밤 풍광에 취해 시간 가는 줄 몰랐던 것이리라. 화자에게는 그러한 밤 풍경이 낮보다 더 뛰어난 것으로 인식되었을 것이다. 밤에 바라본 주변의 모습은 마치 중국의 호주 지역에 수정으로 지어졌다는 수정궁처럼 느껴지고, 때로는 은하수에 있다는 광한전이 연상되기도 했다. 이윽고 날이 밝아 강가의 낚시터로 나서니 그 한쪽에 홀로 서 있는 소나무의 모습이 마치 주인과 짝을 이룬 것처럼 느껴진다. 화자는 배를 띄워 그저 흐르는 대로 맡겨두니, 갈대숲을 거쳐 붉은 여뀌꽃과 흰 마름꽃이 핀

모래톱을 지나 아름다운 풍광이 펼쳐진다. 그리고 마침내 강으로 이어진, 성산의 맞은편에 있는 환벽당 아래의 용소에 뱃머리가 닿았다.

용소와 맞닿은 언덕에는 소를 모는 아이들이 소에게 맑은 강가의 풀을 먹이기도 하며, 석양 무렵 피리를 부는 모습을 연출하기도 한다. 화자는 그 소리에 반응하여 물속에 잠긴 용이 금방이라도 나타날 듯도 하고, 안개를 헤치고 나타난 학이 자기 집을 떠나 공중에 솟아오를 듯하다고 표현했다. 비록 소박한 목동의 피리 소리지만, 자연과 어우러진 그 음악의 경지가 지극하다는 것을 형상화한 것이다. 중국 송나라의 학자인 소식이 지은 〈적벽부〉의 첫 구절인 '추칠월'을 끌어들여 가을을 표현했고, 음력 '8월 15일' 역시 우리 대표 명절인 추석으로 가을을 대표하는 절기이다. 가을철 하늘에는 엷은 구름이 사방으로 흩어져 맑기가 그지없으며, 시간이 흘러 강의 물결도 잔잔하고 하늘에 떠오른 달이 소나무 위에 걸린 듯한 풍경을 연출한다. 이처럼 아름다운 가을 풍경을 바라보고 있노라니, 배를 타고 강 위에 비친 달을 보며 물에 빠진 이태백이 절로 연상된다. 가을의 풍광을 즐기는 주인의 형상을 이태백에 견주어 묘사한 것이라 하겠다.

공산(空山)에 쌓인 잎을 삭풍(朔風)이 거둬 불어
떼구름 거느리고 눈조차 몰아오니
천공(天公)이 호사로워 옥(玉)으로 꽃을 지어
만수(萬樹) 천림(千林)을 꾸며곰 낸 것인가
앞 여울 살짝 얼어 독목교(獨木橋) 걸쳤는데
막대 멘 늙은 중이 어느 절로 간단 말가
산옹(山翁)의 이 부귀(富貴)를 남에게 헌사 마오

경요굴(瓊瑤窟) 은세계(隱世界)를 찾을 이 있을세라

　매서운 추위가 닥치는 겨울은 삭막하지만, 그래도 눈으로 덮인 주위의 풍광은 아름답게 느껴진다. 이제 겨울이 되어 주위의 나무들은 낙엽을 떨구고 산은 마치 텅 빈 것처럼 거센 바람이 불어온다. 검은 구름이 몰려와 한바탕 눈이 내리니, 주위의 풍경은 이전과는 다르게 나무와 숲을 흰색으로 바꿔버렸다. 화자는 그러한 모습을 마치 조물주가 옥으로 꾸민 듯하다고 묘사하고 있다. 정자에서 내다본 풍경은, 흐르던 개울도 꽁꽁 얼어 나무 하나 가로놓인 다리(독목교)에 지팡이를 든 스님이 자신의 절을 찾아가는 모습이 목격되기도 했다.

　화자는 겨울철 눈 덮인 자연에서 살아가는 '산옹'의 생활을 한마디로 '부귀'라 표현하고 있다. 세상 어떤 사람도 돈을 주고서 이러한 경지를 맛볼 수 없을 것이기 때문이다. '경요굴'은 달에 있다는 구슬로 만들어진 굴을 지칭하는데, 흔히 흰 눈으로 뒤덮인 세상을 비유적으로 표현하는 말이다. 이처럼 경요굴과 같은 은세계가 있다면, 누군가 이러한 승경을 찾을 사람도 있을 것이라고 여운을 남긴다. 아마도 그러한 풍경을 함께 향유할 수 있는 사람이 바로 화자 자신이라는 것을 나타내고자 한 것인지도 모르겠다. 이처럼 아름다운 자연 속에서 지내는 주인의 삶은 해가 바뀌어도 다시 반복될 것이다.

　산중(山中)에 벗이 없어 한기(漢紀)를 쌓아두고
　만고(萬古) 인물(人物)을 거슬러 헤아리니
　성현(聖賢)도 많거니와 호걸(豪傑)도 하도 할사
　하늘 삼기실 제 곧 무심(無心)할까마는

어찌 한 시운(時運)이 일락 배락 하였는가

모를 일도 많거니와 애달픔도 그지없다

기산(箕山)의 늙은 고불 귀는 어찌 씻었던가

박 소리 핑계하고 조장이 가장 높다

인심(人心)이 얼굴 같아 볼수록 새롭거늘

세사(世事)는 구름이라 머흘고 머흘시고

엊그제 빚은 술이 얼만큼 익었는가

잡거니 밀거니 슬카장 거후르니

마음에 맺힌 시름 얼마간 풀리누나

거문고 줄에 얹어 풍입송(風入松) 연주하니

손인동 주인인동 다 잊어버렸구나

장공(長空)에 떴는 학(鶴)이 이 골의 진선(眞仙)이라

요대(瑤臺) 월하(月下)에 행여 아니 만나신가

손님이 주인에게 말하길 그대 그인가 하노라.

'결사'에서는 자연을 즐기며 살아가는 주인의 즐거움을 제시하며 작품을 맺고 있다. 벗이 찾아오지 않는 산중에서 서책을 곁에 두고 읽으며, 성현과 호걸 같은 만고의 인물들을 헤아려보기도 한다. '한기'란 한문으로 된 서책이니, 아마도 유학자에게 필요한 유가의 경전과 각종 역사서를 지칭하는 듯하다. 하늘이 사람을 태어나게 할 때는 무심치 않은 법이니, 지금 주인이 속세에서 벗어나 자연에 처하고 있는 것은 '시운'이 맞지 않기 때문이라고 여긴다. 화자는 학자로서 주인의 능력을 잘 알고 있기에, 앞으로 세상일이 어떻게 될지 모르겠지만 지금의 처지가 다만 애달프게 느껴지는 것이다.

그리하여 옛 은자(隱者)들의 삶을 거론하면서 주인의 처지를 위로하고자 한 것이다. '기산의 늙은 고불'은 바로 중국 고대의 은자인 '허유'를 가리키는데, 그는 요임금이 왕위를 물려주겠다고 하자 더러운 말을 들었다면서 귀를 씻고 더 깊은 곳으로 숨어들었다고 한다. 은거하던 허유는 또한 누군가 보내준 표주박으로 물을 마시다가 나무에 걸어두었는데, 바람에 흔들리는 표주박의 소리를 속세의 시끄러움처럼 여겨 없애버렸다는 이야기도 전한다. '고불(古佛)'은 나이가 많은 사람을 뜻하며, '조장'은 지조가 있는 몸가짐을 의미한다. 따라서 여기에서는 세상을 등지고 사는 주인의 사람됨이 마치 옛 은자인 허유와 비견될 수 있다고 평가한 것이다.

세상의 인심은 볼수록 새롭고 세상의 일 또한 구름이 낀 것처럼 험하기만 하니, 화자는 주인이 다시 속세로 돌아갈 일이 없을 것이라고 여겼다. 어느덧 자연에서의 삶에 깊이 공감한 화자는 주인과 더불어 술을 마시며 가슴속에 맺힌 시름을 덜어낼 것을 권유한다. 여기에 음악이 빠질 수 없으며, 거문고를 연주하다 보니 구태여 주인과 손님을 구별할 필요가 없다고 느껴지게 되었다. 때마침 음악에 맞추어 어디선가 학이 날아와 그들에게 '이 골의 진선'이며 과거 '요대의 달빛 아래에서 만나지 않았는가'를 묻는 듯하다. 이 부분은 실제 상황이라기보다 화자의 상상 속에서 그려낸 것이다. '요대'는 아마도 달에 있다는 경요굴의 누대를 지칭하는 듯한데, 그곳은 신선들이 사는 곳이다. 화자는 이미 작품의 서두에서 주인을 '선옹'이라 평했고, 그가 살고 있는 성산이라는 공간도 '선간'으로 묘사했다. 그리하여 마지막에 다시 학에게 대답하는 형식을 취해 화자는 '그대가 진짜 신선인가 하노라' 하면서 신선처럼 지내는 주인의 삶의 모습을 칭송하는 것이다.

05

관동별곡(關東別曲)
— 기행의 여정과 목민관의 포부를 노래하다

반복되는 일상이 힘겹다고 느껴질 때 우리는 어디론가 훌쩍 떠나고픈 생각을 하곤 한다. 하루하루 꽉 짜인 틀에서 벗어나기가 쉽지 않은 현실에서, 때로는 여행을 다녀온 사람들의 글을 읽는 것만으로 위안을 삼기도 한다. 여러 해 전에 한 인문학자가 펴낸 책들이 계기가 되어, 전국의 문화유산을 돌아보는 열풍이 불기도 했다. 대체로 가족 단위로 이루어진 탐방객들은 주로 승용차를 이용하여 책 한 권을 손에 들고 자신이 찾은 장소를 꼼꼼하게 둘러보았다. 이렇듯 한 편의 글이 다른 이들에게 여행을 떠날 수 있도록 하는 힘을 제공하기도 한다. 그리고 다른 사람의 마음을 움직일 수 있는 것은 독자들이 바로 그 글의 내용에 깊이 공감했기 때문일 것이다.

여행하면서 보고 들은 내용이나 감상을 자신의 관점에서 정리한 글을 기행문이라 한다. 여행지의 여정과 그곳에서 느낀 감상을 펼쳐 낸 다른 사람들의 글을 읽으면서 독자들은 상상에서나마 그 여정에 동참할 수 있게 될 것이다. 더욱이 자신이 가보았거나 혹은 가보고 싶었던 곳을 다룬 내용일 경우 그 글에 대한 공감의 폭은 더 넓어질 것이다. 기행가사의 대표작이라 할 수 있는 정철(1536~1593)의 가사 〈관동별곡〉은 조선 시대로부터 현대에 이르기까지 수많은 이들에 의해 관심과 찬탄의 대상이 되었던 작품이다. 조선 시대의 문인들에게 극찬을 불러일으켰던 요인은 무엇보다도 〈관동별곡〉을 비롯한 정철의 가사 작품이 그들에게 깊이 공감되었기 때문일 것이다.

당대인들이 〈관동별곡〉에 깊이 공감했던 까닭은 무엇이었을까? 가장 먼저 꼽을 수 있는 것은 아마도 작품의 배경이 되었던 금강산과 관동팔경을 비롯한 명승지들이 환기하는 이미지였을 것이다. 금강산은 당대 지식인들에게 일생에 꼭 한 번이라도 가보고 싶었던 장소였다고 한다. 그리하여 그들은 〈관동별곡〉이라는 작품을 읽음으로써 '천하 명승'이라고 일컬어졌던 장소를 상상 속에서나마 여행할 수 있었을 것이다. 이 작품이 4음보의 율격을 지닌 가사 형식이라는 것도 간과해서는 안 될 부분인데, 〈관동별곡〉을 일컬어 '악보 중에서 절창'이라 했던 홍만종의 평가는 우리말로 지은 가사 형식임을 전제하고 있다. 즉 이 작품은 가사라는 율문 형식으로 창작되어 누구나 쉽게 이해할 수 있었으며, 금강산을 비롯한 관동 지역의 자연 풍광을 우리말 표현을 통해 아름답게 형상화하고 있다. 특히 목민관으로서 작자의 포부가 작품 곳곳에 드러나고 있기에, 당대의 사대부들은 작중 화자의 언술을 통해서 유자(儒者)인 자신들의 이상과 부합한다고 여겼던 것이다.

나이 45세 때인 1580년(선조 13), 선조는 잠시 벼슬에서 물러나 향리인 전라도 창평에 은거하고 있던 정철에게 '강원도 관찰사'라는 관직을 내려주었다. 그 부임의 여정과 금강산을 비롯한 관동 지역을 유람하면서 보고 느낀 점을 기록한 작품이 바로 〈관동별곡〉이다. 이 작품에는 금강산을 비롯한 명승지에 대한 유람의 기록뿐만 아니라 관찰사로서의 소임에 대한 포부를 밝히는 내용이 함께 나타나고 있다. 특히 작품 후반부에 화자의 꿈으로 그려진 내용은 관료로서의 자세와 포부가 표출되어 있으며, 또한 자신을 믿고 벼슬을 내려준 군주에 대한 연군 의식이 짙게 드러나 있다.

강호(江湖)에 병(病)이 깊어 죽림(竹林)에 누웠더니
관동(關東) 팔백 리에 방면(方面)을 맡기시니
어와 성은(聖恩)이야 갈수록 망극(罔極)하다
연추문(延秋門) 들이달아 경회(慶會) 남문(南門) 바라보며
하직(下直)코 물러나니 옥절(玉節)이 앞에 섰다
평구역(平丘驛) 말을 갈아 흑수(黑水)로 돌아드니
섬강(蟾江)은 어디메오 치악(雉岳)이 여기로다
소양강(昭陽江) 내린 물이 어드러로 든단 말가
고신(孤臣) 거국(去國)에 백발(白髮)도 하도 할샤
동주(東州) 밤 겨우 새워 북관정(北寬亭)에 올라가니
삼각산(三角山) 제일봉(第一峰)이 하마면 뵈리로다
궁왕(弓王) 대궐(大闕) 터에 오작(烏鵲)이 지저귀니
천고(千古) 흥망(興亡)을 아는가 모르는가
회양(淮陽) 네 이름이 마초아 같을시고
급장유(及長孺) 풍채(風彩)를 고쳐 아니 볼 것인가

벼슬을 그만두고 향리에 물러나 처사로 지내고 있던 화자에게 강

원도 관찰사라는 직임이 부여되고, 그에 대해 감사를 표하는 것으로 작품은 시작된다. 화자는 당시 치열한 정쟁에서 패배하여 자연에 은거하고 있는 이유를 '강호에 병이 깊'기 때문이라고 했다. 그리고 자신이 은거하고 있던 곳이 대나무로 유명한 담양 지역이었기에 '죽림에 누웠'다고 표현한 것이다. '방면'은 관찰사가 다스리는 행정구역을 뜻하기에, '관동 팔백 리'에서 그 관직이 강원도 관찰사임을 알 수 있다. 더욱이 화자는 그에 대한 감격을 '성은'과 '망극'이라는 표현으로 드러내었고, 이후 궁궐에 들러 임금을 알현하고 물러나는 장면을 간결하고도 압축적으로 서술하고 있다.

기행문에서 작자가 경험한 여정을 어떻게 서술할 것인가, 아울러 독자들이 얼마만큼 그것에 공감할 수 있도록 할 것인가는 매우 중요한 문제이다. 〈관동별곡〉에서는 화자가 겪은 여정들을 순서대로 적시하면서, 자신의 관점에서 인상적인 장소에 대해 매우 상세하게 묘사하고 그에 대한 감상을 곁들이고 있다. 화자가 강원 감영이 있는 원주로 부임하는 과정을 그린 도입부의 내용을 예로 들어 설명해 보기로 하자. 화자는 한양으로부터 양주(평구역)와 한강 상류인 흑수를 거쳐, 역시 한강의 지류인 섬강과 치악산이 바라다보이는 곳까지의 여정을 2행에 걸쳐 매우 간략하게 서술했다. 이어서 끊임없이 흐르는 소양강을 보면서 백발의 신하가 임금의 곁을 떠나는 심정을 같은 분량으로 언급하고 있다. 이러한 작품의 서술 태도는 이른바 '선택과 집중'이라 할 수 있다. 즉 자신의 여정을 순서대로 소개하면서 작자가 선택한 특별한 장소에 대한 감상을 보다 상세하게 풀어서 형상화하는 것이다. 이러한 형상화 방식은 이 작품의 끝부분까지 지속되고 있다.

철원(동주)에서 하루를 묵으면서 그날 밤 북관정에 올라 임금이 계시는 '삼각산 제일봉'을 바라보는 행위 역시 자신의 연군 의식을 표출하기 위한 문학적 장치이다. 특히 철원은 과거 후삼국 중 태봉의 궁예가 도읍으로 삼았던 곳이기에, 그곳을 돌아보면서 '천고 흥망'에 대한 소감을 곁들이는 것도 잊지 않는다. 다시 회양에 들러 중국 한나라 때의 인물인 급장유를 거론했다. 이는 급장유가 회양 태수로 부임하여 선정을 베풀었다는 고사를 떠올리며, 같은 지명을 지닌 장소를 지나고 있는 화자 자신을 그 인물에 비기고자 한 것이다. 이처럼 〈관동별곡〉을 제대로 이해하기 위해서는 기행의 여정 못지않게 특정 장소에서 환기되는 화자의 생각과 감상이 중요하게 다루어질 필요가 있다.

영중(營中)이 무사(無事)하고 시절(時節)이 삼월(三月)인 제
화천(花川) 시냇길이 풍악(楓岳)으로 뻗어 있다
행장(行裝)을 다 떨치고 석경(石逕)에 막대 짚어
백천동(百川洞) 곁에 두고 만폭동(萬瀑洞) 들어가니
은(銀) 같은 무지개 옥(玉) 같은 용(龍)의 꼬리
섯돌며 뿜는 소리 십 리에 자자하니
들을 제는 우레러니 본 것은 눈이로다
금강대(金剛臺) 맨 위층(層)에 선학(仙鶴)이 새끼 치니
춘풍(春風) 옥적성(玉笛聲)에 첫잠을 깨었던지
호의현상(縞衣玄裳)이 반공(半空)에 솟아 뜨니
서호(西湖) 옛 주인을 반겨서 넘노는 듯
소향로(小香爐) 대향로(大香爐) 눈 아래 굽어보고
정양사(正陽寺) 진헐대(眞歇臺) 고쳐 올라 앉으니

여산(廬山) 진면목(眞面目)이 여기서 다 보인다

어와 조화옹(造化翁)이 헌사토 헌사할사

날거든 뛰지 말고 서거든 솟지 마라

부용(芙蓉)을 꽂았는 듯 백옥(白玉)을 묶었는 듯

동명(東溟)을 박차는 듯 북극(北極)을 괴었는 듯

높을시고 망고대(望高臺) 외로울사 혈망봉(穴望峰)이

하늘에 치밀어 무슨 일을 사뢰리라

천만겁(千萬劫) 지나도록 굽힐 줄 모르는가

어와 너로구나 너 같은 이 또 있는가

　화자는 임지에 도착하여 본격적으로 관찰사로서의 소임을 시작했다. 관찰사의 직분을 잘 소화한 덕분에 '영중이 무사하고', 때는 바야흐로 봄이 시작되는 3월에 접어들었다. 이제 화자는 본격적으로 금강산과 관동 지역의 명승지를 둘러보고자 길을 나선다. 행장을 차리고 지팡이로 사용할 막대를 짚고, 화자는 화천을 거쳐 금강산으로 향한 길에 접어들었다. 이 부분에서도 불필요한 여정은 과감히 생략하고 곧바로 금강산에 있는 백천동을 거쳐 만폭동 폭포의 절경을 묘사하고 있다. 비유와 묘사를 주로 활용한 폭포에 대한 표현을 가만히 읽고 있으면, 독자들이 그 모습을 그대로 머릿속에 그려낼 수 있을 정도이다. 우뚝 선 금강대의 모습을 보고 그곳을 날고 있는 학의 형상을 상상하고, 이를 통해 다시 매화와 학을 사랑하여 '매처학자(梅妻鶴子)'로 불렸던 중국 송나라 때의 은자인 임포라는 인물을 떠올려 본다. 만폭동 폭포를 묘사한 부분이 뛰어난 경치를 본 작자의 관찰력과 표현력을 드러내고 있다면, 금강대에서 은자인 임포를 떠올리는 것은 바로 도도한 흥취를 표출하고 그것을 통해 작자의 의식을 드러내는 형상화 방식이라 하겠다.

화자는 소향로와 대향로를 내려다보고 다시 길을 나서 정양사를 거쳐 진헐대로 향한다. 그곳에서 바라본 금강산의 풍광은 중국의 명승지인 여산에 비견되고, 마치 조물주가 빚어놓은 듯 뛰어난 풍광을 자랑하고 있다. 금강산의 여러 봉우리들은 때로는 날거나 뛰는 것처럼 보이기도 하고, 마치 무심히 서 있는 듯하다가도 우뚝 솟아 있는 모습으로 형상화되어 있다. 연꽃을 꽂은 듯도 하고, 백옥을 깎아 만든 것처럼 보이기도 한다. 또는 동해 바다를 박차고 나온 듯도 하고, 하늘에 떠 있는 북극성을 괴고 있는 듯 높이 솟아 있는 모습이 다양하게 연출되는 것이다. 뒤이어 높이 솟은 망고대와 혈망봉의 모습에 굽힐 줄 모르고 소신을 펴는 화자 자신의 모습을 투영해 보기도 한다. 이처럼 금강산의 아름다운 풍광이 객관적으로 묘사되는 와중에, 때로는 화자의 감상을 덧붙여 자신의 시각으로 재해석하고 있음을 확인할 수 있다.

> 개심대(開心臺) 고쳐 올라 중향성(衆香城) 바라보며
> 만이천봉(萬二千峰)을 역력(歷歷)히 세어보니
> 봉(峰)마다 맺혀 있고 끝마다 서린 기운
> 맑거든 좋지 말고 좋거든 맑지 마라
> 저 기운 흩어내어 인걸(人傑)을 만들고자
> 형용(形容)도 그지없고 체세(體勢)도 하도 할사
> 천지(天地) 삼기실 제 자연(自然)이 되건마는
> 이제 와 보게 되니 유정(有情)도 유정(有情)할사

비로봉(毗盧峰) 상상두(上上頭)에 올라본 이 그 뉘신고

동산(東山) 태산(泰山)이 어디가 높았던고

노국(魯國) 좁은 줄도 우리는 모르거든

넓거나 넓은 천하(天下) 어찌하여 작단 말고

어와 저 지위를 어이하면 알 것인가

오르지 못하거니 내려감이 괴이할까

원통(圓通)골 가는 길로 사자봉(獅子峰)을 찾아가니

그 앞에 너럭바위 화룡(化龍)쇠 되었어라

천년(千年) 노룡(老龍)이 굽이굽이 서려 있어

주야(晝夜)로 흘러내려 창해(滄海)에 이어지니

풍운(風雲)을 언제 얻어 삼일우(三日雨)를 내릴런가

음애(陰崖)에 시든 풀을 다 살려내고파라

마하연(磨訶衍) 묘길상(妙吉祥) 안문(雁門)재 넘어가서

외나무 썩은 다리 불정대(佛頂臺) 올라가니

천심절벽(千尋絕壁)을 반공(半空)에 세워두고

은하수 한 굽이를 촌촌이 베어내어

실같이 풀려 있고 베같이 걸렸으니

도경(圖經) 열두 굽이 내 보기엔 여러 개라

이적선(李謫仙) 이제 있어 고쳐 의논하게 되면

여산(廬山)이 여기보다 낫단 말 못 하려니

　

화자는 개심대에 올라 그곳에서 중향성과 만이천봉을 자세히 살펴
본다. 흔히 금강산을 대표하는 단어가 '만이천봉'이라 할 수 있는데,
제각기 다른 모습의 봉우리들을 통해서 화자는 그 기운을 빌려다가

인걸을 만들겠다는 희망을 피력하고 있다. 더욱이 금강산의 최고봉인 비로봉에서는 문득 동산과 태산에 올라 노나라와 중국 천하가 작다고 했던 공자를 떠올리기도 한다. 다시 산에서 내려오며 원통골 가는 길로 사자봉에 도착하여 그 앞의 너럭바위를 통과하여 흐르는 화룡소를 바라본다. 화자는 여기서 굽이굽이 흐르는 물길을 천년 노룡의 형상에 비유하고, 그 용이 승천할 때 내리는 '삼일 동안의 비(삼일우)'로 인해서 백성들의 농사에 도움이 되었으면 하는 마음을 드러내고 있다. 이처럼 화자는 뛰어난 경치를 보고 그저 감탄만 하는 것이 아니라 자연스레 그에 대한 감상을 곁들여 목민관으로서의 포부를 표출하기도 한다.

마하연과 묘길상 그리고 안문재를 거쳐 위태로운 외나무다리 건너에 있는 불정대로 발길을 향한다. 화자는 불정대에서 바라본 십이폭포의 풍경을 마치 정밀한 채색화를 그려내는 듯 생동감이 넘치게 묘사하고 있다. 허공에 떠 있는 은하수 한 굽이를 잘라 여기저기 흩뿌려 놓은 것 같은 폭포들에서, 어떤 것은 마치 실이 풀려 있는 듯하고, 또 어떤 것은 베처럼 펼쳐 있는 듯이 보인다고 했다. '시선(詩仙)'이라 칭했던 이백(이적선)이 중국 여산의 폭포를 뛰어나다고 평했지만, 화자의 눈 앞에 펼쳐진 십이폭포의 모습을 만약 이백이 본다면 그의 평가가 달라졌을 정도로 아름답다고 표현한 것이다. 이처럼 금강산의 다양한 풍광들은 화자의 인식 속에서 주관적으로 해석되어 다양한 의미를 획득하고 있다.

산중(山中)을 매양 보랴 동해(東海)로 가자스라
남여(藍輿) 완보(緩步)하여 산영루(山映縷)에 올라가니

영롱(玲瓏) 벽계(碧溪)와 수성(數聲) 제조(啼鳥)는 이별을 원(怨)하는 듯

정기(旌旗)를 떨치니 오색(五色)이 넘노는 듯

고각(鼓角)을 섯부니 해운(海雲)이 다 걷는 듯

명사(鳴沙)길 익은 말이 취선(醉仙)을 빗기 실어

바다를 곁에 두고 해당화(海棠花)로 들어가니

백구(白鷗)야 날지 마라 네 벗인 줄 어찌 아나

금란굴(金蘭窟) 돌아들어 총석정(叢石亭) 올라가니

백옥루(白玉樓) 남은 기둥 다만 네 개 서 있구나

공수(工睡)의 솜씨인가 귀부(鬼斧)로 다듬었나

구태여 육면(六面)은 무엇을 상(象)톳던고

고성(高城)을란 저기 두고 삼일포(三日浦)를 찾아가니

단서(丹書)는 완연(宛然)하되 사선(四仙)은 어디 갔나

예 사흘 머문 후에 어디 가 또 머물까

선유담(仙遊潭) 영랑호(永郎湖) 거기나 가 있는가

청간정(淸澗亭) 만경대(萬景臺) 몇 곳에 앉았던가

금강산을 충분히 돌아본 화자의 발길은 이제 동해로 향했다. 때로
는 덮개가 없는 남여를 타기도 하고 때로는 걸으면서, 금강산을 벗어
나기 전에 잠시 유점사의 산영루에 들렀다. 그 앞에 맑게 흐르는 시
냇물 소리와 주위에서 지저귀는 새소리를 들으면서 화자는 새들의
울음소리가 마치 자신과의 이별을 원망하는 것 같다고 생각하기도
한다. 다시 여행길에 나선 화자는 관찰사의 행렬임을 드러내는 '정기'
를 떨치고 '고각'을 불면서 동해의 명사십리로 접어들었다. 그 길을
거니는 화자의 모습이 때로는 취선으로 묘사되기도 하고 백구의 벗

으로 표현되기도 한다.

금난굴을 거쳐 총석정에 이르러서는 그 기둥을 천상계에 있는 백옥루의 그것으로 비기어 묘사하고 있다. 육각으로 이루어진 총석정의 기둥을 통해서 중국 고대 순임금 때의 뛰어난 장인인 공수나 '귀신이 지녔다는 도끼(귀부)'를 떠올리기도 하는 것이다. 고성과 삼일포에서는 그곳에 얽힌 고사에 등장하는 신라 시대의 화랑들인 '사선'의 행적을 자연스레 연상하게 된다. 선유담과 영랑호, 그리고 청간정과 만경대를 거치며 화자 역시 그들의 행적을 그대로 좇고 있다 하겠다. 당시에 그들이 썼다고 전하는 '붉은 글씨(단서)'가 그대로 남아 있는 것을 확인했다. 그것을 통해 화자는 이제 사선의 모습을 볼 수 없지만 그들의 행적을 따름으로써 자신이 그들과 비견될 수 있음을 자부하고 있다고 하겠다.

이화(梨花)는 벌써 지고 접동새 슬피 울 제
낙산(洛山) 동반(東畔)으로 의상대(義相臺)에 올라앉아
일출(日出)을 보리라 밤중만 일어나니
상운(祥雲)이 짚이는 둥 육룡(六龍)이 받치는 둥
바다를 떠날 때는 만국(萬國)이 일렁이더니
천중(天中)에 치뜨니 호발(毫髮)을 세리로다
아마도 널구름 근처에 머물세라
시선(詩仙)은 어디 가고 해타(咳唾)만 남았나니
천지간(天地間) 장(壯)한 기별 자세히도 밝혔구나
사양(斜陽) 현산(峴山)에 척촉(擲躅)을 밟으면서
우개지륜(羽蓋芝輪)이 경포(鏡浦)로 내려가니

십 리 빙환(氷紈)을 다리고 고쳐 다려

장송(長松) 울창한 속에 슬카장 펼쳤으니

물결도 자도 잘사 모래를 세리로다

고주(孤舟) 해람(解纜)하야 정자 위에 올라가니

강문교(江門橋) 넘은 곁에 대양(大洋)이 거기로다

종용(從容)한다 이 기상(氣象) 활원(闊遠)한다 저 경계(境界)

이보다 더한 곳 또 어디 있단 말고

홍장 고사(紅粧古事)를 헌사타 하리로다

강릉(江陵) 대도호(大都護) 풍속(風俗)이 좋을시고

절효정문(節孝旌門)이 골골이 널렸으니

비옥가봉(比屋可封)이 이제도 있다 하리

진주관(眞珠館) 죽서루(竹西樓) 오십천(五十川) 내린 물이

태백산(太白山) 그림자를 동해(東海)로 담아 가니

차라리 한강(漢江)의 목멱(木覓)에 닿았으면

왕정(王程)이 유한(有限)하고 풍경(風景)이 못 싫으니

유회(幽懷)도 하도 할사 객수(客愁)도 둘 데 없다

선사(仙槎)를 띄워내어 두우(斗牛)로 향해 볼까

선인(仙人)을 찾으려 단혈(丹穴)에 머무를까

천근(天根)을 못내 보아 망양정(望洋亭)에 오르니

바다 밖은 하늘이니 하늘 밖은 무엇인가

가뜩 노한 고래 뉘라서 놀랬기에

불거니 뿜거니 어지럽게 구는 건가

은산(銀山)을 꺾어내어 육합(六合)에 내리는 듯

오월(五月) 장천(長天)에 백설(白雪)은 무슨 일가

화자는 고성으로부터 울진에 이르기까지의 해안을 따라 걸으며 관동팔경을 중심으로 한 명승지를 유람하게 된다. 3월에 떠난 화자의 유람 길은 어느덧 배꽃이 떨어지고 접동새가 우는 초여름에 접어들었다. 낙산 동쪽의 의상대에 올라 밤을 지새우며 일출의 장관을 경험해 보기도 했다. 그 모습을 보면서 문득 이백의 시 구절을 떠올리고 있다. '해타'는 '기침과 침'이란 의미로, 흔히 뛰어난 사람의 말이나 글을 달리 일컫는 표현이다. 아침이 되어 화자의 행차는 경포대로 향하고, 주변의 뛰어난 경관과 고려 말 강릉 지역에서의 풍류를 대표하는 '홍장의 고사'를 떠올려 보았다. 특히 경포대의 맑은 호수의 모습을 마치 누군가 다림질을 하여 평평하게 펴놓은 듯하다고 한 묘사는 절묘하기 그지없다. 이어 정자에 올라가서 끝없이 펼쳐진 바다를 바라보며 그 경치에 감탄하고 있다.

예로부터 이름난 강릉의 풍속을 찬양하는 것도 잊지 않고, 화자의 여정은 삼척의 죽서루로 향한다. 죽서루 앞을 흐르는 오십천의 물을 보면서 화자의 마음을 전할 수 있도록 그 물이 한강에 닿았으면 하는 심정을 내비치기도 한다. 임금이 계신 한양으로부터 멀리 떨어진 자신을 돌아보며, 문득 객수의 회포를 품어본 것이다. 하지만 이내 '신선이 탄다는 뗏목(선사)'을 띄워 북두칠성으로 향하고 싶다고 생각하며, 옛 신라 시대 화랑들이 머물렀다는 단혈을 찾고 싶은 마음을 표출한다. 이제 화자는 마지막 행선지인 망양정에 도착하여 그곳의 정경을 묘사하는 것으로 유람의 여정을 마무리하고 있다. 동해의 바다에서 굽이치는 물결을 마치 고래가 물을 뿜는 것처럼 묘사하고, 오월에 눈이 내리는 것과 같다고도 했다. 이제 기행을 마치고 화자는 감영이 있는 원주로 돌아가야 하지만, 〈관동별곡〉의 여정은 여기에서 더 이상 이어지지 않는다. 이것은 아마도 감영으로 돌아가는 길은 지금까지 기행의 여정과는 다르다는 의미이고, 이후에는 다시 일상에 복귀하여 관찰사로서의 직분을 담당해야 하기 때문일 것이다.

어느새 밤이 들어 풍랑(風浪)이 정(定)하거늘
부상(扶桑) 지척(咫尺)의 명월(明月)을 기다리니
서광(瑞光) 천장(千丈)이 뵈는 듯 숨는구나
주렴(珠簾)을 고쳐 걷고 옥계(玉階)를 다시 쓸며
계명성(啓明星) 돋도록 곧추앉아 바라보니
백련화(白蓮花) 한 가지를 뉘라서 보냈는가
이리 좋은 세계(世界) 남에게 다 뵈고저
유하주(流霞酒) 가득 부어 달에게 물은 말이
영웅(英雄)은 어디 가며 사선(四仙)은 그 뉘러니
아무나 만나보아 옛 기별 묻자 하니
선산(仙山) 동해(東海)에 갈 길이 머도 멀사
송근(松根)을 베고 누어 풋잠을 얼핏 드니
꿈에 한 사람이 나에게 이른 말이
그대를 내 모르랴 상계(上界)의 진선(眞仙)이라
황정경(黃庭經) 일자(一字)를 어찌 그릇 읽어두고
인간(人間)에 내려와서 우리를 따르는가
잠깐만 가지 마오 이 술 한 잔 먹어보오
북두성(北斗星) 기울여 창해수(滄海水) 부어내어
저 먹고 날 먹이며 서너 잔 기울이니
화풍(和風)이 습습(習習)하여 양액(兩腋)을 치켜드니

구만리(九萬里) 장공(長空)에 저기면 날리로다

이 술 가져다가 사해(四海)에 고루 나눠

억만(億萬) 창생(蒼生)을 다 취(醉)케 만든 후에

그제야 고쳐 만나 또 한 잔 하자꾸나

말 마치자 학(鶴)을 타고 구공(九空)에 올라가니

공중(空中) 옥소(玉簫) 소리 어제런가 그제런가

나도 잠을 깨어 바다를 굽어보니

깊이를 모르거니 가인들 어찌 알리

명월(明月)이 천산(千山) 만락(萬洛)에 아니 비친 데 없다.

화자는 작품의 마지막 부분을 목민관으로서 자신의 소망과 포부를 덧붙이는 것으로 장식하고 있다. 여기에서는 밤늦도록 잠을 이루지 못하고 떠오르는 달을 맞으며 풍류를 즐기는 화자의 모습이 그려진다. 화자는 달빛이 그윽하게 비추는 풍경을 마치 누군가가 자신에게 백련화 한 가지를 보낸 것으로 여기고, 술을 마시면서 달과의 대화를 시도하고 있다. '유하주'는 신선들이 마시는 술로서, 그것을 마시면 갈증이 사라진다고 한다. 술기운을 빌려 이제는 자연스레 꿈속의 세계를 그려내고, 그것을 통해서 정작 화자가 하고자 하는 생각을 표출하고자 한 것이다.

특히 이 부분은 그동안 기행의 여정에서 간혹 드러냈던 화자의 의식을 집약적으로 표현하고 있다는 점에서 중요하다. 화자는 꿈속에서 만난 신선의 말을 통해 자신이 천상계에서 죄를 얻어 인간세계로 내려온 존재임을 넌지시 밝히고 있다. 그렇다면 화자의 꿈속에서 나타난 신선은 아마도 꿈 이전에 대화를 시도했던 '달'의 비유적 존재라 여겨진다. 즉 화자는 달에게 '영웅과 사선'의 행방을 물었는데, 꿈에 선인의 모습으로 나타나서 '당신이 영웅이자 신선'이라고 대답한 것이다. 꿈속에서도 선인과 더불어 술을 마시면서 그 술을 사해의 창생들에게 고루 나눠주고 싶다고 했다.

꿈속의 선인은 학을 타고 떠난 것으로 처리되는데, 실상 그 형상은 화자가 자신의 상상 속에서 만들어낸 자아의 또 다른 면모라 하겠다. 종결부에서 꿈을 깨고 바라본 바다의 모습과 온 세상을 비추고 있는 달빛의 형상은 목민관으로서 선정을 펼치겠다는 화자의 다짐을 비유적으로 표현한 것이라 해석된다.

이처럼 〈관동별곡〉은 기행의 여정과 그 풍광에 대해서 객관적인 묘사를 하면서도 틈틈이 화자의 주관적인 관점을 제시함으로써 목민관으로서의 의식을 적절히 표출하고 있다. 특히 곳곳에서 특정 장소를 통해 환기되는 전고나 지식을 제공함으로써 작품을 읽는 재미를 더하고 있다.

사미인곡(思美人曲)
— 여성의 감성으로 님을 그리다

　대부분의 한국문학사에서, 조선 전기의 시가문학을 대표하는 작가로 가사 문학에서는 정철, 시조문학에서는 윤선도를 꼽는다. 이들이 남긴 시가 작품들은 우리말의 섬세한 결을 잘 살렸으며, 시어의 사용에서도 표현의 아름다움을 잘 구사하고 있다고 평가된다. 특히 정철(1536~1594)의 가사 작품들에 대해서는 조선 시대 문인들도 극찬을 한 바 있다. 소설 〈구운몽〉의 작자인 김만중은 〈관동별곡〉을 비롯한 가사 작품들에 대해서 "동방의 이소"라고 논하기도 했다. 〈이소〉는 중국 초나라의 충신이었던 굴원의 작품으로, 나라와 임금을 생각하는 절절한 심정을 담고 있다. 아울러 홍만종은 〈사미인곡〉이 유가(儒家)의 경전인 《시경》의 작품들 중에서 '미인'이란 용어를 취해서 "시대를 근심하고 군주를 그리워하는" 내용을 담고 있다고 설명했다. 작품의 제목에 포함된 '미인'이라는 시어는 일반적으로 한시나 고전시가 등에서 왕을 지칭하는 용어로 인식되었다.

　정철의 가사 작품들 가운데 〈사미인곡〉은 조선 시대 문인들의 이러한 평가에 견인되어 그동안 '충신연주지사'라는 관점에서 주로 다루어졌다. 이 작품은 여성 화자를 전면에 내세워 임금으로 비유되는 '님'에 대한 애틋한 감정을 표출하고 있다. 작가가 남성임에도 〈사미인곡〉은 여성 화자를 등장시켜 형상화함으로써 '연군(戀君)'이라는 주제를 적절히 드러내고 있는 것이 특징이다. 물론 '연군'이라는 주제를 다룬다고 할지라도 작자의 개성이나 문학적 역량에 따라 작품 속에 드러나는 양상은 매우 다양할 수밖에 없다.

정철의 〈사미인곡〉이 조선 시대의 문인들로부터 지속적으로 거론되었던 이유는 무엇일까? 일차적으로 '연군'이라는 작품의 주제에 초점이 맞춰지고 있기 때문이다. 당대 사대부들에게 임금에 대한 충성은 절대적인 가치를 지닌 이념으로 작용했고, 그러한 이념에 회의하는 순간 체제의 반역자로 치부될 수 있었다. 따라서 〈사미인곡〉에 대한 긍정적 평가의 이면에는 자신들도 정철의 작품에 표출된 주제, 즉 '연군'의 가치에 절대적으로 공감한다는 의사 표현이 전제되어 있다고 할 수 있다. 물론 이 외에도 '뛰어난 우리말 구사와 세련된 표현'이라는 평가와 관련하여, 작품의 형상화라는 요소도 주목할 필요가 있다. 〈사미인곡〉을 비롯한 정철의 국문시가에서 구사되고 있는 우리말 표현의 자연스러움은 '우리말의 연금술사'라는 극찬을 받도록 하는 요인이기도 하다.

동인과 서인의 붕당이 본격화되던 16세기 후반, 정철은 당대 권력투쟁이 진행되던 그 소용돌이의 한복판에서 활발하게 활동하던 인물이었다. 특히 서인 세력의 중심에 위치하여 동인 세력을 상대하면서 정치적인 이유로 탄핵을 받기도 하는 등 여러 차례에 걸쳐 관직에 나아갔다가 다시 물러나기도 하는 경험을 해야만 했다. 이러한 상황을 반영하듯 정철에 대한 인물평은 당파에 따라 찬사와 비난이 공존하고 있다. 그와 정치적 입장을 같이하던 인물들은 당연히 그의 성품에 대해 호의적인 반응을 보였지만, 상대 당파에서는 그에 대해 극단적인 비난을 서슴지 않았던 것이다. 따라서 동시대를 살았던 인물들이 내렸던 정철에 대한 극단적인 호오(好惡)의 평가는 당시의 치열했던 권력투쟁의 면모를 반영하는 것이라 하겠다.

〈사미인곡〉은 정철이 일시적으로 정계에서 물러나 향리인 전라도 창평에서 머물던 52세(1587년) 무렵 창작된 가사 작품이라는 견해가 일반적이다. 〈사미인곡〉은 작품의 창작 배경을 고려할 때 '유배가사'의 범주에 해당하지 않는다는 것을 주목할 필요가 있다. 이 작품에는 화자의 외로움과 함께 님과 다시 만나고자 하는 열망이 간절하게 드러나고 있는데, 이는 중앙 정계에서 밀려난 작가의 처지를 형상화한 것으로 이해할 수 있다. '애정'을 제재로 하는 대부분의 시가 작품들이 그렇듯이 〈사미인곡〉에는 화자의 일방적인 목소리만 제시될 뿐 님과의 상호 교감은 전혀 드러나지 않는다.

작품은 크게 세 부분으로 나눌 수 있는데, '서사'에서는 님과의 인연을 강조하며 이별의 안타까움을 드러내는 화자의 면모를 발견할 수 있다. 이른바 '사시가(四時歌)'의 형태를 띠고 있는 '본사'는 계절의 변화에 따라 님과의 만남을 고대하는 화자의 모습이 형상화되어 있다. '결사'에서 화자는 그리워하는 마음이 깊어 병이 될 정도로 님과의 만남을 간절하게 기원한다. 특히 '본사'에 제시된 사계절의 형상은 님에 대한 화자의 그리움을 표출하기 위한 소재적 차원에 그치고 있어, 이른바 '강호가사'의 사계절의 묘사나 의미 지향과는 뚜렷하게 구분된다.

이 몸 삼기실 제 님을 좇아 삼기시니

한생 연분(緣分)이며 하늘 모를 일이런가

나 하나 졈어 있고 님 하나 날 괴시니

이 마음 이 사랑 견줄 데 전혀 없다

평생에 원하기는 함께 살자 하였더니

늙어서야 무슨 일로 외오 두고 그리는가

엊그제 님을 모셔 광한전(廣寒殿)에 올랐더니

그사이 어찌하여 하계(下界)에 내려오니

올 적에 빗은 머리 얽어진 지 삼 년일세

연지(臙脂) 분(粉) 있지마는 눌 위하여 곱게 할까

마음에 맺힌 시름 첩첩이 쌓여 있어

짓나니 한숨이요 지나니 눈물이라

인생은 유한한데 시름도 그지없다

무심한 세월은 물 흐르듯 하는구나

염량(炎凉)이 때를 알아 가는 듯 고쳐 오니

듣거니 보거니 느낄 일도 하도 할사

작품의 서두에서 화자는 자신이 님을 좇아 태어났으며, 이러한 두 사람의 인연은 하늘이 점지해 준 한평생의 연분에 의한 것임을 강조하고 있다. 작품 속에서 님과의 사랑은 화자의 젊음이 전제된 것으로 그려지고 있는데, 그러한 상태에서 화자는 님과 평생을 함께 지내고자 생각했다. 하지만 젊은 모습이 어느덧 나이를 들어 늙게 되자, 화자는 님과 헤어져 '외오 두고 그'릴 수밖에 없게 되었다. 그렇다면 '젊음'과 '늙음'은 화자와 님과의 관계를 드러내는 비유적 표현이라고 해석할 수 있다. 막상 님과의 이별이 현실로 닥치자 화자는 때때로 님과 다정하게 지냈던 과거의 일들이 생각나곤 한다. '광한전'에서 님을 모셨던 '엊그제'의 모습이 떠오르지만, 이제는 '하계'에 내려와 있는 신세로 전락한 것이다. 흔히 '광한전'은 달 속에 있다는 상상 속의 궁전으로, 왕이 계시는 '궁궐'의 별칭으로 사용되기도 한다. 이렇듯 화자는 천상에서 쫓겨나서 인간세계에 머물며 님을 그리워하며 세월을 보내고 있을 따름이다.

그렇게 3년이 흐른 지금, 님과 이별할 무렵 빗었던 화자의 머리는 다 헝클어졌다. 작품 속에서 여성으로 제시된 화자에게, 몸단장과 화장은 오로지 님을 만나기 위한 것이다. 이 부분은 '여성은 사랑하는 남자를 위해서 화장을 한다.'라는 전근대적인 통념이 전제되어 있다고 이해된다. 님과의 재회 가능성이 희박하다고 생각해서인지 화자는 오랫동안 헝클어진 머리도 그대로 방치하고, 연지를 찍기 위해 분으로 꾸밀 필요조차 느끼지 못하고 있다. 그렇기 때문에 님을 만나지 못해 화자의 마음속에 시름이 겹겹이 쌓이고, 한숨짓고 눈물 흘리느라 유한한 인생을 허비할 뿐이다. 세월은 물 흐르듯 지나지만 화자는 사랑하는 님을 다시 만날 수 있다는 확신조차 가질 수 없는 형편이다. '염량'이란 '더위와 추위'를 일컬으니, 반복적으로 변화하는 계절의 흐름을 지칭하는 표현이다.

따라서 이어지는 본사에서는 계절의 변화에 따른 화자의 심정과 함께, 각 계절의 특성에 따라 화자가 보고 듣고 느낄 일들이 제시될 것이라 예견할 수 있다.

동풍(東風)이 건듯 불어 적설(積雪)을 헤쳐내니

창밖에 심은 매화 두세 가지 피었구나
가뜩 냉담(冷淡)한데 암향(暗香)은 무슨 일고
황혼의 달이 좇아 베개맡에 비추니
느끼는 듯 반기는 듯 님이신가 아니신가
저 매화 꺾어내어 님 계신 데 보내고자
님이 너를 보고 어떻다 여기실까

'사시가'의 형태를 취하고 있는 '본사'의 첫 부분으로, 봄을 맞은 화자의 심정을 형상화하고 있다. 따뜻한 바람이 쌓인 눈을 녹이고 창밖의 나무에서 매화꽃이 피는 것으로 화자는 봄이 왔음을 느낄 수 있다. 이어지는 내용에서 드러나겠지만, 화자에게 계절의 변화에 따른 의미는 오직 님을 향한 진심을 표출하는 것과 연결되어 있다. 따라서 각 계절이 환기하는 소재를 통해 님과의 연결 고리를 찾는 것이 더 중요하다. 봄을 노래하는 이 부분에서는 그것이 '매화의 암향'으로 설정되어 있다.

매서운 추위를 이기고 이른 봄에 피는 매화는 주변에 '그윽한 향기'를 풍기고, 화자는 달밤에 활짝 핀 매화의 그림자가 베개맡에 비친 모습에서 님의 형상을 떠올린다. 한자 사전에서 '미인'의 뜻풀이 중 하나가 '매화의 별칭'으로 제시되기도 하니, 매화를 보면서 님을 떠올리는 화자의 인식은 자연스럽다고 할 수 있다. 만약 화자가 활짝 핀 매화를 꺾어 보낸다면, 그 꽃의 향기를 맡은 님은 분명히 자신의 마음을 알아줄 것이라는 소망을 품게 된다. 그러나 그것은 화자의 일방적인 감정 토로일 뿐이며, 멀리 떨어진 님에게 그러한 뜻이 전달될지 장담할 수 없는 것이 엄연한 현실이다. 즉 '매화'는 화자가 이른 봄철에 만난 자연물로, 님과의 교감을 이루고자 하는 소재로 이용되고 있을 뿐이다. 특히 매화가 핀 봄의 밤을 시간적 배경으로 하고 있다는 것도 주목할 필요가 있다.

꽃 지고 새잎 나니 녹음(綠陰)이 깔렸는데
나위(羅幃) 적막(寂寞)하고 수막(繡幕)이 비어 있다
부용(芙蓉)을 걷어놓고 공작(孔雀)을 둘러두니
가뜩 시름한데 날은 어찌 길었던고
원앙금(鴛鴦衾) 베어놓고 오색선 풀어내어
금자로 재단하여 님의 옷 지어내니
수품(手品)은커니와 제도(制度)도 갖출시고
산호수(珊瑚樹) 지게 위의 백옥함(白玉函)에 담아두고
님에게 보내오려 님 계신 데 바라보니
산인가 구름인가 머흐도 머흘시고
천 리(千里) 만 리(萬里) 길에 뉘라서 찾아갈까

어느덧 시간이 흘러 꽃이 지고 새잎이 나서 어김없이 짙푸른 녹음의 계절인 여름이 찾아왔다. 유독 기나긴 여름철의 낮 시간은 화자에게 견딜 수 없는 시름을 안겨준다. 화자는 '비단 휘장'과 '온갖 수로 장식된 장막'이 둘러친 빈방에서 적막함을 느끼며 외로움을 견디고 있다. 다시 연꽃이 새겨진 휘장을 거두고 공작이 새겨진 휘장을 걸어보지만, 기나긴 여름날에 마음의 시름만 더해질 뿐이다. 이제 화자는 님과의 잠자리에서 사용할 원앙금을 재단하여 오색의 실로 님에게 보낼 옷을 만들기로 한다.

평소에 아껴두었던 금으로 만든 자로 옷감을 재단하고, 화자는 온갖 재주를 동원하여 드디어 '님의 옷'을 만들었다. 스스로 생각해도 솜씨가 훌륭한 것은 물론이고 격식에 맞는 옷이라고 자부할 정도라 하겠다. 이제 옷이 다 완성되었으니 정성껏 포장하여 님에게 보내는 일만 남았다. 그리하여 화자는 산호수로 만든 지게 위의 백옥으로 꾸민 함에 자신이 만든 옷을 담아 전달할 준비를 끝마쳤다. 하지만 험한 산과 구름으로 가로막혀 '천 리 만 리 길'이나 떨어진 님의 거처까지 쉽사리 전달할 수가 없다는 것이 화자에게 닥친 현실이다. 만약 다른 사람을 통해서 님에게 전달할 수 있다면, 님께서 과연 화자를 보는 것처럼 반길 것인가를 자문할 뿐이다.

통상 조선 전기의 가사에서 계절적 배경으로 '사시(四時)'가 드러나는 작품들과는 달리, 계절의 순환을 통해서 여유로움을 만끽하는 것은 화자의 관심 사항이 아니다. 단지 화자가 님을 그리워한다는 것을 드러내기 위한 소재로 활용되고 있을 뿐이다. 또한 매화가 등장하는 봄밤의 배경과는 다르게, 여름에는 기나긴 낮을 시간적 배경으로 하여 옷을 짓는 화자의 모습을 형상화하고 있다.

하룻밤 서릿김에 기러기 울며 갈 제
위루(危樓)에 혼자 올라 수정렴(水晶簾)을 걷으니
동산(東山)에 달이 나고 북극(北極)에 별이 뵈니
님인가 반기니 눈물이 절로 난다
청광(淸光)을 쥐어 내어 봉황루(鳳凰樓)의 부치고저
루(樓) 위에 걸어두고 팔황(八荒)에 다 비치어
심산(深山) 궁곡(窮谷) 대낮같이 만드소서

이어지는 부분은 서리가 내리고 기러기가 날아가는 가을밤을 배경으로 하고 있다. 화자는 '위태로울 정도로 높은 누각(위루)'에 앉아 수정으로 엮은 발을 걷고 동산에 떠오르는 달과 북쪽에 보이는 별을 바라보고 있다. 동산에 떠오르는 달과 북쪽에 보이는 별은 화자에게 마치 님을 보는 것과 같은 의미를 주는 존재들이다. 특히 '북극성'은 1년 내내 북쪽에서 밝게 빛나고 있기에 임금을 상징하는 별이기도 하다. 화자는 가을밤에 떠오른 달과 북극성을 보면서 님을 보는 것처럼 반갑게 여겨져 눈물이 절로 흐른다고 했다. 문득 달과 별의 '맑은 빛(청광)'을 모아 님이 계신 '봉황루'에 보내고 싶다는 생각에 이르게 되었다.

화자가 생각하기에 가을밤에 떠오른 달과 별의 밝은 빛은 님의 은택을 상징하는 존재들이라 하겠다. 그래서 자신이 그렇게 모은 빛을 보낸다면 님께서 그것을 봉황루에 걸어두지 않을까 하는 희망을 품어보기도 했다. 이제 그 빛은 님을 대신하여 '온 세상(팔황)'에 비춰 깊은 산과 궁벽한 계곡까지 대낮처럼 밝힐 것이라는 상상을 해보는 것이다. 하지만 화자에게 '달과 별'은 눈에는 보이지만 결코 도달할 수 없는 존재들이다. 가을을 배경으로 하는 부분에서는 이처럼 님과의 연결고리로 달과 별의 '맑은 빛'이 등장한다. 계절마다 등장하는 주요 소재에 님에 대한 간절한 그리움을 투영하지만, 화자의 정성이 전달될 수 있을 것이라는 기대는 실현되기가 쉽지 않다.

> 건곤(乾坤)이 폐색(閉塞)하여 백설(白雪)이 한 빛인 제
> 사람은커니와 날새도 그쳐 있다
> 소상(瀟湘) 남반(南畔)도 추움이 이렇거든

옥루(玉樓) 고처(高處)야 더욱 일러 무엇하리

양춘(陽春)을 부처내어 님 계신 데 쐬이고저

모첨(茅簷) 비친 해를 옥루(玉樓)에 올리고저

홍상(紅裳)을 여며 입고 취수(翠袖)를 반만 걷어

일모수죽(日暮脩竹)의 햄가림도 하도 할사

짧은 해 쉽게 져서 긴 밤을 곤추앉아

청등(靑燈) 걸은 곁에 전공후(鈿箜篌) 놓아두고

꿈에나 님을 보려 턱 바치고 비겼으니

앙금(鴦衾)도 차도 찰사 이 밤은 언제 샐꼬

　이제 온 세상이 흰 눈으로 덮인 겨울철이 되자 주위에는 사람은커녕 새조차 눈에 띄지 않는다. 화자는 자신이 '소상강의 남쪽 가'에 있다고 했는데, 이는 임금이 계신 북쪽보다 상대적으로 따뜻한 장소임을 드러내고자 한 것이다. 자신이 있는 남쪽도 추운데 하물며 북쪽의 '옥루 고처'에 있는 님은 분명히 자신보다 더 추울 것이라 여긴 것이다. 그래서 추위를 이길 수 있는 '봄볕(양춘)'을 님이 계신 곳에 보내고 싶다고 한 것이다. 그게 아니라면 하다못해 자신이 거처하는 '초가의 처마(모첨)'를 비추는 햇빛이라도 님에게 올리고 싶다고 강조하고 있다. '붉은 치마(홍상)'와 '비취색의 소매(취수)'는 모두 여성인 화자의 옷차림을 묘사한 것이다. 추위를 무릅쓰면서 치마를 여미고 소매를 반쯤 걷어, 화자는 해가 질 무렵 대나무에 기대어 님을 생각하며 이런저런 고민에 잠기게 되었다. 아마도 화자는 겨울의 혹독한 추위 때문에 혹시 님의 건강에 이상이 생기지나 않을까 염려하고 있다고 이해된다.

그러나 기나긴 겨울밤은 화자에게 또 다른 고민을 안겨준다. 그것은 님이 곁에 없는 긴 겨울밤에 도저히 잠을 이룰 수 없기 때문이다. 그리하여 등불을 켜고 현악기의 하나인 '아름다운 장식이 있는 공후(전공후)'를 준비해 두었다. 아마도 '공후'는 님을 만나면 연주할 수 있을 것이라는 생각에 준비한 악기일 것이다. 혹시 꿈속에서라도 님을 만날 수 있기를 기대하지만, 잠조차 이루지 못하고 밤을 꼬박 지새울 뿐이다. 화자는 차디찬 이불 속에서 밤이 빨리 지나기를 걱정하는 처지가 된 것이다.

이처럼 계절이 바뀌면서 새롭게 솟아나는 그리움은 옅어질 줄 모르고, 계절마다 특정의 소재를 취해 자신과 님과의 매개물로 강조하여 형상화하고 있다. 겨울철의 낮에는 따뜻한 볕을 떠올릴 수 있지만, 기나긴 밤에는 화자의 외로움이 더욱 절실하게 형상화되고 있음을 알 수 있다. 다른 계절과 달리 겨울의 시간적 배경으로 낮과 밤이 동시에 제시되는 것도 특징적이다.

하루도 열두 때 한 달도 서른 날
저근덧 생각 마라 이 시름 잊자 하니
마음에 맺혀 있어 골수(骨髓)에 사무치니
편작(扁鵲)이 열이 온다 이 병을 어찌하리
어와 내 병이야 이 님의 탓이로다
차라리 죽어가서 범나비 되오리라
꽃나무 가지마다 간 데 족족 앉았다가
향 묻힌 날개로 님의 옷에 옮기리라
님이야 나인 줄 모르셔도 내 님 좇으려 하노라.

사시(四時)를 배경으로 님에 대한 그리움을 표출한 '본사'에 이어 자신의 간절한 마음을 표출하면서 마무리하는 '결사' 부분이다. 천생연분이라 여겼던 님과의 이별이 계절의 변화에도 불구하고 해소될 기미가 보이지 않자, 화자는 자신의 시름을 잊기 위해 온갖 방법을 동원한다. 그리하여 화자는 '하루 열두 때와 한 달의 서른 날' 동안 잠깐만이라도 님에 대한 생각을 하지 않고 시름을 잊겠노라고 다짐을 했다. '하루 열두 때'는 하루 24시간을 12간지에 맞추어 두 시간 단위로 측정하던 전통 방식의 시간 계산법이다. 그러나 이미 마음에 맺히고 골수에 사무쳐서 천하의 명의인 편작이 온다 해도 결코 고칠 수 없는 지경에 이르렀다. 결국 화자의 병은 사랑하는 님을 보지 못한 탓으로 생긴 것이다.

따라서 님을 만나는 것 외에는 어떠한 처방으로도 화자의 병이 나을 수 없을 것이다. 하지만 님과의 만남이 결코 쉽게 이루어지지 않는다는 것을 너무도 잘 알고 있기에 화자의 인식은 지극히 비관적인 정서로 치닫게 된다. 작품의 서두에서 님과 이별한 이유가 화자의 '늙음' 때문이라고 전제하고 있는바, 그러한 상황에서 다시 젊어지는 것은 불가능할 수밖에 없다. 따라서 작품에 드러난 결말의 비관적 상황은 어쩌면 이미 예상된 결과라 할 수 있을 것이다. 이러한 상황은 물론 작자인 정철이 느꼈던 당시의 현실 상황을 반영한 것이라 해석할 수 있다.

이승에서 만날 수 없다면 죽어서 다시 범나비로 태어나서라도 님을 보겠다는 열망을 드러내고 있다. 이미 화자는 현실에서 님과의 만남이 불가능하다는 인식으로 이러한 상상을 하고 있을 것이다. 어쨌든 범나비는 날개가 있어 어디든지 날아갈 수 있다. 그렇게 상상 속에서 범나비가 된 화자는 님에게 도달하기까지 가는 곳마다 꽃나무 가지에 앉아서 쉬게 될 것이다. 언젠가는 머나먼 곳에 있는 님에게 닿을 수 있기를 기대하면서. 그리하여 범나비의 날개에 묻힌 향을 님의 옷에 옮길 수 있는 것만으로도 만족할 수 있다고 진술하고 있다. 비록 범나비가 된 자신을 알아보지 못한다고 하더라도 님을 좇겠다는 마음만은 변함이 없다는 말로 작품을 끝내고 있다. 이러한 결말은 화자가 님과 만나는 일이 쉽지 않음을 강조한 것으로 이해된다. 그렇기 때문에 가상의 상황을 설정하여 상상으로라도 님과의 재회를 이루고 싶다는 의지를 표출하면서 작품을 마무리한 것이다.

속미인곡(續美人曲)
― 님에 대한 연정을 대화체로 풀어내다

정철은 국문시가인 시조와 가사를 활발하게 창작했는데, 특히 가사 문학의 대가로 평가받고 있다. 〈관동별곡〉을 비롯한 그의 가사 작품들은 적절한 시어와 표현을 사용하여 주제의식을 효과적으로 드러내고 있으며, 무엇보다도 우리말의 아름다움이 잘 구사되어 있다. 〈속미인곡〉은 〈사미인곡〉과 더불어 이른바 '연군가사'의 대표작으로 거론되고 있다. 김만중을 비롯하여 많은 후대 문인들이 정철의 가사 작품 가운데 〈속미인곡〉을 첫손가락에 꼽는 데 주저하지 않았다.

송강의 〈관동별곡〉과 〈전·후 미인가〉는 동방의 〈이소〉이다. 그런데 그것은 한문으로 쓸 수 없기 때문에 오직 '음악을 하는 사람(악인)'들이 입으로 전하거나 혹은 국문으로만 전한다. (중략) 하물며 이 세 별곡(〈관동별곡〉, 〈사미인곡〉, 〈속미인곡〉)은 천기(天機)가 스스로 드러나고 '오랑캐 풍속(이속)'의 비리함도 없으니, 자고로 우리나라의 참된 문장은 이 세 편뿐이다. 더 나아가 세 편을 가지고 논한다면 〈후미인(속미인곡)〉이 더

욱 뛰어나고, 〈관동별곡〉과 〈전미인(사미인곡)〉은 오히려 한자 어구를
빌려서 꾸몄을 뿐이다.

– 김만중, 《서포만필》에서

김만중은 정철의 가사 세 편을 일컬어 '우리나라의 참된 문장'이
라 평가했다. 특히 정철의 가사 작품들이 중국 초나라의 굴원이 지은
〈이소〉에 비견되는바, 그 까닭을 이들 작품에 '천기가 스스로 드러나
고 오랑캐의 비리함이 없'기 때문이라고 했다. 〈이소〉는 굴원이 지은
장편 한시로서, 나라와 임금을 생각하는 절절한 심정을 담고 있기에
후대의 문인들이 하나의 '경전(이소경)'으로까지 여겼던 작품이다. '천
기'란 하늘로부터 부여받은 천부적 재질을 가리키는데, 문학작품 속
에서 자연스럽게 드러나는 뛰어난 문학성을 일컫는 표현이다. 따라
서 김만중의 이러한 언급은 정철 가사에 대한 최고의 찬사라 하겠다.
그중에서도 〈속미인곡〉을 가장 높이 평가했는데, 그 이유는 한자어
를 빌려서 꾸민 다른 두 작품과 달리 우리말 표현을 적절히 사용했기
때문이다.

〈속미인곡〉은 또한 송강이 지은 것이다. 이 작품은 〈사미인곡〉에서 다
말하지 못한 것을 다시 서술한 것으로서, 말이 더욱 공교롭고 뜻이 더욱
절실하여 가히 제갈공명의 〈출사표〉와 백중을 겨룰 만하다.

– 홍만종, 《순오지》에서

홍만종이 남긴 위의 기록도 정철의 가사 작품들 중에서 특히 〈속
미인곡〉에 대해서 극찬하고 있음을 알 수 있다. 〈사미인곡〉이 비록

훌륭하기는 하지만 〈속미인곡〉은 〈사미인곡〉이 미처 다 펼쳐내지 못한 뜻을 담아내고 있다고 했다. 나아가 다른 작품들과 달리 이 작품에서는 시어의 표현이 더욱 공교롭고 그로 인해 드러나는 뜻이 더욱 절실하다고 평했다. 또 〈속미인곡〉을 제갈공명의 〈출사표〉에 견주며 '백중'이란 표현을 썼다. '백중'은 형제 중 맏이와 둘째를 가리키는 말로 '둘 사이에 가진 능력이 서로 엇비슷하여 더 낫고 못함이 없는 형세'를 의미한다. 즉 한문으로 지은 제갈공명의 〈출사표〉가 그렇듯이 〈속미인곡〉 역시 우리말 표현을 적극적으로 활용하여 주제의식을 적절히 드러내고 있다는 점을 높이 평가하고 있는 것이라 하겠다.

그렇다면 정철의 가사 작품들 중에서 〈속미인곡〉이 후대의 문인들에게 주목받은 이유는 무엇일까? 그것은 우리말 표현의 적절한 사용과 더불어 대화체로 작품을 전개하고 있기 때문이다. 문학작품에서는 인물들의 대화를 통해 작자가 전하고자 하는 주제를 집중적으로 다룰 수 있다. 대부분의 작품들에서 질문을 던지는 인물의 역할은 문제를 환기하는 데 머물고, 답변을 하는 인물의 진술 내용이 작품의 핵심을 차지하고 있다. 그렇기 때문에 이러한 '대화체' 형식은 진정한 의미의 '대화'와는 그 성격이 다르다고 할 수 있다. 작자의 의도에 따라 질문과 답변을 배치함으로써 작품의 내용을 작자의 의도대로 서술할 수 있다는 것이 특징이다.

〈속미인곡〉에는 두 명의 화자가 등장하는데, 이들은 질문을 통해 문제를 제기하고 또 그에 대한 답변을 마련함으로써 작품의 전개를 효과적으로 이끌고 있다. 즉 제1화자의 진술은 제2화자의 답변을 유도하는 역할을 하고 있으며, 작품의 내용을 이끌어가는 것은 주로 '각시님'으로 표현된 제2화자의 진술이다. 작품의 분량 면에서 제1화자의 비중이 그리 크지 않지만, 그의 진술은 제2화자가 자신의 처지와 님에 대한 절절한 마음을 표출할 수 있는 계기를 마련해 주고 있다는 점에서 중요한 의미를 지닌다. 더욱이 작품의 처음과 중간 그리고 마지막 부분에 등장하여 문제를 제기하고 답변에 적극적으로 호응할 뿐만 아니라 작품을 마무리하는 역할도 담당하고 있다.

> 저 가는 저 각시 본 듯도 한저이고
> 천상(天上) 백옥경(白玉京)을 어찌하여 이별하고
> 해 다 져 저문 날에 누굴 보러 가시는가
> 어와 너여이고 이내 사설 들어보오
> 내 얼굴 이 거동이 님 괴얌즉 한가마는
> 어쩐지 날 보시고 너로다 여기실새
> 나도 님을 믿어 군뜻이 전혀 없어
> 이래야 교태야 어지럽게 하였던지
> 반기시는 낯빛이 예와 어찌 다르신가
> 누워 생각하고 일어 앉아 헤아리니
> 내 몸의 지은 죄 뫼 같이 쌓였으니
> 하늘이라 원망하며 사람이라 허물하랴
> 설움 펼쳐내니 조물(造物)의 탓이로다

작품 서두의 첫 3행까지가 제1화자의 진술로, 이를 통해 이어지는 제2화자의 하소연이 서술될 수 있도록 하는 역할을 담당하고 있다. 이 부분은 상대방인 '각시'가 '천상 백옥경'에서 온 인물이며, 해가 지고 있는 저녁 무렵에 누군가를 만나기 위해 바삐 가고 있다는 것을 알려주고 있다. '백옥경'은 흔히 옥황상제가 사는 궁궐을 일컫는데, 여기서는 임금이 거처하는 곳을 뜻한다. 두 사람은 이미 서로 알고 있는 사이인 듯, 제1화자는 길을 가고 있는 각시에게 자연스럽게 말을 건네고 있다. 여기에서 제1화자는 상대방이 궁궐에서 쫓겨나 사랑하는 님과 이별한 처지임을 드러내면서, 제2화자에게 그 까닭을 진술할 기회를 제공한다.

이어지는 부분에서 제2화자인 각시는 상대방의 말을 기다렸다는 듯이 자신의 억울한 처지에 대해서 '사설'을 풀어내고 있다. 자신이 님과 이별하기 전에는 님이 항상 화자를 보면서 '너로구나!' 하고 여기셨다고 한다. 이처럼 자신을 사랑해 주었기에 각시 역시 님을 믿고 다른 마음을 품을 생각을 전혀 하지 않았으며 '군뜻'이 전혀 없었다고 강조하고 있다.

이처럼 과거 자신과 님의 관계가 아주 각별하고 돈독했음을 강조하는 것으로 제2화자의 사설이 시작되고 있다. 그러나 누군가의 '교태'로 인해서 자신을 반기시는 님의 낯빛이 달라졌고, 그 결과로 자신의 몸에 죄가 산처럼 쌓여 결국 '백옥경'에서 쫓겨날 수밖에 없었다는 것이다. 비록 그러한 결과가 빚어졌지만, 하늘과 다른 사람을 원망하지 않고 조물주의 탓으로 여기겠다고 진술하고 있다. '님과의 이별'이 결국 온전히 자신의 탓이라는 체념을 표출하는 것이다. 그러나 각시의 마음은 자신이 다시 님이 계신 백옥경으로 돌아가서 과거의 사랑을 회복하고 싶다는 간절함으로 가득 차 있다.

그런 생각 마오 맺힌 일이 있습니다
님을 모셔봐서 님의 일을 내 알거니

물 같은 얼굴이 편하실 적 몇 날일까
춘한(春寒) 고열(苦熱)은 어찌하여 지내시며
추일(秋日) 동천(冬天)은 뉘라서 모셨는가
죽조반(粥朝飯) 조석(朝夕) 뫼 예와 같이 드시는가
기나긴 밤에 잠은 어찌 자시는가

첫 행은 각시의 하소연을 들은 제1화자의 진술로, 화자의 체념 어린 태도를 책망하며 님과의 사이에 무엇인가 '맺힌 일'이 있기 때문일 것이라고 위로하고 있다. 이어지는 부분에서 제2화자는 자신의 마음속에 '맺힌 일'에 대해서 토로하는데, 이 내용이 결국 작자가 〈속미인곡〉을 통해서 하고 싶었던 핵심적인 말이라 하겠다. 낮부터 밤까지 시간의 흐름에 따라 님의 소식을 간절히 기다리는 화자의 모습이 제시되며, 님에 대한 절절한 연정을 표출하고 있다.

화자는 비록 님과 이별한 상태이지만 자신이 항상 님을 생각하고 있음을 드러내고 있다. 아울러 자신이 님을 모셨던 과거의 상황을 떠올리면서 자신과 이별한 님의 얼굴이 결코 편하지 않을 것이라고 생각한다. 계절이 바뀌면서 님이 사시사철 어찌 지내고 계시는지를 걱정하고, 매 끼니와 잠자리에 대한 걱정 또한 아끼지 않고 있다. 즉 화자는 버려진 자신의 처지에 대한 원망과 서운함을 드러내기보다 오직 님에 대한 변함없는 애정을 표출하고 있을 뿐이다.

님 닿은 소식(消息)을 어떻게든 알자 하니
오늘도 거의로다 내일이나 사람 올까
내 마음 둘 데 없다 어드러로 가잔 말고

잡거니 밀거니 높은 뫼에 올라가니

구름은커니와 안개는 무슨 일고

산천(山川)이 어둡거니 일월(日月)을 어찌 보며

지척(咫尺)을 모르거든 천 리(千里)를 바라보랴

차라리 물가에 가 뱃길이나 보려 하니

바람이야 물결이야 어둥정 되었구나

사공은 어디 가고 빈 배만 걸렸는가

강천(江天)에 혼자 서서 지는 해를 굽어보니

님 닿은 소식이 더욱 아득한 것인가

　제2화자의 진술이 이어지는데, 님의 소식을 어떻게든 알고 싶어 하는 간절한 심정을 드러내고 있다. 기다리던 소식이 들려오지 않자 화자는 마음을 안정시키지 못하고 그저 발길이 닿는 높은 산에 올라가 보기로 한다. 그러나 애써 올라간 산 정상은 구름과 안개 때문에 한 치 앞을 내다볼 수 없는 지경이다. 구름과 안개에 쌓인 주변 환경은 화자를 둘러싼 암울한 현실에 대한 비유적 표현이라 하겠다. 가까운 주변의 산천조차 어두워 볼 수 없으니, 님으로 여겨지는 '일월'을 볼 수 없는 것은 너무도 당연하다. 아울러 지척에서 벌어지는 일도 알 수 없으니, 님이 계신 천 리 밖의 소식을 도무지 들을 수 없는 상황이라 하겠다.

　산 정상의 암울한 환경에서 화자는 무언가를 볼 수 있을 것이라는 희망을 버리고, 차라리 물가에 가서 뱃길로 왕래하는 사람들에게 무슨 소식이라도 전해 들을 수 있기를 기대한다. 하지만 찾아간 물가에는 바람과 물결이 거세게 일어 사공조차 없이 빈 배만 덜렁 놓여 있을 뿐이다. 화자는 강가에서 하늘과 맞닿은 강의 풍경과 지는 해를 바라보노라니, 님의 소식을 알 길이 없어 마음이 더욱 아득하게 느껴지는 것이다. 이처럼 화자를 둘러싼 환경은 어느 것 하나 만만하지 않고 비관적인 상황으로 치닫고 있다. 님에 대한 화자의 열망이 크면 클수록 둘 사이를 가로막는 환경은 악화될 뿐이다. 물론 이러한 묘사는 현재의 상황에 대한 화자의 주관적 인식이다.

이상에서 보듯 〈속미인곡〉에서는 제2화자의 님에 대한 인식만 드러날 뿐 님의 존재나 화자에 대한 님의 생각을 확인할 수 있는 내용은 전혀 보이지 않는다. '님에 대한 화자의 일방적인 연정의 갈구'는 〈사미인곡〉에서도 확인되는데, 이는 여타 작품과 다른 정철 가사만의 특징적인 면모라 할 수 있다.

> 모첨(茅簷) 찬 자리에 밤중에 돌아오니
> 반벽(半壁) 청등(青燈)은 눌 위하여 밝았는가
> 오르며 내리며 헤매며 서성이니
> 저근덧 역진(力盡)하여 풋잠을 잠깐 드니
> 정성이 지극하여 꿈에 님을 보니
> 옥 같은 얼굴이 반(半)이 남아 늙었세라
> 마음에 먹은 말씀 슬카장 사뢰려니
> 눈물이 바로 나니 말씀인들 어이 하며
> 정(情)을 못다 하여 목이 조차 메어오니
> 오전된 계성(鷄聲)에 잠은 어찌 깨었던가
> 어와 허사(虛事)로다 이 님이 어디 간고
> 결에 일어 앉아 창을 열고 바라보니

어여쁜 그림자 날 쫓을 뿐이로다

차라리 죽어가서 낙월(落月)이나 되어 있어

님 계신 창 안에 번듯이 비추리라

각시님 달이야 커니와 궂은비나 되소서.

　하루 종일 님의 소식을 애타게 기다리던 화자에게도 어김없이 밤이 찾아왔으니, 이제 '초가집의 처마(모첨)' 아래 펼쳐진 누추한 잠자리로 가야만 한다. 빈방에 홀로 누워 어둠을 밝힌 벽 중간에 걸린 '푸른 등(청등)'을 보면서, 님이 없는 현실에서 그것조차 아무런 소용이 없는 것처럼 느껴진다. 혹시나 하는 마음에 다시 자리에서 일어나 이리저리 바쁘게 몸을 움직여 보지만, 금세 힘이 빠져 얼핏 풋잠에 빠져들게 된다. 비록 현실에서는 하루 종일 소식을 듣지 못했지만 꿈에서라도 님의 모습을 볼 수 있기를 바랄 뿐이다. 여기에 그려진 꿈의 모습은 화자의 간절한 마음이 반영된 허상이라 하겠다.
　꿈속의 님의 얼굴이 '반이나 늙었다'는 진술은, 자신과 이별한 후 님도 화자를 늘 생각했을 것이라는 가정에 따른 희망 사항일 뿐이다. 우여곡절 끝에 꿈에서 만난 님에게 자신의 억울한 처지를 다 말하고 싶었으나, 화자는 눈물이 앞을 가리고 목이 메어 한마디도 하지 못했다. 그런 상태에서 마침 어디선가 새벽을 알리는 '닭의 울음소리(계성)'에 화자는 잠이 깨고 만다. 꿈에서라도 할 말을 충분히 했더라면 덜 아쉬울 텐데, 잠에서 깨고 보니 님의 모습은 그 어디에서도 찾아볼 수 없는 것이 현실이라 하겠다. 혹시나 하는 마음에 창을 열고 밖을 내다보지만 허망한 그림자만 자신을 따르고 있다. 이제 화자는 님을 만나려는 희망을 포기할 수밖에 없다. 그리하여 차라리 자신이 죽어서 '지는 달(낙월)'이 될 수 있다면 잠시라도 님의 창을 비출 수 있을 것이라고 체념하면서 진술을 마무리하고 있다.

작품의 마지막 행은 다시 제1화자의 진술로, 체념 상태의 제2화자를 위로하는 내용이다. 즉 달이 되고 싶다는 제2화자에게 달이 아닌 '궂은비'가 되라고 한다. 그렇다면 제1화자는 왜 달이 아닌 궂은비가 되라고 한 것일까? '궂은비'는 날이 흐려 오랫동안 내리는 비를 뜻한다. 밤하늘의 달, 그것도 '지는 달'은 새벽녘에 잠시 비추기에 그 시간에 님이 깨어서 볼 수 있을 것이라고 기대하기 힘들다. 하지만 오랜 시간 동안 내리는 '궂은비'는 오히려 님과 만날 수 있는 가능성이 더 높다고 생각할 수 있다. 또한 달은 하늘에 떠 있어 님을 멀리서 바라봐야 하지만, '궂은비'는 하늘에서 내려 님에게 다가갈 수 있다는 점도 작용했을 것이다. 그러나 제1화자의 이러한 위로가 각시님에게 특별한 의미를 지니지는 못할 것이다. 왜냐하면 이 진술의 의미는 각시님이 현실에서는 결코 님을 만날 수 없을 것이라는 전제가 깔려 있기 때문이다. 그렇기 때문에 화자의 절절한 연정이 표출되고 있음에도 불구하고 님을 만날 수 없을 것이라는 절망적인 인식이 작품의 지배적인 정서라고 해석할 수 있다.

08

누항사(陋巷詞)
― 전란 후의 곤궁한 삶을 담아내다

우리 역사에서 임진왜란(1592)과 병자호란(1636)은 조선 사회의 구조를 근본적으로 바꿔놓은 사건이었다. 짧지 않은 기간 동안 벌어졌던 임진왜란의 여파로 당대 민중들의 삶은 극심한 희생을 동반하면서 피폐한 지경에 이르게 되었다. 뒤이어 발생한 병자호란은 이전까지 오랑캐라 여겼던 청나라에 패배하여 왕이 항복하는 굴욕적인 결과를 초래했던 사건이다. 이 사건들은 결과적으로 전란에 대처하는 지배층의 무능을 그대로 노출했을 뿐만 아니라, 다양한 측면에서 당대 사회의 격심한 변화를 초래하는 계기가 되었다. 조선 전기까지 비교적 견고하게 유지되었던 신분제의 틀이 이 시기를 기점으로 서서히 이완되기 시작했고, 경제를 비롯한 사회문화적인 측면에서도 그 체제를 지탱하는 근간이 크게 흔들리게 되었다.

전란이 발생하면 사회 공동체는 철저히 파괴되고, 그 속에서 살던 개인들의 일상생활도 불가능할 수밖에 없게 된다. 일단 전쟁의 소용돌이 속으로 빠져들게 되면 민중들은 삶과 죽음의 현장을 넘나들며 지내야만 하기 때문이다. 특히 장기간에 걸쳐 전 국토를 휩쓸며 황폐화시켰던 임진왜란이 당대의 민중들에게 끼친 영향은 더욱 심각했다. 이러한 시대를 겪었던 문인들은 전란과 그 이후의 상황을 다양한 방식으로 형상화했다. 대체로 우리 문학사에서는 이 시기를 기준으로 조선 전기와 후기로 구분하는데, 이는 작품 속에 형상화된 양상이 그 이전과는 질적으로 달라졌기 때문이다.

여기에서 살필 〈누항사〉는 임진왜란 이후 정상적으로 농사를 짓지 못할 정도로 황폐해진 농촌의 풍경을 그려내고 있는 작품이다. '누항'이란 '누추한 골목'이란 뜻으로, 이 작품에서는 농사를 지으며 힘겹게 살아가는 화자의 삶을 통해 당대의 현실을 반영하고 있다.

경상도 영천 지역의 유생이었던 노계 박인로(1561~1642)는 임진왜란이 발생하자 의병으로 참전했으며, 전란이 끝난 39세(1599) 무렵에 무과에 합격하여 무관으로 활동했던 인물이다. 애초 문인으로서의 생활을 추구했던 박인로가 무인으로 관직 생활을 시작한 것도 전란이 초래한 예정되지 않았던 삶의 한 양상이라 할 수 있을 것이다. 그는 45세(1605)에 부산진 통주사를 역임했고, 52세(1612)에 조라포 만호로 부임하여 활동했으며, 이후 관직 생활을 마치고 이덕형·정구·장현광 등 당대의 학자들과 교유하면서 평생 성리학을 연구하며 지냈다.

박인로는 모두 11편의 가사와 67수의 시조를 남긴 시가 작가로, 그 가운데 적지 않은 작품들은 다른 사람들의 부탁을 받고 대신 지은 것으로 알려져 있다. 예컨대, 전란 중에 지은 가사 〈태평사〉는 의병으로 참전한 당시(1598) 경상도 좌병사였던 성윤문의 명에 의해 지었으며, 〈사제곡〉은 이덕형을 방문했을 당시(1611) 그의 생활을 형상화하여 대신 지은 가사 작품이다. 이밖에도 적지 않은 시가 작품들은 박인로가 종유(從遊)하며 따랐던 당대 문인들과의 교유 속에서 창작되었다. 이러한 이유로 적지 않은 작품을 남겼음에도 박인로의 시가 작품들에 대한 전반적인 연구는 소략하고 그 가운데 몇몇 작품에 집중되어 있는 형편이다.

그의 대표작으로 거론되는 가사 〈누항사〉는 전란 후에 곤궁하게 지내는 삶을 형상화했고, 그러한 현실에 끝내 적응하지 못하고 자연으로 은거를 택하는 화자의 모습을 그려내고 있다. 〈누항사〉는 이덕형이 '산에서 지내는 곤궁한 처지(山居窮苦之狀)'에 대해서 묻자 이에 대한 답으로 박인로가 '자신의 품은 생각을 서술하여 지었다(述己懷作)'는 기록이 전하고 있다. 창작 동기를 설명하는 '술회(述懷)'라는 표현에서 알 수 있듯이, 〈누항사〉는 작가인 박인로가 직접 경험했거나 혹은 보고 들었던 내용을 바탕으로 지은 것이다. 즉 〈누항사〉에 형상화된 화자의 곤궁한 모습을 '작자의 직접적인 경험'으로만 해석하기보다, 전란 직후 황폐화된 현실에서 작자를 포함하여 농사에 어려움을 겪었던 이들이 당시에 처했던 상황에 대한 형상화로 이해할 필요가 있다. 작품의 후반부는 농사를 버리고 그동안 꿈꾸었던 강호로 향하는 화자의 모습이 그려지고 있는데, 기존의 연구들에서는 이러한 구성이 자연스럽지 못하다는 평가가 내려지기도 했다.

〈누항사〉가 수록된 박인로의 문집인 《노계집》은 목판본과 필사본의 2종이 전해지고 있다. 흔히 '고사본(古寫本)'이라 칭해지는 필사본에 수록된 작품은 목판본에 비해 표현이 더 확장되어 있으나, 문집 후반부가 낙장(落張)으로 훼손되어 결말 부분이 결락(缺落)된 미완성의 형태로 전해진다. 따라서 필사본 작품은 단지 참고 자료로 활용하고, 이 글에서는 목판본에 수록된 것을 분석 대상으로 했다. 필사본에 수록된 작품이 보다 핍진한 내용을 포함하고 있으나, 작품의 주제를 파악하기에는 목판본으로서도 충분하기 때문이다.

어리고 우활(迂闊)할손 이내 위에 더니 없다
길흉화복(吉凶禍福)을 하늘에 부쳐두고
누항(陋巷) 깊은 곳에 초막(草幕)을 지어두고
풍조우석(風朝雨夕)에 썩은 짚이 섶이 되어
서 홉 밥 닷 홉 죽(粥)에 연기(煙氣)도 하도 할사
설 데운 숙랭(熟冷)에 빈 배 속일 뿐이로다
생애(生涯) 이러하다 장부(丈夫) 뜻을 옮길런가
안빈(安貧) 일념(一念)을 적을망정 품고 있어
수의(隨宜)로 살려 하니 날로 조차 저어(齟齬)하다

작품의 서두에서 화자는 자신을 '어리석고 우활하다'고 하면서, 그러한 삶이 자신보다 더한 사람이 없을 것이라고 토로한다. '우활'이란 '사리에 어둡고 어리석다'는 뜻으로, 현실적인 생활에 적응하지 못하고 무기력하게 살아가는 자신의 처지를 비유하는 표현이라 하겠다. 따라서 자신에게 일어날 길흉화복의 결과에 대해서는 그저 하늘에 맡기고, 화자는 '누추한 골목(누항)'에 초가집을 짓고 살 수밖에 없는 처지임을 밝히고 있다. 바람이 불고 비가 오더라도 썩은 짚을 땔감(섶)으로 삼아 연기를 피우며, 밥과 죽으로 연명하는 생활을 해야만 하는 상황이다. '서 홉 밥'과 '닷 홉 죽'은 '누항'과 더불어 화자의 곤궁한 삶을 나타내는 표현이다. 식량이 부족하여 채 데우지 못한 '숭

늉(숙랭)'으로 대신하고자 하나, 그 역시 충분치 못하여 굶주림을 벗어날 수 없는 상황이 바로 화자의 일상인 것이다.

가난한 삶을 살아가면서도 학문을 닦고 도를 추구하는 '안빈낙도'의 이념은 조선 시대 사대부들이 품고 있던 중요한 가치로 여겨졌다. 화자 역시 그러한 생각을 조금이나마 지니고 있었으나, 끼니를 걱정해야 하는 현실의 생활은 장부로서의 뜻을 펼치기에는 턱없이 부족하다는 것을 실감했다고 하겠다. '수의'란 마땅함을 좇는다는 것이니, 곤궁한 처지에 놓인 화자의 삶은 그것조차 어긋날 수밖에 없게 된 것이다. 그만큼 화자에게 닥친 전란 후의 상황은 절망적으로 느껴질 수밖에 없었으며, 그야말로 사대부로서의 이상과 삶의 현실 사이의 괴리를 절감하게 되었던 것이다.

> 가을이 부족커든 봄이라 유여(有餘)하며
> 주머니 비었거든 병(甁)이라 담겼으랴
> 빈곤한 인생이 천지간(天地間)에 나뿐이라
> 기한(飢寒)이 절신(切身)하다 일단심(一丹心)을 잊을런가
> 분의(奮義) 망신(忘身)하여 죽어야 말려 여겨
> 우탁(于槖) 우낭(于囊)에 줌줌이 모아 넣고
> 병과(兵戈) 오재(五載)에 감사심(敢死心)을 가져 있어
> 이시(履尸) 섭혈(涉血)하야 몇 백전(百戰)을 지냈는가

비록 가난한 삶일지라도 추수하는 가을이 되면 일반적인 농가의 식량 사정이 어느 정도 여유로운 것이 현실이다. 하지만 화자의 형편은 가을에도 식량이 부족하고, 봄에는 말할 필요도 없을 정도로 곤궁

함을 벗어나지 못하고 있다. '자신의 몸(주머니)'에 지닌 것이 없으며, '어느 곳(병)'에든지 보관할 수도 없는 절박한 처지이다. 이러한 상황에서 화자는 '빈곤한 인생이 천지간에 나뿐이라'고 탄식하게 된다. 아마도 전란을 겪은 이후 농사를 제대로 짓지 못해 추수철인 가을에도 식량 걱정을 해야 하는 상황을 반영한 것이라고 여겨진다. 하지만 굶주림과 추위에도 불구하고 화자는 나라를 생각하는 '일단심'은 잊지 않았노라 자부하고 있다.

화자는 전쟁 상황에 자신을 잊고 의로써 분투하겠다는 생각을 품고 있었으며, 이러한 마음가짐은 죽어서야 그만두겠다는 각오에서 비롯되었음을 알 수 있다. '병과 오재'는 '무기를 지니고 무관으로서 지낸 다섯 해'라는 의미로, 아마도 작자가 무과에 급제하여 관직 생활을 겪었던 기간을 지칭하는 것으로 해석된다. 의병으로 전란에 참전하고 무관으로서 임무를 수행하면서 화자는 늘 죽음으로 자신의 임무를 수행하겠다는 마음을 굳게 다졌을 것이다. 의로움을 떨치고자 자신을 돌아보지 않고 '전대(우타)'나 '주머니(우낭)'에 식량을 모아서 주검과 피로 뒤덮인 전쟁터를 수도 없이 경험했던 과거를 회상해 보기도 한다. 특히 화자의 과거를 회상하는 이 부분은 작자의 체험에 근거하여 당시를 살았던 사람들에게 전란의 참혹함을 떠올리게 하는 내용이라 하겠다.

일신(一身)이 여가(餘暇) 있어 일가(一家)를 돌아보랴
일노(一奴) 장수(長鬚)는 노주분(奴主分)을 잊었거든
고여춘급(告余春及)을 어느 사이 생각하리
경당문노(耕當問奴)인들 눌다려 물을런가

궁경가색(躬耕稼穡)이 내 분(分)인 줄 알리로다

신야(莘野) 경수(耕叟)와 농상(壟上) 경옹(耕翁)을 천(賤)타 할 이 없건마는

아무리 갈려 한들 어느 소로 갈겠는가

한기태심(旱旣太甚)하여 시절(時節)이 다 늦은 제

서주(西疇) 높은 논에 잠깐 갠 소나기에

도상(道上) 무원수(無源水)를 반쯤만 대어두고

소 한번 주마 하고 엄섬이 하는 말씀

친절(親切)하다 여긴 집에 달 없는 황혼에 허위허위 달려가서

굳게 닫은 문 밖에 우두커니 혼자 서서

큰기침 아함이를 양구(良久)토록 하온 후에

어화 그 뉘신고 염치없는 내올시다

초경(初更)도 거읜데 그 어찌 와 계신고

연년(年年)에 이러하기 구차한 줄 알건마는

소 없는 궁가(窮家)에 걱정 많아 왔소이다

공짜거나 값이나 주엄 직도 하다마는

다만 어젯밤에 건너 집 저 사람이

목 붉은 수기치(雉)를 옥지읍(玉脂泣)게 구워내고

갓 익은 삼해주(三亥酒)를 취(醉)토록 권하거든

이러한 은혜를 어이 아니 갚을런가

내일로 주마 하고 큰 언약 하였거든

실약(失約)이 미편(未便)하니 사설이 어려워라

실위(實爲) 그러하면 설마 어이할고

헌 멍석 숙여 쓰고 축 없는 짚신에 설피설피 물러오니

풍채(風采) 적은 형용(形容)에 개 짖을 뿐이로다

농사를 짓기 위해 이웃집에 소를 빌리러 가는 부분인데, 내용은 물론 표현도 매우 사실적으로 묘사하고 있다. 어떻게든 생활을 꾸리기 위해 잠시 정신을 차리고 집 안을 돌아보니, 화자는 농사를 지을 준비가 전혀 되지 않았음을 알게 된다. '고여춘급'은 '봄이 왔음을 나에게 알려준다.'라는 의미이며, '경당문노'란 '농사에 대해서는 집안에서 농사일을 잘 아는 종에게 묻는다.'라는 뜻으로, 모두 농사를 지을 시기가 되었다는 표현이다. 하지만 긴 수염의 늙은 종이 '주인과 종의 분수'조차 잊었다고 했으니, 아마도 농사를 지을 종이 전란 중에 사라졌음을 뜻하는 것으로 보인다. 따라서 화자는 '직접 농사를 짓는 (궁경가색)' 것이 자신의 '분'이라고 표현하고 있다. '신야 경수'는 중국 은나라 탕왕의 재상이었던 이윤을 지칭하며, '농상 경옹'은 중국 촉나라 유비의 재상이었던 제갈량의 고사에서 연유한 표현이다. 이 두 사람도 재상이 되기 전에 직접 농사를 지은 적이 있는데, 이를 통해 화자는 스스로 농사를 짓는 것도 천한 일만은 아니라는 것을 말하고자 한 것이다.

화자는 농사를 직접 지어야 하는 자신의 처지를 애써 변명하지만, 그에게 닥친 현실은 그리 녹록하지 않다. 농사를 짓기 위해서는 논을 갈아야 할 소가 필요하지만 화자에게는 자기 소유의 소가 없기 때문이다. 전란의 와중에 남아 있는 소가 극히 드물었던 당시의 상황을 반영하는 내용이라고 여겨진다. 벼를 심기 위해서는 논에 물을 대 주어야만 한다. 하지만 가뭄이 오래 지속되었을 뿐만 아니라 이미 모내기를 할 시기도 놓쳐버렸다. 하지만 잠시 내린 소나기로 서쪽 높은 논에서 흘러내려 길 위에 고인 물을 급히 자신의 논에 대어두고, 화자는 저녁 늦게 이웃집에 소를 빌리러 갔던 것이다. 달도 없는 황혼

녘에 허위허위 뛰어갔지만, 말을 꺼낼 수가 없어 그저 상대방의 문 앞에서 오랫동안 헛기침을 하는 수밖에 없다. 이 대목에서는 한창 바쁜 농번기에 빈손으로 남의 소를 빌리러 간 화자의 절박한 심정이 느껴지는 듯하다.

오랜 기다림 끝에 마침내 기척이 들리고, 소 주인이 나와 찾아온 이유를 묻는다. 이에 화자는 자신의 구차한 사정을 설명하며 농사에 필요한 소를 빌려달라고 한다. 그러나 화자에게 돌아온 것은, 누군가 기름진 꿩과 술을 가지고 와서 부탁하기에 이미 그에게 빌려주기로 약속했다는 소 주인의 대답이었다. 아마도 화자에게 빌려주겠다는 선약을 했기에, 주인은 소를 빌려줄 수 없는 이유를 장황하게 늘어놓았을 것이라고 짐작된다. 주인의 그러한 답변을 들으면서 화자는 자신의 궁색한 처지가 더욱 참담하게 여겨졌을 것이다. 헌 멍석을 비스듬히 덮어쓰고 다 떨어진 짚신을 신고 맥없이 돌아서는데, 어디서 마치 화자를 조롱하듯 개 짖는 소리가 들린다. 이처럼 화자가 처해 있는 '누항'은 당장 먹고살 수 있는 길을 발견할 수 없을 정도로 현실적인 삶의 토대가 전혀 마련되지 않은 공간이라 할 수 있다.

와실(蝸室)에 들어간들 잠이 와서 누웠으랴

북창(北窓)을 비겨 앉아 새벽을 기다리니

무정(無情)한 대승(戴勝)은 이내 한(恨)을 돋우나니

종조(終朝) 추창(惆悵)하며 먼 들을 바라보니

즐기는 농가(農歌)도 흥 없어 들리누나

세정(世情) 모른 한숨은 그칠 줄을 모르겠네

아까운 저 보습은 볏 보임도 좋을시고

가시 엉킨 묵은 밭도 용이(容易)케 갈련마는

허당(虛堂) 반벽(半壁)에 쓸데없이 걸렸구나

춘경(春耕)도 거의 거다 팽개처 던져두자

강호(江湖) 한 꿈을 꾸었던 지 오래더니

구복(口腹)이 위루(爲累)하야 어즈버 잊었도다

첨피기욱(瞻彼淇澳)한데 녹죽(綠竹)도 하도 할사

유비(有斐) 군자(君子)들아 낙대 하나 빌려주라

노화(蘆花) 깊은 곳에 명월청풍(明月淸風) 벗이 되어

임자 없는 풍월강산(風月江山)에 절로절로 늙으리라

무심한 백구(白鷗)야 오라 하며 말라 하랴

다툴 이 없을손 다만 인가 여기리라

집으로 돌아온 화자는 막막한 처지를 한탄하며 잠을 이루지 못하고, 북으로 난 창가에 비스듬히 앉아 새벽녘까지 밤을 꼬박 새울 수밖에 없었다. 때마침 들리는 오디새(대승) 우는 소리가 마치 자신의 한을 돋우는 것처럼 느껴지기도 한다. 아침이 다 지나도록 애를 태우면서 먼 들을 바라보니, 평소에는 화자도 즐기던 '농민들의 노랫가락(농가)'에 전혀 흥겨움이 느껴지지 않는다. 이미 때를 잃은 농사에 한숨은 그칠 줄을 모르고, 논을 갈기 위해 준비해 둔 '쟁기의 날(보습)'이 문득 화자의 눈에 들어온다. 소만 구할 수 있다면 잡초가 우거져 묵은 밭도 쉽게 갈 수 있을 것이라는 생각을 해보지만, 그저 빈 벽에 쟁기 하나만 덜렁 걸려 있을 뿐이다. 자신에게 닥친 상황을 절감하고 마침내 화자는 농사를 포기하기로 결심한다.

그리하여 당장 먹고살 걱정에 오랫동안 잊고 있었던 사대부로서

강호에 은거할 꿈을 떠올리게 되었다. '첨피기욱'과 '유비 군자'라는
표현은 《시경》에서 인용한 구절로, 자연에 은거하며 살아가는 군자
의 여유로운 삶을 형상화하고 있다. 화자는 갈꽃이 우거진 곳에서 명
월과 청풍을 벗 삼아 지내면서 강호에서 절로 늙어가는 삶을 꿈꿔본
다. 더욱이 자연에서 무심히 날아다니는 갈매기들도 자신을 거부하
지 않을 것이니, 화자는 다툼이 없는 그곳을 자신의 거처로 여기겠노
라고 자부하고 있다. 현실의 곤궁한 삶에 제대로 적응하지 못한 화자
가 자연을 좇아 은거하겠다고 결심하는 것이 다소 부자연스럽게 느
껴질 수 있다. 그러나 '안빈낙도'를 추구하던 사대부로 지내기를 소망
하던 작자에게는 이러한 선택이 전혀 어색하게 느껴지지 않았을 것이
이다. 아마도 현실에서의 곤궁한 삶의 형상화는 오히려 자연을 선택
하는 화자의 논리를 뒷받침하려는 의도로 설정된 것으로 해석하는
것이 자연스럽다.

무상(無狀)한 이 몸에 무슨 지취(志趣) 있으리만

두세 이렁 밭 논을 다 묵혀 던져두고

있으면 죽(粥)이요 없으면 굶을망정

남의 집 남의 것은 전혀 부러 않겠노라

내 빈천(貧賤) 싫다 여겨 손을 젓다 물러가며

남의 부귀(富貴) 부러워해 손을 치다 나아오랴

인간(人間) 어느 일이 명(命) 밖에 생겼으리

빈이무원(貧而無怨)을 어렵다 하건마는

내 생애 이러하되 서러운 뜻은 없노매라

단사표음(簞食瓢飮)을 이도 족(足)히 여기노라

평생 한 뜻이 온포(溫飽)에는 없노매라
태평천하(太平天下)에 충효(忠孝)를 일을 삼아
화형제(和兄弟) 신붕우(信朋友) 외다 할 이 뉘 있으리
그 밖에 남은 일이야 생긴 대로 살겠노라.

현실의 어려움에 굴복한 자신의 모습이 아마도 무상하게 느껴졌을 것인데, 그러한 상황에서 자신이 지닌 '거창한 뜻(지취)'을 내세울 수도 없었을 것이다. '무상'이란 남들에게 자랑할 만한 성과가 없는 것을 의미한다. 자신이 갈고자 했던 밭을 다 묵혀두고 자연에서 지내면서 죽으로 연명하거나 혹은 굶더라도 화자는 남의 것을 부러워하지 않겠노라고 다짐한다. 작품 초반부에서 현실에서의 곤궁한 삶이 '장부의 뜻'을 실천하는 데 걸림돌로 작용했다면, 여기에서 화자가 선택한 자연에서의 삶은 이러한 것조차 받아들이는 데 아무런 문제가 되지 않는다. 자연에서 사는 화자의 '빈천'과 속세에서 살아가는 '남의 부귀'조차 모두 '명'으로 여기고, 단지 '가난하지만 누구도 원망하지 않는(빈이무원)' 삶을 자신의 생애로 받아들이겠노라고 다짐한다.

'단사표음'은 '한 그릇의 밥과 표주박의 물'이라는 뜻으로, 공자의 제자인 안회의 삶을 표상하는 표현이다. 한시나 시가 등에서 가난한 가운데서도 만족스러운 삶을 사는 화자의 자족적인 면모를 강조하는 표현으로 흔히 사용되고 있다. 하지만 화자가 온전한 의미에서 '안빈낙도'의 삶을 즐길 수 있을지는 장담하기 어렵다. 화자는 자신이 평생 추구했던 바는 '따뜻함과 배부름(온포)'이 아니었음을 토로하고, 자연에서 살면서도 '충효'와 '화형제' 그리고 '신붕우' 같은 유가적 이념을 실천하며 살겠다는 각오를 밝히고 있다. 물론 박인로는 관직을

그만두고 성리학을 연구하면서 이러한 덕목을 자신이 평생 추구하고 자 하는 것으로 내세웠다. 비록 전란으로 인해서 원치 않았던 무관으로 지내야 했지만, 관직을 그만두고 당대의 쟁쟁한 학자들에게 종유하면서 학문을 하고자 했던 박인로의 삶이 이러한 내용에 투영되어 있다고 해석할 수 있겠다. 따라서 이 작품에서 자연은 현실의 어려움에서 벗어나 유자로서의 삶을 가능케 하는 공간이라는 성격을 지닌다고 할 수 있다.

09

고공가(雇工歌)
고공답주인가(雇工答主人歌)
— 고공의 목소리를 통해 경영의 방법을 묻다

'연작형 가사'라 할 수 있는 〈고공가〉와 〈고공답주인가〉는 '주인'과 '고공'의 입장에서 한 집안의 경영에 대한 진단과 대응책을 제시하고 있는 작품이다. '고공'이란 일정한 대가를 받고 어떤 집에 고용되어 농사일과 잡일 따위를 해주는 사람을 일컫는다. 흔히 '머슴'이라 불리기도 했는데, 신분적으로 주인에게 예속된 '종' 또는 '노비'와는 사회적 처지가 뚜렷이 구별되는 존재라 할 수 있다. 주인과 고공 사이에는 일정한 계약 관계가 전제되어 있으며, 서로 그 조건을 지키지 못했을 때는 언제든지 계약이 파기될 수 있었다. 물론 당시에는 신분적으로나 경제적으로 우위를 차지하던 주인에 비해 고공은 사회적으로 약자의 처지에 놓일 수밖에 없었던 것이 엄연한 현실이었다.

이 두 작품은 모두 19세기에 필사된 《잡가》라는 가사집에 수록되어 전하는데, 작품과 관련된 서로 다른 기록으로 인해 작자 문제와 작품의 성격 등에 관해 논란이 제기되기도 했다. 가사집의 〈고공가〉가 수록된 말미에 "이는 선조가 지은 것으로, 임진왜란이 끝난 뒤에 이 작품을 지어 신료들에게 강개한 뜻을 우의한 것이다."라는 기록이 첨부되어 있다. 즉《잡가》의 편자는 이 작품을 선조가 직접 지었으며, 임금이 자신의 뜻을 신하들에게 빗대어 전달하기 위한 내용으로 파악했던 것이다. 그러나 그보다 앞서 이수광(1563~1628)은 그의 저서 《지봉유설》에서 "〈고공가〉가 선조의 작품이라고 알려졌으나 잘못된 것이며, 당시 진사로 무과에 급제했던 허전(생몰년 미상)이 지었다."라고 밝혀놓았다. 이처럼 작자에 대한 서로 다른 기록이 전해지고 있으나, 현재는 〈고공가〉의 작자를 허전으로 파악하는 것이 학계의 일반적인 견해이다. 이 작품이 유행하자 이원익(1547~1634)은 '고공'의 입장에서 주인에게 건네는 내용의 〈고공답주인가〉를 지어 화답했다.

〈고공가〉는 작자의 창작 의도와는 상관없이 일찍부터 그 내용이 당대 현실에 대한 우의로 향유되었으며, 특히 임진왜란 직후의 혼란스러운 정세에 대해서 비판한 것으로 이해되었다. 그러나 최근 〈고공가〉의 내용을 우의적으로 해석하기보다는 당시 영세 자영농의 상황을 그대로 반영한 것으로 보아야 한다는 견해가 제기되었다. 〈고공가〉는 단지 작자가 집안 경영의 문제에 대해서 자신의 입장을 제시한 것이며, 그 내용이 조선 후기 고공을 부리던 농업 경영인의 모습을 반영하고 있다는 주장이 그것이다. 하지만 이 작품은 독립적으로 유통된 것이 아니라 〈고공답주인가〉와 함께 전해지면서 향유되었다는 측면을 주목할 필요가 있다. 〈고공답주인가〉는 〈고공가〉의 내용에 이의를 제기함으로써 '주인'과 '고공'이 아닌 '종'과의 관계를 중심으로 집안 경영의 문제를 다루고 있다. 그렇기 때문에 〈고공답주인가〉는 주인과 고공과의 관계를 논하고 있는 〈고공가〉와는 논의의 방향이 다소 달라졌다고 파악할 수 있다.

이러한 측면을 고려하여 〈고공가〉와 〈고공가주인가〉의 성격을 구별하면서 작품을 분석할 필요가 있다. 먼저 〈고공가〉는 주인인 화자가 자신의 집안 내력을 설명하면서, 과거의 부유함과 현재의 가산 탕진의 원인이 모두 제 역할을 하지 못하고 있는 고공에게 있음을 강조하고 있다.

집의 옷 밥을 엱고 들먹는 저 고공(雇工)아
우리 집 기별을 아느냐 모르느냐
비 오는 날 일 없을 제 새끼 꼬며 이르리라
처음에 한어버이 살림살이 하려 할 제
인심(仁心)을 많이 쓰니 사람이 절로 모여
풀 베고 터를 닦아 큰 집을 지어내고
써레 보습 쟁기 소로 전답(田畓)을 기경하니
올벼논 텃밭이 여드레 갈이로다
자손(子孫)에 전계(傳繼)하여 대대로 내려오니
논밭도 좋거니와 고공도 근검터라
저희마다 농사지어 가멸차게 살던 것을
요사이 고공들은 생각 어이 아주 없어
밥사발 크나 작으나 동옷이 좋으나 언짢으나
마음을 다투는 듯 호수를 시기하는 듯
무슨 일 느낌에 흘깃할깃 하는 건가
너희내 일 아니고 시절(時節)조차 사나워서
가뜩이 내 세간이 풀어지게 되었는데
엊그제 화강도(火强盜)에 가산(家産)이 탕진(蕩盡)하니

집 하나 불타버려 먹을 것이 전혀 없다

크나큰 세사를 어찌하여 이룰런가

    작품의 서두는 주인인 화자가 집안의 기별조차도 관심이 없는 고공에게 말을 건네는 형식으로 되어 있다. 화자는 고공을 '밥과 옷을 몸에 얹고서도 들먹는' 존재로 묘사하고 있다. '들먹다'는 '못나고 마음도 올바르지 않다'는 뜻이니, 주인에게 정당한 대가를 받으면서도 제 역할을 하지 못하고 있는 고공을 질책한 것이라 이해된다. 비가 내려 농사일을 할 수 없으니, 화자는 새끼를 꼬면서 고공들에게 자신의 집안 내력을 들려주기로 한다. 화자의 할아버지가 '너그러운 마음(인심)'으로 사람을 대하여 집안의 터를 닦고 농사를 지어 '여드레 갈이'를 할 정도로 넓은 농토를 마련했음을 밝히고 있다. '여드레 갈이'란 써레·보습·쟁기 등의 농기구를 이용하여 한 마리의 소로 여드레(8일) 동안 갈아야 할 정도로 넓은 농토이니, 과거에는 조상들과 집안에서 고용한 고공들의 근검으로 인해 부유한 경제력을 지니게 되었음을 알 수 있다. 그리고 그 재산이 대대로 전해질 수 있었던 것은 조상들의 능력만이 아니라 함께 일하던 고공들의 근검도 큰 역할을 했다는 것을 강조하고 있다.

    하지만 화자는 그러한 조상들의 넉넉한 살림살이와는 달리 '가산 탕진'이란 현실에 직면해 있다. 과거의 고공들은 농사를 지어 가멸차게 살 수 있었는데, 요즘의 고공들은 생각 없이 당장 눈앞의 밥그릇과 옷에만 신경을 쓰는 점이 다르다고 말하고 있다. '가멸차다'는 '재산이 매우 많고 살림이 풍족하다.'라는 뜻이니, 과거의 고공들이 그만큼 부지런했음을 알 수 있다. 게다가 시절조차 사나워 세간이 점점 줄어들어 가는데, '화강도'로 인해서 가산을 탕진하는 지경에 처하게 되었다. 즉 가산 탕진의 직접적인 원인은 불을 지르고 강도 짓을 하는 '화강도'로 인한 것이지만, 그 이전에 농사와 집안일에 소홀한 고공들의 탓도 적지 않다는 것이 화자의 인식이다. 그리하여 화자는 '화강도'가 난입했던 사나운 시절도 문제지만, 집안일에 전혀 신경 쓰지 않는 고공들의 게으름으로 인해 가산을 다시 일으키기가 쉽지 않다고 했다. '세사'는 '대대로 지내던 제사(世祀)' 혹은 '세상에서 일어나는 일(世事)'의 두 가지로 해석할 수 있는데, 화자는 이제 과거 조상들이 이룬 성과를 이루는 것이 불가능할 것이라 여기고 있다.

조선 시대에는 집안에 예속된 종들이나 대가를 받기로 하고 고용된 고공들에 의해 농사일이 진행되는 것이 일반적이었다. 그렇기에 작품에서처럼 고공들은 주인이 자신들에게 어떻게 해주는가를 먼저 따지고 그에 걸맞게 자신의 역할을 하고자 했을 것이다. 무엇보다 고공들이 농사일에 전념하기 위해서는 주인의 역할이 중요할 수밖에 없다. 즉 화자가 자신의 '할아버지(한어버이)'처럼 '어진 마음'으로 고공들을 대하는 것이 전제되어야만 한다. 더욱이 '화강도'가 들이닥친 현실은 고공들과는 무관한 '사나운 시절'의 문제일 뿐이니, 이를 고공들의 탓으로 돌리는 것은 결코 정당한 논리라 할 수 없다. 만일 그러한 현실에서 주인이 일에 대한 대가조차 지불할 능력이 안 된다면, 고공들이 그 집을 떠나 다른 일을 찾아보는 것은 지극히 당연하기 때문이다.

물론 이 작품이 당시의 현실을 우의한 것이라면 주인과 고공의 역할에 대해서는 다른 해석도 가능하다. 작품 서두의 '한어버이'가 집안을 일으키는 과정은 조선의 건국 과정에, 그리고 '화강도'는 임진왜란을 일으킨 왜적에 비유한 것으로 이해될 수 있다. 그러나 한 집안을 일으키기 위해서는 무엇보다도 주인의 역할이 가장 중요하며, 고공들의 역할과 시대적인 문제는 어쩌면 부차적일 수 있다. 하지만 이 작품에서 화자는 가세가 기운 원인을 철저히 고공들의 '생각'이 없는 탓으로 돌리고 있으며, 그들에게 다시 농사일에 매진하기만을 당부하고 있다.

김가(金哥) 이가(李哥) 고공들아 새 마음 먹자꾸나
너희내 젊었으니 생각 설마 아니 할까
한 솥에 밥 먹으며 매양에 측측(仄仄)하랴
한마음 한뜻으로 농사를 짓자꾸나
한 집이 가멸차면 옷 밥을 분별하랴
누구는 쟁기 잡고 누구는 소를 모니
밭 갈고 논 삶아 벼 세워 던져두고
날 좋은 호미로 기음을 매자꾸나
산전(山田)도 거칠었고 못논도 우거졌다
싸리 피 말뚝 세워 벼 곁에 자랄세라
칠석(七夕)에 호미 씻고 기음을 다 맨 후에
새끼꼬기 뉘 잘하며 섬으란 뉘 엮으랴
너희 재주 헤아려 서로서로 맡아서
가을 거둔 후면 성조(成造)를 아니 하랴
집으란 내 지을게 움으란 네 묻어라
너희 재주를 내 짐작 하였노라

화자가 '김가'와 '이가'라는 고공에게 자신의 계획을 밝히며 새로운 마음으로 다시 열심히 농사를 짓자고 독려하는 내용이 이어진다. 고공들은 젊어서 각자의 생각을 지니고 있을 것이니, 한솥밥을 먹으며 서로 아웅다웅할 필요 없이 한마음으로 농사를 짓는다면 가세가 다시 일어날 것이라고 여겼기 때문이다. '측측'은 그 의미가 분명치 않은데, 여기에서는 마음이 각각 자신에게 기울어 서로 아웅다웅하는 모양을 지칭하는 뜻으로 해석했다. 화자는 고공들의 '생각'을 거듭 강조하면서, 집안의 사정을 스스로 헤아려 농사일에 나서주기를 바라고 있다. 하지만 손길이 미치지 못한 지 오래된 논과 밭에는 싸리와 피 같은 잡초들이 마치 말뚝처럼 자라서 벼와 나란히 자랄 지경이 되었다. 그리하여 각자 쟁기를 잡고 소를 몰아 농사일에 나서 풀이 무성한 논과 밭에 김매기를 할 것을 권하고 있다. 실제 농사일에서 여름철 잡초를 뽑아주는 김매기의 과정이 가장 어렵고 힘들다고 한다. 김매기는 한 번에 끝나는 것이 아니라 여름철 내내 반복적으로 해야만 하는 작업이다. 조금만 논과 밭을 돌보지 않으면 금방 자라는 잡초 때문에 농사가 제대로 되지 않아 가을철 예상만큼의 결실을 거두기가 쉽지 않다.

만일 화자의 계획처럼 고공들이 김매기의 과정에 적극 참여한다면 칠석에는 '호미씻기'를 할 수 있을 것이다. '호미씻기'는 김매기가 끝날 무렵인 음력 7월 즈음에 더 이상 사용할 일이 없는 호미를 씻는 민속 의식으로, 농사를 주관하는 이들이 이때에 일꾼들을 위로하는 잔치를 베푸는 것이 일반적이었다. 농가에서는 김매기를 마치면 새끼를 꼬고 가마니를 엮어 수확한 농작물을 저장할 준비를 했다. '성조'란 토속신앙에서 집터를 지키는 신을 지칭하는데, '집'과 '움'을 짓는 행위가 폐허가 된 집을 다시 건설하기 위한 큰 공사임을 강조한 표현이라 하겠다. 즉 화자는 '화강도'에 의해 불에 타서 없어진 집을 농사가 끝나면 다시 지을 수 있다는 희망을 제시하고 있다. 흥미로운 것은 작품에서 고공들의 성을 '김가'와 '이가'라고 밝힌 것으로 보아, 그들은 화자에게 신분적으로 예속된 종들과는 처지가 다른 양민 신분이라는 것을 알 수 있다. 비록 자신에게 고용된 처지이지만 집안 농사의 성공 여부는 혼자 할 수 있는 일이 아니라 고공들의 역할이 절대적일 수밖에 없었다. 만일 이들이 자신의 계획대로 농사일에 매진한다면 화자는 그 결실로 인해 다시 집안을 일으킬 수 있다는 기대를 잃지 않고 있다. 이러한 계획을 달성하기 위해서는 고공들의 역할이 중요하기에, 화자는 자신의 생각을 밝히며 그들을 설득하고자 했던 것이다.

너희도 먹을 일을 분별을 하려무나
멍석에 벼를 넌들 좋은 해 구름 끼어 볕뉘를 언제 보랴
방아를 못 찧거든 거칠고 거친 올벼
옥 같은 백미(白米) 될 줄 뉘 알아보겠느냐
너희내 데리고 새 살림 살자 하니
엊그제 왔던 도적 아니 멀리 갔다 하되
너희내 귀 눈 없어 저런 줄 모르길래
화살을 전혀 얻고 옷 밥만 다투는가
너희내 데리고 추운가 주리는가
죽조반 아침 저녁 더 해서 먹였거든
은혜는 생각 않고 제 일만 하려 하니
생각 있는 새 일꾼들 어느 때 얻어 있어

집 일을 마치고 시름을 잊으려나

너희 일 애달파하면서 새끼 한 사리 다 꼬노라.

   아마도 화자는 자신의 계획이 고공들에게 그다지 설득력이 없다는 것을 예견하고 있었던 것으로 보인다. '화강도'에 의해 가산이 탕진되고 당장 먹을 것조차 변변치 않은 화자에게, 고용 관계에 있는 고공들이 자발적으로 협력할 것을 기대하기란 현실적으로 쉽지 않기 때문이다. 계속해서 농사를 지어 결실을 거두기 위한 방책을 제시하면서, 한편으로는 고공들에게 호소하고 다른 한편으로는 그들의 비타협적인 자세에 대해 비판하기도 했다. 좋은 쌀을 얻기 위해서는 수확한 벼를 볕에 잘 말린 후에 방아를 찧어야 한다. 만일 결실을 거두기까지 고공들이 제 역할을 해주기만 한다면, 화자는 그들과 새로운 살림을 꾸릴 수 있다고 말하고 있다. 하지만 화자의 이러한 호소에도 고공들의 태도는 쉽게 변하지 않았던 것으로 보인다. 화자는 얼마 전에 왔던 도적이 다시 올 수도 있는데 당장 자신들의 눈앞에 놓인 옷과 밥을 다투는 고공들의 태도가 야속하게만 느껴졌을 것이다. 화자는 어려운 시절임에도 그동안 추위와 굶주림 그리고 죽조반까지도 고공들과 함께했다는 것을 강조하고 있다.

   작품의 결말 부분에서 보듯, 화자는 그들이 그동안의 '은혜'를 떠올리며 새로운 마음을 먹기를 바랄 수밖에 없는 형편이다. 혹시나 하는 마음으로 화자의 뜻을 잘 따라줄 수 있는 새로운 고공을 얻을 수 있을까 생각해 보지만, '가산 탕진'이라는 화자의 현실적인 처지에서는 그 역시도 쉽지 않다. 제대로 농사를 지을 수조차 없는 암울한 상황과 협조적이지 않은 고공들의 태도로 인해 화자에게 닥친 '시름'은 깊어만 갔던 것이다. 그렇게 애타게 호소하며 새끼 한 사리를 다 꼬는 동안, 고공들의 비타협적인 자세로 인한 화자의 애달픔이 사라질 것 같지도 않다. 어쩌면 주인의 처지에서 고공에게 인정으로 호소하는 것 이외의 다른 방법은 없을 것이니, 그만큼 화자에게 닥친 현실은 비관적이라 하겠다. 이처럼 구체적으로 농사를 짓는 과정에 입각한 작품의 내용은 〈고공가〉를 임진왜란 직후의 정치 상황에 대한 우의로 보지 않고 당시 영세 자영농의 절박한 상황을 반영한 것으로 이해하는 것도 가능하다. 따라서 〈고공가〉는 그 내용으로 보아 독립적으로 다룰 수 있지만, 〈고공답주인가〉는 작품 창작의 원인이 되었던 〈고공가〉와 함께 논의하는 것이 마땅하다.

〈고공답주인가〉의 작자인 이원익은 〈고공가〉를 읽고 그 답변 형식으로 새로운 작품을 통해 당대의 현실에 대한 자신의 견해를 밝히고자 했다. 제목은 '고공이 주인에게 답하는 노래'라는 뜻을 지니고 있지만, 〈고공답주인가〉에 등장하는 화자는 애초부터 '고공'이 아닌 '종'의 신분으로 명시되어 있다. 〈고공가〉는 주인의 입장에서 고공들에게 호소하는 내용으로 진행되지만, 〈고공답주인가〉는 고공이 아닌 종의 입장에서 주인에게 복종하는 것을 당연시하고 있다. 그렇다면 작자인 이원익은 '고공'과 '종'을 동일하게 인식하고 있었다고 여겨진다. 어쩌면 두 작품을 지은 허전이나 이원익이 모두 지배계급이었기에 애초부터 '종'과 '고공'을 구별하지 않고 동일한 신분으로 인식했다는 것이 더 현실적인 해석이라고 할 수 있겠다.

어와 저 반하야 돌아앉아 내 말 듣소
어떠한 젊은 손이 생각 없이 다니느냐

마누라 말씀을 아니 들어보았느냐

나는 이럴망정 외방(外方)의 늙은 종이

공 바치고 돌아갈 제 하는 일 다 보았네

우리 댁 세간이야 예부터 이렇던가

전민(田民)이 많단 말이 일국(一國)에 소리 났네

먹고 입는 드는 종이 백여 구(百餘口) 넘었으니

무슨 일 하노라 텃밭을 묵혔는가

농장(農莊)이 없다 할까 호미 연장 못 가졌나

날마다 무엇 하려 밥 먹고 다니면서

열 나무 정자 아래 낮잠만 자는 건가

　작품의 전체적인 내용을 고려할 때 〈고공답주인가〉의 화자는 고공
의 입장을 대변하기보다 주인과 종의 역할을 양비론적 시각에서 바
라보는 것으로 파악된다. '답가'는 작품의 서두에서 누군가를 부르며
화자 자신의 말을 듣도록 유도하고 있다. 그동안의 연구에서는 이 작
품의 첫 구절을 '어와 저 양반아'로 풀이했지만, 고공의 처지에서 자
신을 고용한 주인에게 '저 양반아'와 같은 호칭을 사용할 수 있는지는
의문이다. '반하'는 양반의 집 하인이라는 뜻으로, 일반적으로 종들끼
리 서로 부를 때 쓰는 표현이다. 따라서 이 작품은 양반 신분인 〈고공
가〉의 화자에게 직접 말을 건네기보다, 그 하인에게 간접적으로 말을
건네는 형식이라 하겠다. 이 작품의 화자 역시 '생각 없이' 지내는 것
에 대한 비판적 시각을 지니고 있다. 이처럼 두 작품 모두 '생각'하는
것을 강조하는 있는데, 이는 고공 혹은 종에게 수동적인 자세를 버리
고 집안일에 능동적으로 나설 것을 기대했기 때문으로 이해된다. 화

자는 그러한 '젊은 손'을 탓하면서 상대에게 '마누라 말씀'을 들어보았는지 반문하고 있다. 화자가 언급한 '생각 없이 다니는 젊은 손'은 〈고공가〉의 대상이 되는 '고공들'이라 이해된다. 더욱이 '마누라'라는 존칭은 고공을 부리는 주인을 지칭하는 것이며, '마누라 말씀'이란 바로 〈고공가〉의 내용을 가리킨다. 그렇다면 이 작품의 화자는 〈고공가〉에 등장하는 '김가'나 '이가'로 칭해지는 고공들이 아닌 제3의 존재이며, 화자의 상대는 〈고공가〉에서 새끼를 꼬는 주인과 동일 인물로 볼 수 있다. 그렇다면 이 작품은 〈고공가〉의 상황과 비슷한 처지에 있는 다른 집을 대상으로 화자의 견해를 '종'의 입장에서 제시하고 있는 것으로 이해할 수 있겠다.

화자는 '외방의 늙은 종'이 목격한 바를 통해 '우리 댁 세간'에 대한 상황을 진단하고 있다. 비타협적인 태도로 주인에게 시름을 안겨주는 〈고공가〉의 고공들과는 달리, 이 작품의 화자는 주인의 집안 사정을 우호적으로 바라보고 있음을 알 수 있다. '외방의 늙은 종'은 아마도 주인과 따로 살고 있는 외거노비를 지칭하는 것으로 보인다. '공'은 노비가 노역 대신 납부하는 공물을 뜻하는 '신공(身貢)'을 의미한다. 화자가 보기에도 그렇지만, 신공을 바치러 온 늙은 종의 시선으로도 집안 사정이 형편없음을 말하고 있다. 화자의 주인집은 예부터 밭일과 집안일을 하는 사람들이 많다는 사실이 온 나라에 알려질 정도였다. 지금도 백여 명의 종들이 있고 농장과 농기구가 충분히 있음에도 누구도 돌보지 않아 텃밭을 묵힐 지경이라고 제시되어 있다. 주인 집안의 수많은 종이 밥을 꼬박 챙겨 먹으면서 아무런 일두 하지 않고 정자 아래에서 낮잠이나 자는 것은 〈고공가〉의 상황과 크게 다르지 않다.

아이들 탓이런가 우리 댁 종의 버릇 볼수록 괴이하네

소 먹이는 아이들이 상마름을 능욕(凌辱)하고

진지(進止)하는 어린 손이 한 계대를 기롱한다

삐투름 제급 모으고 에에로 제 일하니

한 집의 숱한 일을 뉘라서 힘써 할까

곡식고(穀食庫) 비었거든 고직(庫直)인들 어이하며

세간이 흩어지니 질그릇은 어이할까

내 왼 줄 내 몰라도 남 왼 줄 모를런가

풀리거니 맺히거니 헐뜯거니 톺거니

하루 열두 때 어수선 핀 것인가

바깥별감 만하이사 외방마름(外方舍音) 도달화주(都達化主)

제 소임 다 버리고 못 꾸릴 뿐이로다

비 새어 썩은 집을 뉘라서 고쳐 이며

옷 벗어 무너진 담 뉘라서 고쳐 쌓을까

불한당 구멍도적 아직 멀리 다니거든

화살 찬 수하상직(誰何上直) 뉘라서 힘써 할까

이어지는 부분에서 화자는 주인집 종들의 버릇이 나쁘고, 그로 인해 집안 사정이 악화되어 가는 현실을 하나씩 진술하고 있다. 소 먹이는 아이들이 상마름을 능욕하고, 어린것들도 '한 계대(큰 어른)'를 기롱할 지경이라는 것이다. 마름은 지주 대신 소작지를 관리하는 사람을 일컬으니, 상마름은 마름 중에서도 소작인들에게 막강한 영향력을 행사하는 위치에 있는 인물이다. 한 집안의 상마름이 소 치는 아이들에게 능욕을 당할 정도라면, 아마도 그 집의 영향력이 마을에서 그리 크지 않다는 것을 말해준다고 하겠다. '진지'는 사람들의 몸가짐이나 거동 등을 뜻하는데, 젊은 손님에게조차 집안의 어른이 놀림을 당할 정도라는 것이다. 집 안의 물건들이 제멋대로 빼돌려질 정도이니, 당장에 닥친 많은 일을 제대로 맡아 힘써 할 사람이 있을 리도 없었던 것이다. '제급'은 '돈이나 물건 가운데 일부를 빼고 주는 것'을 의미하며, '에에로'는 '제멋대로'라는 뜻으로 풀이했다.

이미 곡식 창고는 비었으니 창고지기가 할 일이 없고, 가세가 기울어 세간이 흩어지니 질그릇조차 남아나질 않는 지경이 되었음을 알 수 있다. 더욱이 집안에서는 구성원들이 자신의 허물은 보지 못하고 상대의 잘못을 탓하고 있으니, 하루 종일 어수선한 상황이 벌어지는 것이 당연하다. '톺다'는 무엇을 얻으려고 샅샅이 훑어보며 찾는 것을 가리킨다. '별감'은 무인의 직위를 가리키는 용어인데, 흔히 하인끼리 서로 존대하여 부르는 호칭으로도 쓰였다. '외방마름'은 주인집 밖에서 거처하는 마름을 일컫고, '달화주'는 공노비를 부리지 않는 대신에 그 종에게서 세금 받는 일을 맡아보던 벼슬아치이다. 의미가 명확하지 않은 '만하이사'를 포함하여 '바깥별감', '외방마름', '도달화주'는 모두 주인집을 위해서 소임을 맡아 하는 인물들을 가리킨다. 하지만 그들이 제 역할을 하지 못하기 때문에 비가 새는 집을 고칠 수도 없으며 무너진 담도 다시 쌓을 수 없는 처지이다.

〈고공가〉의 '화강도'와 유사한 존재인 '구멍에 든 도적들'도 언제 다시 올지 모를 처지인데, 도적을 지키는 일을 할 사람조차 없는 형편이다. 이 작품을 당대 현실에 대한 우의로 파악한다면, '불한당 구멍도적'은 임진왜란을 일으킨 왜적을 비유한 것이라 이해된다. 따라서 작품의 내용은 전쟁을 겪은 후에도 서로를 헐뜯고 제 역할을 하지 못하는 당대의 사회 현실에 대한 비판적 인식을 드러낸 것으로 해석할 수 있겠다. 즉 '종'으로 비유된 조정의 대신들도 제 역할을 하지 못하고, '바깥별감' 등으로 표현된 외직의 벼슬아치들도 소임을 다하지 못하는 현실에 대한 비판이라 하겠다. 이쯤 해서 화자는 자신이 진단한 현실을 타개할 수 있는 방안을 제시하는 것으로 작품을 마무리하고 있다.

> 크나큰 기운 집에 마누라 혼자 앉아
> 기걸을 뉘 들으며 논의(論議)를 뉘와 할까
> 낮 시름 밤 근심 혼자 맡아 계시거니
> 옥 같은 얼굴이 편하실 적 몇 날이리
> 이 집 이리되기 뉘 탓이라 할 것인가
> 생각 없는 종의 일은 묻도 아니 하려니와
> 돌이켜 생각하니 마누라 탓이로다
> 내 항것 외다 하기 종의 죄 많지마는
> 그렇다 뉘를 보려 민망하여 사룁니다
> 새끼꼬기 말으시고 내 말씀 들으소서
> 집 일을 고치려면 종들을 휘오시고
> 종들을 휘오거든 상벌(賞罰)을 밝히시고
> 상벌을 밝히거든 어른 종을 믿으소서
> 진실로 이리하시면 가도(家道) 절로 이뤄지리.

이미 상전인 '마누라'의 집은 가세가 기울어 그의 명령을 듣거나 함께 의논할 사람조차 없는 형편이다. 낮과 밤을 계속해서 근심과 걱정으로 지내야만 하니, 마누라의 '옥 같은 얼굴'이 더 이상 편하게 지낼 상황이 아니라고 여겨졌던 것이다. 집안의 형편이 이렇게 된 이유가 생각 없이 행동하는 종들의 영향도 있겠지만, 화자는 그 근본 원인은 가정을 제대로 경영하지 못한 '마누라'의 탓이 절대적일 수밖에 없다고 진단하고 있다. 이미 종들도 상전(항젓)이 잘못이라고 알고 있으며, 화자는 비록 사실이 그렇더라도 그런 말을 하는 종(화자)의 죄가 크다고 에둘러 전제했다. 절망적인 상황에서 새끼나 꼬고 있는 〈고공가〉의 화자에게 새끼 꼬기를 그만두고 자신의 방책을 들어보라고 권유하고 있다.

무엇보다 집안을 잘 다스리기 위해서는 종들을 휘어잡아야 하며, 그다음에는 그들의 상벌을 제대로 밝힐 것을 주장한다. 나아가 상벌을 분명히 한 이후에는 종들에게 영향력이 있는 '어른 종'을 믿고 그들을 다스려야 한다고 했다. 진정 자신의 말처럼 한다면 '가도'가 이루어질 것이라고 확신하면서, 화자가 생각하는 가정 경영의 방도를 진술하면서 작품을 마치고 있다. 하지만 이러한 내용이 가세가 기운 집안을 다스리는 진정한 대책이 될 수 있는지는 의문이다. 집안의 형편과 고공들의 상황에 대한 정확한 진단을 내린 후에, 당장의 어려움을 타개할 수 있는 주인의 현실적인 고민이 전제될 필요가 있다. 그러나 종들에게 상벌을 밝히라는 화자의 대안은 급박한 상황에서는 지나치게 이상적인 방안으로 받아들여질 수밖에 없다. 아울러 고공 혹은 종들의 적극적인 역할만을 강조하는 작품의 내용은, 지배층에 속했던 작자들의 한정된 현실 인식이라고 할 수도 있을 것이다.

이상에서 살펴보았듯이, 〈고공답주인가〉는 화자가 종의 입장에서 집안의 형편을 진단하고 가정 경영의 방도를 제시하는 내용이다. 특히 이 작품은 〈고공가〉에 대한 답변 형식으로 당대 현실의 문제를 비유적인 방식으로 풀어내고 있다. 작품에서 '마누라'는 '임금'을 비유한 것이며, 화자를 포함한 '종'들은 나라의 정책을 책임진 '신하'들을 가리킨다고 이해할 수 있겠다. 그렇기 때문에 집안의 형편이 어려워진 원인을 '마누라'와 '종들' 모두에게서 찾고 있지만, 그중에서도 '마누라'의 역할이 막중하다는 것을 강조했다. 그리하여 '가도'를 바로 세우기 위해서는 종들의 행위에 걸맞은 상벌을 내리고, 특히 '어른 종'을 믿고 따르도록 권유하고 있다. 하지만 화자가 제시한 내용은 암울한 현실에 대한 정확한 진단이 선행되지 않고, 다소 관념적이고 추상적인 진단에 그치고 있다고 이해된다.

규원가(閨怨歌)
— 가부장제 사회에서 여성의 삶을 토로하다

성리학의 이념이 지배했던 조선 시대에 '남녀칠세부동석'이라는 말은 당대의 남녀 관계를 규정하는 대표적인 표현이라 할 수 있다. 이는 남자와 여자의 성 역할을 엄격히 구별하는 의미로 받아들이기 쉽다. 하지만 당시에 일상적으로 사용했던 '남자답다' 혹은 '여자답다'라는 말은 단지 남자와 여자의 역할을 구분하는 것에 그치지 않았다. 남성은 가정이나 사회에서 중요한 역할을 하는 존재이며 여성은 그렇지 않다는 의미의 '남존여비' 관념이 보편적으로 통용되었기 때문이다. 이처럼 조선 시대의 규범 속에는 이미 남자와 여자의 사회적 '차별'이 전제되어 있었고, 당대의 인식과 제도는 그것을 고착화하는 방향으로 작동하고 있었다.

'남녀유별'이라는 고루한 명분에 의해 여성들은 사회적 활동이 불가능할 정도로 제약을 받았으며, 특별한 경우가 아니면 여성들은 담장 밖을 벗어나는 것도 허용되지 않았다. 심지어 '여자의 목소리가 담장을 넘지 말아야 한다.'라는 말에서 확인할 수 있듯이, 집 안에서

조차 남성들의 사회 활동을 보조하는 역할에 머물러 있어야만 했다. 혼인조차 상대가 누군지도 모르는 상태에서 집안의 어른들이 정해 주면 그대로 따를 수밖에 없었다. 더욱이 혼인을 하면 남편의 가문에 속한다는 의미의 '출가외인'이라는 말이 절대적으로 받아들여졌기에, 여성들은 혼인과 함께 친정으로부터 격리되어 일생을 살아가야만 했다. 그렇기에 혼인한 여성에게 남편이란 존재는 시댁에서 가장 의지해야 하는 상대일 수밖에 없었다. 혹여 남편과의 사이가 좋다면 시집살이에서 오는 그 어떤 어려움도 견딜 수 있었겠지만, 그렇지 않을 때 대부분의 여성들은 시댁의 다른 가족들과 어울리지 못하고 그저 소외된 상태로 외로이 지내야만 했다.

이러한 사회적 조건에서 살았던 여성들은 때로는 자신들의 처지를 노래에 담아 표출하기도 했다. 이른바 '시집살이요'로 통칭되는 민요나, 여성들에 의해 창작·향유되었던 '규방가사'라는 범주의 작품들이 바로 그것이다. 여기에서 다룰 〈규원가〉는 '규방에서 지내는 여성의 원망을 그린 노래'라는 의미를 지닌 가사로, 혼인을 했음에도 가정을 돌보지 않고 밖으로만 나도는 남편을 향해 원망을 토로하고 있는 작품이다. 혼인하여 시댁의 모든 환경이 낯선 여성들에게는 백년해로를 약속한 남편의 관심과 사랑만이 가장 큰 위로가 되었을 것이다. 하지만 남편조차 부인에게 관심을 기울이지 않는다면 여성들의 시집살이는 그야말로 견디기 어려웠을 것이다. 이 작품은 여성의 목소리가 직접적으로 표출되고 있어, 가부장적 이념에 대한 비판적 의미를 지니고 있다고 평가되기도 한다. 화자가 처한 상황에 대한 체념적 정서가 전제되어 있지만, 또한 그것이 여성에 대한 당대 규범의 폭압적 현실을 그대로 보여준다는 점을 확인시켜 주고 있다.

〈규원가〉는 떠난 님을 기다리며 홀로 지내는 여성의 처지와 신세 한탄을 그리고 있는 작품으로, 이른바 '여성가사' 혹은 '규방가사'의 초기작으로 평가되고 있다. 이 작품은 남편을 원망하는 노래라는 의미의 '원부사(怨夫辭)', 혹은 복이 없고 팔자가 사나운 처지를 뜻하는 '박명'한 신세의 노래라는 뜻의 '박명가(薄命歌)'라는 명칭으로 불리기도 한다. 이 작품은 화자가 여성으로 설정되어 있으며, 작자에 대해서는 허난설헌과 허균의 첩이었던 무옥이라는 두 가지 설이 양립하고 있다. 인조 때의 문인인 홍만종은 그의 저서 《순오지》에서, "〈원부사〉는 허균의 첩 무옥이 지었다."라고 했는데, 이 기록에 등장하는 〈원부사〉를 〈규원가〉의 이본으로 파악하기도 한다. 또한 〈규원가〉의 내용이 허난설헌의 다른 한시와 내용 및 표현이 유사하다는 것을 근거로 하여 이 작품의 작자를 허난설헌으로 보기도 한다.

이러한 주장들은 그에 합당한 근거가 각각 제시되어 있기에, 현 단계에서는 〈규원가〉의 작자를 허난설헌과 무옥 중 어느 하나로 단정하기가 쉽지 않다. 하지만 두 가지 주장은 모두 작자가 여성이며, 작중 화자 또한 당대 사회의 여성의 처지를 가장 잘 이해하고 있는 인물로 설정되어 있다는 점에서 의견의 일치를 보이고 있다. 따라서 〈규원가〉에 대한 해석은 바로 이런 측면에서 가부장제의 규범이 지배했던 조선 시대 여성들의 현실을 다루고 있다는 점에 주목할 필요가 있다 할 것이다.

엊그제 젊었더니 하마 어이 다 늙었나
소년행락(少年行樂) 생각하니 일러도 속절없다
늙어서 설운 말씀 하자니 목이 멘다

부생모육(父生母育) 신고(辛苦)하여 이내 몸 길러낼 제

공후배필(公侯配匹)은 못 바라도 군자호구(君子好逑) 원하더니

삼생(三生)의 원업(怨業)이요 월하(月下)의 연분(緣分)으로

장안유협(長安遊俠) 경박자를 꿈같이 만나 있어

당시(當時)의 용심(用心)하기 살얼음 디디는 듯

삼오(三五) 이팔(二八) 겨우 지나 천연여질(天然麗質) 절로 이니

이 얼굴 이 태도로 백년기약(百年期約) 하였더니

연광(年光)이 훌훌하고 조물(造物)이 다시(多猜)하야

봄바람 가을 물을 베 올이 북 지나듯

설빈화안(雪鬢花顏) 어디 두고 면목가증(面目可憎) 되었구나

내 얼굴 내 보거니 어느 님이 날 괼쏘냐

스스로 참괴(慙愧)하니 누구를 원망하리

이 작품의 화자는 혼인한 여성이며, 가정을 도외시하는 남편에 대한 원망과 홀로 지새워야 하는 자신의 신세에 대해 줄곧 한탄하고 있다. 화자의 탄식은 자신이 처해 있는 현재의 누추한 상황과 한때나마 행복한 삶을 꿈꿨던 과거의 모습을 비교하는 것에서 비롯되고 있다. '엊그제'는 화자가 혼인하던 무렵의 시기를 지칭하는데, 그로부터 그다지 오래되지 않았음에도 벌써 늙어버린 자신을 인식하게 된 것이라 하겠다. 이제 즐거움을 누리던 '소년행락'은 생각할 여지조차 없으며, 늙어버린 자신의 처지를 돌아보니 서러운 마음에 목이 멜 지경이라 여겨지는 것이다. 이처럼 작품의 서두에서부터 덧없이 흘러간 세월을 회상하며, 화자는 자신이 처한 현실에 대해 넋두리를 늘어놓고 있다.

누구나 그렇듯이 부모님은 화자를 정성껏 키우며 사랑스러운 자식의 배우자로 과거에 급제하여 높은 벼슬을 하는 '공후배필'이나 좋은 짝이 될 수 있는 '군자호구'라 칭할 만한 사람을 꿈꾸었을 것이다. 혼인이야말로 '삼생의 원업'이 쌓이고 '월하의 인연'으로 맺어질 터인데, 하필이면 화자는 '장안유협 경박자'라 지칭되는 놀기 좋아하는 허랑한 성격의 남편과 혼인을 하게 되었다. '삼생'은 전생과 이생 그리고 다음 생애까지를 아우르는 표현으로, 화자의 남편과의 결혼이 '원망스러운 업보'로 인한 결과라고 생각하기 때문에 이런 표현을 사용한 것이라 짐작된다. '월하노인'은 부부의 인연을 맺어준다는 존재를 가리키는데, '월하의 인연'이란 바로 부부로서의 인연을 뜻한다. 당시 대부분의 여성들이 그러했듯이, 혼인 무렵의 화자는 마치 살얼음을 디디는 것처럼 행동하는 것을 당연시했을 것이다. '삼오'로 지칭되는 열다섯 살과 '이팔'로 일컫는 열여섯 살의 나이를 갓 지난 화자가 '천연여질'이라 칭할 정도로 아름다웠던 시절, 그때 남편을 만나 '백년기약'을 맺고 혼인을 하게 된 것이다. 하지만 조물주가 시기가 많은 탓인지, 화자는 어느덧 세월이 흘러 현재의 늙어버린 외모를 지니게 되었다고 여기는 것이다.

특히 세월의 흐름을 옷감을 짜는 것에 비유하여 '봄바람 가을 물이 베 올이 북 지나듯' 한다고 표현하고 있다. 옷감은 세로의 씨줄인 '올'과 가로의 날실을 감은 '북'이 서로 교차하며 만들어지는데, '봄바람'과 '가을 물'로 표현된 세월의 흐름이 마치 베로 옷감을 짜는 듯 빠르게 지나간다고 표현한 것이다. 젊은 시절 화자의 외모는 '설빈화안', 즉 눈처럼 반짝이는 머릿결과 꽃처럼 아름다운 얼굴을 지니고 있었으나, 현재의 모습은 그야말로 '가증'할 정도의 '면목'이 되어버렸다.

그러한 자신의 모습을 본다면 님조차도 사랑하지 않을 듯하여, 스스로도 '몹시 창피하고 부끄러워(참괴)' 누구를 원망할 수도 없는 지경이라 생각한다. 화자의 현재 모습은 혼인을 했음에도 가정과 가족을 돌보지 않고 밖으로 나도는 남편에게 그 근본 원인이 있다. 하지만 작품의 초반에 화자는 그러한 상황을 자신의 문제로 여기면서 자칫 체념하는 투로 말하고 있음을 알 수 있다. 분명 모든 것이 남편의 허물에서 비롯된 것임에도 불구하고, 조선 시대의 여성들은 이처럼 그러한 상황을 자신의 운명으로 돌리고 체념하며 살 수밖에 없었기 때문이다. 그만큼 당시에 가부장제의 이념이 강고하게 작용하고 있었음을 알 수 있다.

삼삼오오(三三五五) 야유원(冶遊園)에 새 사람이 났단 말가
꽃 피고 날 저물 제 정처 없이 나가 있어
백마금편(白馬金鞭)으로 어디어디 머무는가
원근(遠近)을 모르거니 소식이야 더욱 알랴
인연을 끊었은들 생각이야 없을쏘냐
얼굴을 못 보거든 그립기나 말으려믄
열두 때 길고 길사 서른 날 지리(支離)하다
옥창(玉窓)에 심은 매화 몇 번이나 피고 진고
겨울밤 차고 찬 제 자취눈 섞여 치고
여름날 길고 길 제 궂은비는 무슨 일고
삼춘화류(三春花柳) 호시절(好時節)에 경물(景物)이 시름없다
가을 달 방에 들고 실솔이 상(床)에 울 제
긴 한숨 지는 눈물 속절없이 생각 많다

아마도 모진 목숨 죽기도 어려울사

돌이켜 풀어내니 이리하여 어이하리

이제 화자는 규방에서 홀로 지새우는 자신의 상황을 제시하면서 그것이 모두 '장안유협 경박자'인 남편의 허랑함 때문이라고 말하고 있다. '야유'란 주색에 빠져 방탕하게 노는 것을 일컬으니, '삼삼오오 야유원의 새 사람'이란 표현에서 이미 화자의 남편이 그러한 무리의 새로운 일원으로 빠져들었음을 짐작할 수 있다. 그래서 남편은 시간이 흘러도 집으로 돌아올 줄 모르고, '좋은 말과 비싼 채찍(백마금편)'으로 치장하며 허랑한 생활에 젖은 지 오래되었음을 알 수 있다. 화자는 그러한 남편이 어느 곳에 있는지도 모를 뿐만 아니라 소식조차 전혀 들을 수 없는 상황에 낙담할 수밖에 없었을 것이다.

비록 소식조차 없는 남편과의 인연은 이미 끊어진 것으로 생각되지만, 그럼에도 때때로 남편을 생각하는 마음조차 지울 수는 없었다. 얼굴을 볼 수 없다면 그립지라도 말아야 하는데, 그리운 마음에 하루의 시간이 길기만 하고 한 달의 세월도 지리하게 느껴지는 것이라 하겠다. '열두 때'는 12시각으로 구분하는 하루의 길이를 일컬으며, '서른 날'은 한 달의 기간을 지칭한 것이다. 화자는 님을 기다리는 사시사철을 배경으로 제시하며 그리움의 농도를 점점 높여가고 있다. 작품에는 사계절이 순차적으로 제시되는 것이 아니라 겨울과 여름의 정경을 대비시켜 표현하고 이어서 봄과 가을의 모습을 나열하고 있다. 이러한 표현은 아마두 상반된 계절의 대비를 통해 화자의 절실한 정서를 효과적으로 표출하기 위한 것이라 여겨진다. 아니면 님을 그리워하는 시간이 여러 해 반복되면서, 굳이 사계절의 순서를 지키면서 표현할 필요가 없었던 것일 수도 있겠다.

봄이 되어 창밖의 매화가 여러 번 피었다 질 정도의 시간이 흘렀지만, 님은 돌아올 기미가 보이지 않는다. 추운 겨울밤 사람이 지나다니면 '자취가 남을 정도의 눈(자최눈)'이 내렸음에도 님이 오간 흔적은 찾을 수 없다고 했다. 길고 긴 여름날 때마침 비가 내리니 님을 생각하는 화자의 심사는 더욱 복잡해지는 것이다. 봄이 되어 꽃과 버들개지가 활짝 핀 좋은 시절이 돌아왔지만, 홀로 지내는 화자에게는 그러한 환경조차 시름없는 풍경일 뿐이다. 가을이 깊어 귀뚜라미(실솔)가 침상 밑에서 우는 소리가 들리니, 그 소리가 마치 화자의 마음을 헤아리는 것처럼 느껴지기도 한다. 긴 한숨을 내쉬고 눈물을 떨굴 수밖에 없는 처지에 속절없이 많은 근심이 떠오르는 것이다. 이렇게 사시사철을 보내야 하는 처지를 생각하며 화자는 죽음을 떠올려 보지만 그마저도 결행하기가 쉽지 않다. 그리하여 다시 자신의 처지를 생각하면서 홀로 지내는 삶을 어떻게 살아갈 것인가에 대해 체념적으로 인식하게 되는 것이다.

청등(青燈)을 돌려놓고 녹기금(綠綺琴) 빗기 안아
벽련화(碧蓮花) 한 곡조를 시름조차 섞어 타니
소상야우(瀟湘夜雨)에 댓소리 섞였는 듯
화표천년(華表千年)에 별학(別鶴)이 우니는 듯
옥수(玉手)의 타는 수단(手段) 옛 소리 있다마는
부용장(芙蓉帳) 적막(寂寞)하니 뉘 귀에 들릴쏘냐
간장(肝腸)이 구곡(九曲) 되어 굽이굽이 끊겼어라

기약 없는 님을 기다리며 마냥 근심에 빠져 있을 수만은 없기에, 화자는 늦은 밤 '청등'에 불을 붙이고 악기를 꺼내 연주를 하기로 했다. '녹기금'은 중국 한나라의 사마상여가 타던 악기로 아마 녹색의 비단으로 장식하여 그렇게 지칭했던 것이라 여겨지며, '벽련화'는 거문고 곡조의 하나로 님을 그리워하는 상사(相思)의 내용을 담고 있는 작품이다. 등불을 켜고 상사의 노래인 '벽련화'를 화자의 시름을 좇아 연주해 보지만, 그 소리가 마치 중국 소상강의 빗소리에 대나무 소리가 섞여 들리는 것처럼 느껴진다. 소상강 주변에 핀 대나무를 '소상반죽(瀟湘斑竹)'이라 하는데, 이는 중국 고대의 성군인 순임금이 죽었다는 소식을 듣고 그의 두 비(妃)인 아황과 여영이 피눈물을 흘리며 소상강에 빠져 죽자 그 주변의 대나무들에 핏자국 같은 무늬가 생겼다는 말에서 유래한 것이다. 따라서 화자의 연주가 그만큼 슬프게 들리기에 소상강의 밤에 내리는 빗소리에 대나무가 화답을 하는 듯하다고 표현한 것이다.

'화표천년'은 중국 한나라 때 정영위라는 사람이 신선술을 배워 천년 뒤에 학이 되어 자신이 살던 고장의 화표주(華表柱)에 내려와 앉았다는 고사에서 유래한 표현이다. '화표주'는 흔히 궁전이나 성곽 혹은 무덤 앞에 세우는 돌기둥을 가리키는데, 이 구절은 신선이 되어 다시 고향에 돌아왔지만 아는 사람이 하나도 없어 세월의 덧없음을 느꼈다는 것을 의미한다. 화자의 아름다운 손으로 타는 음악은 분명 님과 함께 듣던 '옛 소리'지만, 이제는 홀로 '연꽃이 수놓인 휘장(부용장)' 속에서 적막하게 홀로 연주하며 듣고 있을 뿐이다. 그리하여 님을 그리워하는 화자의 근심이 깊어져 마치 '구곡간장'이 굽이굽이 끊어진 듯하다고 생각했다. 이처럼 듣는 이조차 없는 화자의 음악은 오히려

자신의 애간장을 태우는 역할을 하기에, 그러한 행위조차 아무런 위
로가 되지 못하고 있다.

> 차라리 잠이 들어 꿈에나 보려 하니
> 바람에 지는 잎과 풀 속에 우는 벌레
> 무슨 일 원수로서 잠조차 깨우는가
> 천상의 견우 직녀 은하수 막혔어도
> 칠월 칠석 일년일도(一年一度) 실기(失期)치 아니커든
> 우리 님 가신 후에 무슨 약수(弱水) 가렸기에
> 오거나 가거나 소식조차 끊겼는가
> 난간(欄干)에 비겨 서서 님 가신 데 바라보니
> 초로(草露)는 맺혀 있고 모운(暮雲)이 지나갈 제
> 죽림(竹林) 푸른 곳에 새 소리 더욱 섧다
> 세상의 설운 사람 수 없다 하려니와
> 박명한 홍안(紅顏)이야 날 같은 이 또 있을까
> 아마도 이 님의 지위로 살 둥 말 둥 하여라.

현실에서 갖은 노력을 해도 끝내 근심을 지울 수 없어, 화자는 꿈
속에서라도 님을 만나고자 한다. 하지만 바람에 떨어지는 잎 소리와
우거진 풀 속에서 우는 곤충 소리 때문에 화자는 잠조차 이루지 못한
다. 잠을 이루기 위해 노력하는데 주위의 사소한 소리에 신경이 쓰여
뒤척거려야만 했던 경험은 누구든 한 번쯤 해보았을 것이다. 하여 잠
이 들지 않아 꿈속에서 님을 만나겠다는 화자의 희망도 끝내 무위로
돌아갈 수밖에 없었다. 동양의 전설에 등장하는 견우와 직녀는 하늘

을 가로질러 흐르는 은하수가 막혀 있지만, 실기하지 않는다면 1년에 단 하루 음력 7월 7일(칠월칠석)에는 어김없이 만난다고 한다. 그러나 화자는 마치 님과의 사이에 약수가 가로놓인 것처럼, 오가는 흔적은 물론이고 소식조차 끊어져 버린 것이다. '약수(弱水)'는 새의 깃털조차 가라앉아 어느 것도 건널 수 없다는 전설 속의 강을 일컫는다.

이제 화자는 하염없이 기다릴 수밖에 없으니, 방문을 열고 난간에 기대어 님이 가신 곳을 쳐다볼 뿐이다. 화자의 시선이 닿는 주변의 풀들에는 이슬이 맺혀 있고, 저물녘의 구름이 하늘을 가로질러 흘러갈 뿐이다. 대나무가 우거진 인근의 '죽림'에서는 구슬픈 새소리가 들리니 화자의 서러운 마음을 대변하고 있는 것처럼 느껴지기도 한다. 세상에는 서러운 사람이 수도 없이 많지만 화자가 생각하기에 '박명한' 얼굴을 지니고 살아가는 사람은 자신밖에 없다고 여기는 것이다. '지위'란 무엇을 구실 삼아 나무라거나 원망한다는 뜻으로 '탓'과 같은 의미의 표현이다. 이 작품의 마지막 구절은 전형적인 가사의 결말인 시조의 종장과 같은 형식으로 이루어져 있는데, 화자의 처지가 님의 탓에서 비롯되었음을 토로하는 것으로 종결짓고 있다.

이 작품은 남편의 허랑한 행실 때문에 화자가 불행하게 살고 있다는 탄식이 표출되어 있는데, 비록 소극적이기는 하지만 가부장제 사회에 대한 불만이 담겨 있다고 할 수 있다. 이는 사회적 관계 속에서 일방적으로 규정한 제도에 대한 일종의 항거이며, 가부장제 사회에서 살아가는 여성으로서 자기 존재의 정체성을 찾기 위한 몸부림이라고 해석할 수도 있을 것이다. 즉 조선 시대의 여성들은 남성 중심의 사회에서 각종 제도와 규범이 강제했던 폭압적 현실에 그대로 노출되어 지낼 수밖에 없었다. 하지만 이 작품의 화자는 비록 체념적이

고 자조적인 태도를 보이지만, 자신이 맞닥뜨린 현실에 대한 불만을
여과 없이 표출하고 있음을 알 수 있다. 그러한 현실에 처한 여성의
상황과 심리를 진술하면서 섬세하게 표현했기에, 이 작품은 오랜 세
월 동안 당대의 여성들에게 폭넓은 공감을 얻어낼 수 있었던 것이다.

우부가(愚夫歌)
─ 어리석은 인물들로 세태를 비판하다

　조선 전기 가사의 창작과 향유는 사대부들에 의해 주도되었으며, 주로 강호 한정을 노래하거나 기행 혹은 유배의 경험을 담아내었다. 그러나 조선 후기에 접어들면서 향유 계층이 확대되고, 그에 따라 작품의 내용도 다채로워졌다. 특히 당시 서민들의 삶을 구체적으로 다루고 있는 이른바 '서민가사' 유형의 작품들은 조선 후기 가사의 대표적인 범주로 평가되고 있다. 조선 전기 사대부 가사들은 속세를 벗어난 화자가 강호에서 여유롭게 생활하는 모습을 관념적으로 그려내고 있다면, 이들 작품에서는 빠르게 변화하는 당대 사회의 전환기적인 양상이 보다 사실적인 필치로 표현되고 있는 점이 특징이다. 또 이러한 유형에 속하는 작품들의 경우, 사대부 가사와 달리 작자를 확인할 수 없는 경우가 많다는 것도 유의할 만하다.

　〈우부가〉는 조선 후기 서민가사를 대표하는 작품 중의 하나인데, 제목에서 드러나듯 '어리석은 인물'들을 등장시켜 당대 사회의 세태를 비판적으로 드러내고 있다. 이 작품은 적지 않은 이본이 전하고 있으며, 대체로 《초당문답가》와 같은 제목을 지닌 가사집 가운데 한 작품으로 수록되어 있다. 작품집에 수록된 작품들은 '초당의 주인'과 '백발노인'이 문답을 주고받는 형식으로 구성되어 있다. 작품의 제목도 〈우부가〉가 우세하지만, 이본에 따라 〈우부편〉으로 기록된 경우도 있다. 따라서 작품집의 전체 구성으로 보자면, 어리석은 인물들의 행태가 그려진 〈우부가〉는 '게으른 여인들'의 모습을 형상화한 〈용부가〉와 함께 바람직하지 못한 인물들의 전형으로 제시되고 있는 셈이다.

〈우부가〉는 '개똥이', '꼼생원', '꾕생원'이라는 우부들이 주인공으로 등장한다. 작자는 등장인물들이 행하는 온갖 부정적인 행태를 작품 속에 제시하고 있는데, 이들은 사회에서 지탄받는 인물로 형상화되면서 끝내 패가망신한다는 결론을 도출하고 있다. 이 작품에 등장하는 인물들의 공통적인 특징은 무절제한 생활과 소비적인 삶에 탐닉하는 모습을 보인다는 점이다. 아마도 작자는 작중 인물들의 어리석은 행태를 과장되게 묘사함으로써, 독자들에게 이들의 삶을 부정하도록 하는 교훈적 효과를 기대했을지도 모른다. 그러나 비록 당대 사회에서 부정적으로 인식되었을지라도, 등장인물들의 반사회적인 행동이 당대에 엄연히 존재했다는 것을 역설적으로 증명하고 있다 하겠다. 각종 언론에 오르내리는 범죄나 패륜적인 행태가 오늘날 세태의 한 면모를 반영하고 있듯이, 〈우부가〉에서 다루어지고 있는 우부들의 모습 역시 당대 사회의 부정적인 측면을 여실히 드러내고 있다고 할 수 있다.

이 작품은 서두에서 화자가 거론하는 인물들의 행실이 결코 '미친 말'이 아님을 강조하는 것으로 시작하고 있다. 화자는 작품 속에서 거론하는 세 인물이 당대 사회에서 어리석은 인물들의 전형이라고 생각했을 터인데, 서두에 등장하는 개똥이의 행실을 묘사하는 내용이 가장 많은 비중을 차지하고 있다.

내 말씀 광언인가 저 화상을 구경하게
남촌 한량 개똥이는 부모덕에 편히 놀고
호의호식 무식하고 미련하고 용통하야
눈은 높고 손은 커서 가량없이 주제넘어
시체 따라 의관하고 남의 눈만 위하겠다
장장춘일 낮잠 자기 조석으로 반찬 투정
매팔자로 무상출입 매일 장취 게트림과
이리 모여 노름 놀기 저리 모여 투전질에
기생첩 치가하고 오입장이 친구로다
사랑에는 조방꾸니 안방에는 노구할미
명조상을 떠세하고 세도 구멍 기웃기웃
염량 보아 진봉하기 재업을 까불리고
허욕으로 장사하기 남의 빚이 태산이라
내 무식은 생각 않고 어진 사람 미워하기
후할 데는 박하여서 한 푼 돈에 땀이 나고
박할 데는 후하여서 수백 냥이 헛것이라
승기자를 염지하니 반복소인 허기진다
내 몸에 리할 대로 남의 말을 탸치 않고
친구 벗은 좋아하며 제 일가는 불목하며
병 날 노릇 모다 하고 인삼 녹용 몸 보키와

주색잡기 모도 하야 돈주정을 무진하네

부모 조상 도망하여 계집 자식 재물 수탐 일가친척 구박하며

내 인사는 나중이요 남의 흉만 잡아낸다

내 행세는 개차반에 경계판을 짊어지고

없는 말도 지어내고 시비의 선봉이라

서울의 남촌은 주로 종로 북쪽의 북촌에 대응되는 곳으로, 당시의 지배층인 양반 중에서 무반들이 주로 거주하던 장소이다. 따라서 개똥이는 '호의호식'할 정도의 경제력을 소유하고 이름난 조상을 내세우면서 한량처럼 지내는 양반임을 알 수 있다. 하지만 작품 속에 제시된 그의 행실은 당시 양반에게 기대되는 행동이라고 보기 어렵다. 그는 부모가 남겨준 재산 덕분에 편히 먹고살 만하지만, 무식하고 미련하면서 융통성조차 없는 인물이다. 우선 보기가 좋고 비싼 물건을 좋아하는 성격은 '눈이 높다'는 표현에서 알 수 있으며, '손이 크다'는 것에서 재물을 아낄 줄 모르고 소비에 탐닉하는 인간형임을 짐작할 수 있다. '가량없다'는 자신의 능력이나 처지에 대한 어림짐작이 없는 것을 일컬으니, 제 분수도 모르고 설치는 성격임을 알 수 있다.

그는 매사에 다른 사람들의 눈을 의식하면서 행동하고 옷을 입는 것도 '시체(時體)', 즉 유행을 따진다. 이러한 묘사를 통해서 개똥이가 융통성이라곤 전혀 없이 그저 무절제한 소비나 일삼는 성격임을 알 수 있다. '매팔자'란 빈들빈들 놀면서도 먹고사는 일에 걱정이 없는 팔자를 말하니, 술을 먹고 취해서 게트림을 일삼고 그저 빈둥거리면서 태평하게 낮잠을 즐기는 것이 일상인 셈이다. '게트림'이란 거만스럽게 거드름을 피우며 하는 트림을 일컫는다. 그러면서 끼니마다 반

찬 투정을 하고 각종 노름에 빠져 지내는 한심한 존재로 그려지고 있다. 또한 오입장이 친구를 두면서 기생을 첩으로 들이고, 이것도 모자라 집 안에는 조방꾸니나 뚜쟁이가 끊임없이 들락거리기도 한다. '조방꾸니'는 흔히 남자들에게 기생을 소개하고 소개비를 챙기면서 잔심부름 따위를 하는 사람을 일컬으며, '노구할미' 역시 뚜쟁이 노릇을 하는 사람을 지칭한 것이다. 게다가 세도가에 기웃거리면서 경우를 따져 뇌물을 바치느라 재산을 허비하는 소비적인 인물의 전형으로 묘사되고 있다.

때로 돈을 벌기 위해 장사에 뛰어들지만 헛된 욕심으로 결국에는 빚이 태산처럼 늘어나고 만다. 일이 풀리지 않을 때는 자신의 무식함을 따지기보다 사람들에게 어질다고 평가를 받는 다른 사람을 미워하는 것이 일상이다. 또 널리 베풀어야 할 상황에는 구두쇠처럼 아끼고, 반대로 아껴야 할 때는 수백 냥의 돈을 헛것으로 만들고 마는 경우가 허다하다. '자신보다 능력이 뛰어난 사람(승기자)'은 까닭 없이 미워하니 주위 사람들에게 소인배라는 소리를 듣게 되는 것이다. 자기에게 유리하다 싶으면 다른 사람의 잘못된 말도 거리끼지 않고 그대로 따르기도 한다. 자신의 일가친척을 구박하면서 친구만을 찾고, 행실조차 개차반이라는 평가를 받으면서 남의 일에 끼어들어 시비를 따지기를 좋아한다. 주색잡기에 빠져 돈을 함부로 써서 '돈주정'이라고 표현될 정도이며, 부모와 조상을 섬기는 일은 생각조차 하지 못하는 위인이다. 행실이 이러하니 주변 사람들은 그를 결코 호의적으로 바라볼 수가 없을 것이다.

　날 데 없는 용전여수 상하탱석 하여 가니

손님은 초직이요 윤리는 나 몰라라

입구멍이 제일이라 돈 날 노릇 하여 보세

전답 팔아 변돈 주기 종을 팔아 월수 주기

구목 베어 장사하기 서책 팔아 빚 주기와

동네 상놈 부역이요 먼 데 사람 행악이며

잡아오라 깨물리라 자장격지 몽둥이질

전당 잡고 세간 뺏기 계집문서 종 삼기와

살 결박에 소 뺏기와 볼호령에 솥 뺏기와

여기저기 간 곳마다 적실인심 허겠구나

사람마다 도적이요 원망하는 소리로다

이사나 하여 볼까 가장을 다 팔아도 상팔십이 내 팔자라

종손 핑계 위전 팔아 투전질이 생애로다

제사 핑계 제기 팔아 관재구설 일어난다

뉘라서 돌아볼까 독부가 되단 말가

가련타 저 인생아 일조 걸객이라

'돈을 물 쓰듯(용전여수, 用錢如水)' 하지만 재산은 한정되어 있으니, 결국 '윗돌을 빼어 아랫돌을 대신하는(상하탱석, 上下撑石)' 지경에 처하게 된다. 그리하여 돈을 벌고자 하지만 애당초 '윤리는 나 몰라라' 하는 성품으로, 자신이 가진 것을 하나씩 파는 것 외엔 방법이 없다. 전답을 팔아 겨우 '이자(변돈)'를 마련하고 종을 팔아 월수를 갚는 지경이다. 조상들의 무덤가에 심어놓은 구목(丘木)까지 팔아 장사를 해보지만, 끝내 집안에 가지고 있던 서책을 팔아 빚을 갚아야 할 처지가 되었다. 그동안의 무절제한 소비로 인해 눈덩이처럼 불어난 빚은

조금도 줄어들 기미가 보이지 않는다.

더욱이 그 과정에서 양반의 위세를 빌어 '동네 상놈'들에게 부역을 시키고, 먼 곳에 있는 사람들을 잡아다가 무릎을 꿇리고 자신이 직접 몽둥이질을 하는 등 온갖 행악질을 서슴지 않는다. 돈을 갚지 않는다고 남의 세간을 전당 잡아 빼앗고, 빚 대신 여인네들을 데려다가 종으로 삼는 반사회적인 행위까지 했다. 빚을 갚지 못하는 사람들을 잡아다가 결박시키면서 농사의 밑천인 소를 빼앗고 불호령을 내리면서 솥까지 가져가는 등, 그가 간 곳마다 인심을 잃을 수밖에 없다. 그러니 사람들이 그를 보고 도적이라고 원망하는 소리가 점점 커져만 갔던 것이다.

이러한 개똥이의 무절제한 행동과 반사회적 행동은 주변 사람들의 원망으로 이어지고, 끝내 인심을 잃고 살던 동네에서 떠나 이사를 할 수밖에 없게 된다. '상팔십'이란 가난하게 살던 팔십 평생의 삶이란 뜻으로, 이미 가진 재산을 다 허비하고 말았으니 이사 밑천이 제대로 남아 있을 리가 없다. 그럼에도 종손이란 명분으로 조상의 제사 비용을 대기 위해 남겨진 위전(位田)을 팔아서 투전으로 날려버렸고, 제사 핑계로 가지고 있던 제기(祭器)마저 팔 지경이니, 저절로 관재(官災)의 구설에 오르게 되었던 것이다. 그리하여 마침내 주변에 돌아볼 사람조차 없는 독부(獨夫) 신세로서 결국 걸객으로 전락하게 된다. 화자는 그렇게 몰락하여 하루아침에 거지가 된 개똥이의 처지를 가련하다고 진술하고 있다.

대모관자 어디 가고 물레줄은 무슨 일고
통영갓은 어디 가고 헌 파립에 통모자라

주체로 못 먹던 밥 책력 보아 밥 먹는다

양볶이는 어디 가고 씀바귀를 단물 빨 듯

죽력고 어디 가고 모주 한 잔 어려워라

울타리가 땔나무요 동네 소금 반찬일세

각장 장판 소라 반자 장지문이 어디 가고

벽 떨어진 단칸방에 거적자리 열두 잎에

호적 종이 문 바르고 신주 보가 갓끈이라

은안준마 어디 가며 선후 구종 어디 간고

석새 짚신 지팡이에 정강말이 제격이라

삼승버선 태서혜가 어디 가고 끄레발이 불쌍하고

비단주머니 십육사끈 화류 면경 어디 가고

버선목 주머니에 삼노끈 꿰어차고

돈피 배자 담비 휘양 어디 가며 능라주의 어디 가고

동지섣달 베창옷에 삼복 다림 바지 거죽

궁둥이는 울긋불긋 옆걸음질 병신같이

담배 없는 빈 연죽을 소일조로 손에 들고

어슥비슥 다니면서 남의 문전 걸식하며

역질 핑계 제사 핑계 야속허다 너의 인심 원망헐사 팔자타령

이어지는 부분에서는 걸객 신세가 된 개똥이의 처량한 행색을 상
세히 묘사하면서, 옛날 부유하고 화려했던 시절의 모습과 대비하고
있다. 대모관자(玳瑁貫子)가 달린 통영갓으로 치장했던 차림새가 이
제는 물레줄과 헌 파립(破笠)에 통모자가 대신하게 되었다. 책력을 보
고 밥을 챙겨 먹을 정도이며, 양볶이와 죽력고와 같은 먹거리는 이제

쓴바귀나물과 모주로 대신할 수밖에 없게 되었다. 울타리를 땔나무로 사용하고 동네 소금을 반찬으로 하는 신세가 되었다. 두꺼운 기름종이로 바른 장판과 '소라반자'와 장지문을 갖춘 집에서 살다가, 벽이 떨어진 단칸방에 거적으로 자리를 삼아야 하는 지경이 되었다. 집안의 호적으로 문을 바르고 신주를 모시던 보자기로 갓끈을 대신할 수밖에 없으며, 과거에 자신이 타던 '은으로 장식한 안장을 갖춘 준마(은안준마, 銀鞍駿馬)'와 앞뒤로 길 안내를 담당했던 구종(丘從)들도 없이 짚신과 지팡이 차림으로 혼자서 걷게 되었다. '구종'은 조선 시대에 양반들을 모시고 다니는 하인을 일컫는 말이며, '정강말'은 정강이의 힘으로 걷는다는 뜻으로 말을 타지 않고 자기 발로 걷는 것을 의미한다.

'삼승버선'과 '태서혜' 같은 좋은 버선이나 신은 고사하고 '형편없는 차림(끄레발)'으로 다녀야 하며, 열여섯 날의 비단주머니와 꽃과 버들이 새겨진 거울은커녕 버선목을 잘라 만든 주머니와 삼노끈을 지니고 다니는 신세로 전락하게 되었다. 과거에는 담비 가죽으로 만든 배자와 휘양이나 '능라로 만든 두루마기(능라주의, 綾羅周衣)'를 걸치고 다녔지만, 이제는 베로 만든 창옷과 삼복에 걸맞지 않은 바지 따위를 입어야만 한다. 개똥이의 행색은 옷이 다 헤져 궁둥이가 울긋불긋하게 드러날 정도이며, 걷는 모습조차 옆걸음질로 마치 장애를 가진 듯이 묘사되고 있다. 빈 담뱃대를 손에 들고 여기저기 다니면서 남의 문전에 걸식을 해보지만, 그 모습을 보고 사람들은 전염병(역질)이나 제사를 핑계로 내쫓았던 모양이다. 자신의 화려했던 과거 모습을 떠올리면서 세상인심을 탓하지만, 결국 자업자득이라 자신의 팔자를 원망하면서 작품을 마무리하고 있다. 결국 '부모덕에 편히 놀고 호의

호식'하던 개똥이가 온갖 노름과 허세를 부리며 지내다가 끝내 재산을 탕진하고 거지로 떠돌며 빌어먹는다는 내용이다.

사대부를 자처하는 양반들은 학문의 정진을 통한 정신 수양과 절제하는 삶의 모습을 보여주는 것이 미덕처럼 인식되었다. 하지만 조선 후기에 이르면 개똥이 같은 부류의 사람들이 엄연히 존재하고 있었던 것으로 파악되는데, 작자는 이러한 행태를 비판하면서 독자들에게 윤리적인 삶의 자세를 촉구하고자 했을 것이다. 또 당시 이처럼 반사회적인 행동을 일삼는 인물들이 존재했다는 사실을 밝혀주고, 이러한 인물들의 추하고 탐욕스러운 행태를 희화적으로 그려냄으로써 비판하고 있다 하겠다. 이어지는 부분에 새로운 인물 유형인 꼼생원을 등장시켜 또 다른 '우부'의 행태를 그려내고 있다.

> 저 건너 꼼생원은 제 아비의 덕분으로 돈천이나 가졌더니
> 술 한 잔 밥 한 술을 친구 대접 하였던가
> 주제넘게 아는 체로 음양술수 탐혼하여
> 당발복 구산하기 피란곳 찾아가며
> 올 적 갈 적 행로상에 처자식을 흩어놓고
> 유무상조 아니 하면 조석난계 할 수 없다
> 기인취물 하자 하니 두 번째는 아니 속고
> 공납범용 하자 하니 일가집에 부자 없고
> 뜬 재물 경영하고 경향 없이 싸다니며
> 재상가의 청질하다 봉변하고 물러서고
> 남의 골의 검태 갔다 혼금에 쫓겨 와서
> 혼인중매 혼자 들다 무렴 보고 뺨 맞으며

가대문서 구문 먹기 핀잔먹고 자빠지기

불리 행세 찌그렁이 위조문서 비리호송

부자나 후려볼까 감언이설 꾀어보세

언막이며 보막이며 은점이며 금점이며

대로변에 색주가며 노름판에 푼돈 떼기

남북촌에 뚜쟁이로 인물 초인 하여 볼까

산진매 수진매에 사냥질로 놀러 갈 제

대종손 양반 자랑 산소나 팔아볼까

혼인 핑계 어린 딸은 백 냥짜리 되었구나

아낙은 친정살이 자식들은 고생살이

일가에 눈이 희고 친구의 손가락질

부지거처 나가더니 소문이나 들어볼까

두 번째로 거론되는 꼼생원 역시 부모가 물려준 재산이 어느 정도
있으며, '대종손 양반 자랑'을 할 수 있는 양반 신분으로 그려져 있다.
개똥이는 무절제한 소비를 일삼았지만 그래도 가족이나 친구들을 챙
기기도 했던 인물이다. 하지만 꼼생원은 친구 대접은 고사하고 자신
의 얕은 지식으로 주제넘게 음양술수에 탐닉하면서 돈이 되는 일에
는 무조건 매달리고 보는 허랑한 인물이다. '음양술수'란 음양오행설
에 기대어 길흉을 점치는 방법으로, 다음 구절들에서 그것에 대한 구
체적인 행태가 소개되고 있다. 자신에게 복이 오기를 기대하며 좋은
묏자리를 찾아다니는 행위인 '구산(求山)'을 하고, 난리가 일어날 때
를 대비하여 도피할 수 있는 '피란곳'을 찾느라 돈을 허비하기도 한
다. 그 와중에 돈이 없어 처와 자식들을 데리고 다니다가 여기저기

흩어놓아 마치 이산가족처럼 지낼 수밖에 없는 지경이다.

　주변에서 유형무형의 도움이 없다면 조석거리도 제대로 마련하기 힘든 형편이며, 남을 속여 물건을 빼앗고자 해도 사람들이 두 번을 속지 않으니 그마저도 여의치 않다. 나라에 바치는 공물을 빼돌리려고 해도 일가에 부자가 없어 그러한 역할을 맡을 수도 없다. 그러면서도 여전히 뜻하지 않게 우연히 얻는 재물(뜬재물)에 관심을 쏟아 정신없이 쏘다니지만, 그에게 얻어걸리는 재물이 있을 리도 없다. 재상가의 힘을 빌려 무슨 일을 해보려다가 오히려 봉변을 당하고 물러나기도 했다. '청질'이란 어떤 일을 하는 데에 권세 있는 사람에게 부탁하여 그 힘을 빌리는 일을 뜻한다. 남의 고을에 무언가를 얻으러 가보지만 오히려 '혼금(閽禁)'에 걸려 쫓겨나는 신세가 되기도 했다. '혼금'은 관청에서 잡인의 출입을 금하는 것을 일컫는다.

　다른 사람은 생각지도 않는 혼인 중매를 혼자서 나서다가 오히려 무안한 처지가 되어 뺨을 맞기도 하고, 가짜로 문서를 꾸미며 그 대가로 받는 구문(口文)을 챙기다가 다른 사람들의 핀잔을 듣고 나자빠지는 신세로 전락하게 되었다. 이롭지 못한 행세로 찌그렁이 취급을 당하고, 위조문서와 비리로 송사를 하는 등 그야말로 온갖 짓거리를 마다하지 않는 존재로 묘사된다. '찌그렁이'란 남에게 무턱대고 무리하게 떼를 쓰는 행위를 일컫는다. 이처럼 물려받은 재산조차 한탕을 바라며 이리저리 허비하고, 온갖 궂은일을 하며 돈을 벌고자 하나 그마저도 신통찮다. 이제 부자들을 감언이설로 꾀어 그들의 돈으로 '엇막이며 보막이며 은점이며 금점' 등에 손을 대보지만, 일확천금을 노리는 그러한 행태는 애초부터 성공할 리가 없는 것이다.

　색주가를 벌여놓고 노름판에 심부름하며 푼돈이나 떼면서 근근이

버티고, 뚜쟁이 노릇으로 다른 사람들을 꾀어보려고도 한다. 산진이와 수진이 등을 거느리고 호사스럽게 매사냥에 나서면서 대종손의 양반 자랑으로 조상의 산소까지 팔아먹으려는 수작을 부리는 처지로 전락했다. '산진이'는 매사냥을 하기 위해 산에서 갓 잡은 야생매이며, '수진이'는 야생매를 손에서 길들여 사냥매로 이용할 수 있는 것을 일컫는다. 돈이 궁한 처지라 끝내 어린 딸조차 돈 백 냥에 팔아넘기다시피 결혼을 시키는 악행을 저지른다. 집마저 온전할 수 없는 지경이 되어 부인은 친정살이로 나서고, 자식들은 고생살이가 이어지는 것이다. 이러한 어리석은 행태를 보면서 일가친척들도 외면하고 친구들은 손가락질하며 욕을 할 지경이니, 결국 꼼생원은 어디론가 나가서 소문조차 들어볼 수 없는 지경에 처하게 된다.

이상에서 소개한 두 인물은 '어리석은 인물'의 전형으로 그려지고 있지만, 화자는 마지막에 등장시킨 꾕생원을 가장 어리석은 존재인 '하우(下愚)'라고 표현하고 있다. 개똥이와 꼼생원은 비록 허랑하나마 돈을 벌려고 노력하는 모습을 조금이나마 보였다. 반면에 마지막에 등장하는 꾕생원은 부모와 처자도 몰라보는 패륜적인 행태를 서슴지 않는 인물로 그려진다.

> 산 넘어 꾕생원은 그야말로 하우로다
> 거들면서 한 말 자랑 대장부의 결기로다
> 동네 존장 몰라보고 이소능장 욕하기와
> 의과열과 사람 치고 맞았다고 떼쓰기와
> 남의 과부 겁탈하기 투장 간 곳 청병하기
> 친척집에 소 끌기와 주먹다짐 일쑤로다

부자집의 긴한 체로 친한 사람 이간질과

월수돈 일수돈 장별리 장체계며

제 부모의 몹쓸 행사 투전꾼은 좋아하며 손목 잡고 술 권하며

제 처자는 몰라보고 노리개로 정표 주며

자식 노릇 못 하며 제 자식은 귀히 알며

며느리는 들볶으며 봉양 잘못 호령한다

기둥 빼고 벽 털어라 천하난봉 자칭하니

부끄럼을 모르고서 주리 틀려 경친 것을

옷을 벗고 자랑하며 술집이 안방이요 투전방이 사랑이라

늙은 부모 병든 처자 손톱 발톱 제쳐가며

잠 못 자고 길쌈한 것 술 내기로 장기 두고

책망 없이 버린 몸이 무슨 생애 못하여서

누이 자식 조카 자식 색주가로 환매하며

부모가 걱정하면 와락더락 부르대며

아낙이 사설하면 밥상 치고 계집 치기

도망산의 뫼를 썼나 저녁 굶고 또 나간다

포청 귀신 되었는지 듣도 보도 못할레라.

　여기에 그려진 꾕생원의 모습에서 생산적인 활동은 전혀 보이지 않는다. 빚으로 연명하고 부모와 처자에 의지하는 기생적인 삶의 전형적인 행태라고 할 수 있다. 거들먹거리면서 말로 자랑하는 것을 대장부의 결기로 치부하는 소인배에 다름 아니다. 동네 어른도 몰라보고, '어리면서 나이 든 사람에게 욕하는 것(이소능장, 以小凌長)'을 서슴지 않는다. 다른 이들과 시비를 벌여 의관을 찢고 사람을 때리면서

오히려 자신이 맞았다고 떼를 쓰기도 한다. 과부를 겁탈하고 다른 사람의 산소에 몰래 투장(偸葬)할 때 돕기도 하는 등 반사회적인 행동을 보여주기도 한다. 친척 집에 있는 소를 끌어다 팔아먹고, 주먹다짐도 피하지 않는다. 부잣집과 긴밀한 관계인 척하며, 친한 사람들을 이간질로 갈라놓는 행동에서도 그의 성품을 엿볼 수 있다. 월수돈과 일수돈 놀이를 하고, 장터에서 이자놀이를 하며 장체계를 놓기도 한다. '장체계(場遞計)'는 장에서 비싼 이자로 돈을 꾸어 주고, 장날마다 본전의 일부와 이자를 받아들이는 일을 일컫는다.

자기 부모에게는 온갖 몹쓸 행위를 하면서도, 오히려 투전꾼을 좋아하여 손목을 잡고 술을 권하는 모습을 보이기도 한다. 자신은 자식 노릇을 제대로 하지 못하면서 자식들은 귀하게 여기며, 며느리를 들볶으면서 봉양을 잘못한다고 호통을 치는 위인이라 하겠다. 자신을 '천하 난봉'이라 자처하면서, 주리를 틀리고 경을 치는 벌을 받으면서도 부끄러움도 모르고 오히려 옷을 벗어가면서 자랑을 한다. '주리'는 두 다리를 한데 묶고 다리 사이에 두 개의 긴 막대기를 끼워 비틀던 형벌이며, '경(黥)'은 죄인의 몸에 죄명을 새겨넣는 형벌을 일컫는다. 따라서 꿩생원은 죄를 짓고 끌려가서 벌을 받았으면서도, 오히려 그러한 자신의 행위를 자랑하는 어리석은 모습을 보이고 있다.

'술집이 안방이고 투전장이 사랑'인 것처럼 살아가는, 그야말로 어리석은 인물의 극치라 하겠다. 늙은 부모와 병든 처자가 손톱과 발톱을 제쳐가며 잠도 못 자고 길쌈해서 짠 옷감을 들고 나가 술 내기를 위한 장기로 탕진하기도 했다. 다른 사람들의 책망두 신경 쓰지 않고 버린 몸으로 생각하면서 살아가니, 무슨 행위도 꺼리지 않고 할 뿐이다. 결국에는 누이의 자식들과 조카자식들마저 색주가에 팔아넘기는 비정한 모습을 보여주기도 한다. 걱정하는 부모에게 화를 내며 대꾸하고, 아내가 하는 말에는 밥상을 뒤엎고 손찌검을 하는 패륜을 일삼고 있다. 집에는 붙어 있지 않고 밖으로 돌기를 좋아하니, 끝내 집을 나가 다시는 듣지도 보지도 못하는 지경이 되었다고 했다. '도망산'은 아마도 '북망산(北邙山)'의 다른 표현이라 짐작되는데, 흔히 사람이 죽어서 묻히는 곳을 일컫는 말이다. 집을 나가서 돌아오지 않는 모습을 형용한 표현이다. 아울러 '포청 귀신'이란 표현에서 짐작할 수 있듯이, 화자는 평소 그의 행실로 보아 꾕생원이 포도청에 끌려가 죽게 되었을지 모르겠다고 한 것이다.

등장인물들의 이러한 결말은 아마도 평소 그들의 행실로 보아 지극히 당연한 것으로 이해된다. 이처럼 〈우부가〉에 등장하는 인물들의 유흥과 소비 행태는 어쩌면 조선 후기의 심각한 사회 현실을 반영한 것이라고 해석할 수 있다. 비록 그 정도의 차이가 있지만, 어리석은 인물들의 비참한 최후는 그들 스스로의 무절제와 부도덕한 행실로 인해 초래된 결과이다. 앞서 지적했듯이, 이 작품은 애초에는 우부들의 행실을 비판적으로 묘사하면서 독자들에게 경계를 삼고자 하는 의도로 창작되었을 것이다. 그러나 오히려 이 작품을 통해서 당대에 이들처럼 비윤리적 행태를 일삼는 사람들이 적지 않았음을 짐작할 수 있다. 즉 다른 한편으로 비윤리적인 이들 인물의 행태가 당대 사회에서 실제로 행해졌던 상황을 반영하고 있다고 할 수 있는 것이다. 즉 이 작품은 단순한 교훈을 던지는 것에 그치지 않고, 조선 후기의 사회 현실의 면모를 희극적 형상으로 표출하고 있다고 해석할 수 있다.

용부가(庸婦歌)
— 중세적 관념의 틀로 여성을 재단하다

　조선 시대의 가족 관계에서 남성들은 사회에서 활발한 활동을 하는 것이 당연시되었으나, 그에 반해 여성들은 집 안에서 머물며 남성들의 사회생활을 뒷바라지하는 역할에 그쳐야만 했다. 이제는 고리타분하고 허울만이 남은 구태의연한 표현이 되었지만, 당시 여성들에게 강요되었던 '삼종지도'라는 관념이 대표적이라 할 것이다. 여성은 태어나서 아버지를 따르고, 결혼해서는 남편을 따르며, 남편이 세상을 떠난 후에도 역시 남성인 아들을 따라야 한다는 의미다. 시집가는 딸들에게 친정 부모는 '출가외인'이라는 말을 전하며 어떤 경우에도 '시댁 사람'이 되어야 한다는 것을 거듭 강조했다. 그리하여 결혼한 여성은 시집에서의 생활이 아무리 불합리하고 고통스럽더라도 다른 사람들에게 하소연하지 못하고 그저 묵묵히 '시집살이'를 감내하며 살아야만 했다.

　'시집살이'라는 표현은 현대의 여성들에게도 어렵고 힘들었던 기억을 떠올리게 한다. 예로부터 시집살이를 일컬어 '귀먹어 3년, 눈 어두워 3년, 말 못 하여 3년'이라 했다. 이렇게 '석삼년'이라고 지칭된 9년 동안의 시집살이를 견뎌야만 여성들은 비로소 시집에서 자기의 존재를 드러낼 수 있었다. 그만큼 시집살이가 힘들고 고통스러웠음을 집약적으로 드러내는 표현이다. 가부장적 질서와 남성 중심적 관념이 지배했던 조선 시대의 여성들에게, 시집살이는 정든 친정을 떠나 낯선 곳에서 생활해야 하는 막막함으로 다가왔을 것이다. 그렇기 때문에 여성들이 즐겨 불렀던 민요에는 '시집살이노래'가 하나의 큰 흐름을 형성하면서 수많은 작품이 창작되고 향유되었다. 지금도 전해지고 있는 시집살이의 애환을 다룬 민요들을 통해서 우리는 조선 시대 여성들의 굴곡진 삶을 떠올릴 수 있다.

조선 후기 가사에서도 여성들이 향유 주체가 되어 자신들의 생각과 경험을 담아낸 작품들이 적지 않게 남아 있는데, 이러한 부류의 작품들을 '규방가사' 혹은 '여성가사'라 지칭한다. 반면에 시집가는 딸들에게 유가적 규범을 기반으로 하여 시집살이에 필요한 덕목을 서술하는 '계녀가'류의 가사에서는 때로 남성들이 화자로 등장하여 교훈적인 내용을 담아내기도 했다. 그러나 여기에서 다룰 〈용부가〉는 이른바 '계녀가'류 가사들과는 그 내용이나 성격이 전혀 다른 작품으로, 남성의 시각으로 작중에 등장하는 여성들의 행태를 비판적으로 그려내고 있다. 따라서 여성들이 주로 향유했던 민요나 규방가사와도 구별되며, 유가적 관념을 일방적으로 전달하는 '계녀가'류 가사들과도 작품의 지향이나 주제가 전혀 다르게 형상화되고 있다.

〈용부가〉는 조선 후기 널리 유행했던 《초당문답가》에 〈우부가〉와 함께 나란히 수록되어 있다. 20세기 초반에는 활자본으로 출간되어 유통되었을 정도로 독자층이 넓었으며, 여러 종류의 필사본을 포함하여 다양한 이본이 전해지고 있다. 《초당문답가》는 수록된 작품들이 유기적으로 구성되어 당대의 독자들에게 작자가 생각하는 교훈을 제시하고자 한 가사 작품집이다. 수록 작품 중에서 〈용부가〉와 〈우부가〉는 작중 인물들의 행태와 몰락상을 그려냄으로써 당대 사회에서 바람직하지 못한 인물들의 전형을 제시하고 있는 작품인 셈이다. 〈용부가〉의 다른 이본 가운데는 제목이 〈용부편〉이라 붙인 것도 있는데, 이는 향유자들이 작품 속에 제시된 여성들을 '게으른 부인'이라 인식했음을 알 수 있다.

〈용부가〉에는 '저 부인'과 '뺑덕어미'라는 두 여인이 비판의 대상으로 제시되고 있다. 〈우부가〉에서의 인물들이 부정적이고 심지어는 패륜적인 행위를 거침없이 행하여 사회적으로도 비판의 대상으로 그려지고 있는 반면에, 〈용부가〉의 인물들은 대체로 가정 내에서 바람직하지 못한 역할을 행하는 것에 더 큰 비중을 두고 있다. 특히 두 인물에 대한 평가의 시선은 '여성 일반'이 아닌 '한 가정의 아내(며느리)'라는 것에 초점이 맞춰져 있다. 작품 속 두 인물의 형상화는 결국 아내와 며느리로서 하지 말아야 할 행위를 적시하고 있음을 의미한다. 따라서 작중 인물의 행위를 적극적으로 옹호할 수는 없겠지만, 화자의 그러한 시각은 여성을 바라보는 중세적 관념이라는 프리즘에 의해 왜곡된 측면이 없지 않다. 즉 당대 여성들이 향유했던 민요 작품들에서라면 동정적인 시선으로 바라볼 수도 있는 작중 인물의 행위들이, 이 작품에서는 이유나 원인을 고려치 않고 단지 비판받아 마땅한 그릇된 처사로 평가되고 있기 때문이다.

　흉보기도 싫다마는 저 부인의 모양 보소

친정에 편지하여 시집 흉도 하고 많네

시집간 지 석 달 만에 시집살이 심하다고

게걸스런 시아버지와 암특(暗慝)할사 시어머니

야유(揶揄)데기 시누이와 엄숙(嚴肅)데기 맏동서라

요악(妖惡)한 아우 동서 여우 같은 시앗년에

기세(氣勢)롭다 남노(男奴) 여비(女婢) 들며 나며 흠 구덕에

여기저기 사설이요 구석구석 모함이라

남편이나 믿었더니 십벌지목(十伐之木) 되었어라

시집살이 못 하겠네 간수병이 어디 갔나

〈용부가〉는 먼저 '저 부인의 모양'을 거론하면서, 그러한 행실이 사람들에게 '흉보기'의 대상이 될 수 있다는 것을 전제하고 있다. 화자는 '시집간 지 석 달 만에 시집살이 심하다고' 불평을 하고, '친정에 편지하여' 시집의 흉을 보는 '저 부인'의 행태가 그르다고 여기고 있다. 그러나 낯선 환경에 새로이 들어온 며느리의 처지에서는 시댁 식구들과의 관계가 어렵고 힘들 수밖에 없을 것이다. 작품에 그려지는 시집 구성원들에 대한 묘사는 당대 민요 가운데 '시집살이 노래'에서도 흔하게 볼 수 있는 표현이다. 더욱이 남편에게는 이미 '시앗(첩)'도 있고, 집에서 부리는 노복들도 '기세롭게 흠을 잡고' 새로이 들어온 며느리를 향해 온갖 이야기(사설)를 꾸며내는 등 모함을 일삼고 있다. '십벌지목'이란 '열 번 찍어 넘어가지 않는 나무 없다.'라는 속담을 일컫는데, 처음에는 자기편을 들어주던 남편이 거듭되는 시댁 식구들의 이야기를 듣고 결국 아내와 멀어지게 되었다는 것을 뜻하는 것으로 해석할 수 있다.

남편마저 자신에게 등을 돌리고 낯선 환경에서 고립무원의 처지가
된 '저 부인'의 입장에서는, '시집살이 못 하겠'다는 생각에 스스로 목
숨을 끊고자 '간수병'을 찾게 되는 극단적인 상황이라 하겠다. 비록
며느리로서의 '저 부인'의 행태가 바람직하다고는 할 수 없지만, 자
신이 처한 악조건 속에서 시집살이에 정을 붙일 수 없다는 상황은 충
분히 이해될 수 있을 것이다. 하지만 화자는 시댁 구성원들의 행태에
대해서는 아무런 평가도 내리지 않고, 모든 잘못을 '저 부인'의 탓으
로만 돌리고 있다. 이는 조선 시대 여성들에게 일방적으로 강요했던
관념을 당연시하는 태도에서 기인하는 것이라 할 수 있다. 그렇기에
뒤를 이어 제시되는 '저 부인'의 행태들이 시집살이의 가혹한 현실에
서 비롯된 측면이 있다고 생각할 여지가 있게 된다.

> 치마 쓰고 내닫기와 봇짐 싸고 도망질에
> 오락가락 못 견디며 승(僧)녀이나 따라갈까
> 들 구경이나 하여 보며 나물이나 뜯어볼까
> 긴 장죽(長竹)이 벗님이요 문복(問卜)하기 소일(消日)이라
> 겉으로는 설움이요 속으로는 딴생각에
> 반분(半粉)대로 일을 삼고 털 뽑기가 세월이요
> 시부모가 걱정하면 완악(頑惡)히 말대답이며
> 남편이 사설하면 뒤중그려 맞넉수라
> 들고 나면 초롱꾼이라 팔자나 고쳐볼까
> 양반 자랑 모두 하며 색주가(色酒家)나 하여 볼까

  힘든 시집살이를 접한 며느리의 반응은 대체로 둘 중의 하나로 나

타난다. 그러한 처지에서 그저 묵묵히 견디느냐, 아니면 그 상황을 벗어나기 위해 적극적인 행동을 보여주느냐가 선택지로 제시되어 있다. 실제로 시집살이 민요에서는 험난한 시집살이를 견디지 못하고 죽음으로 항거하거나 머리를 깎고 여승이 되는 등의 다양한 반응이 나타난다. 이 작품에서 '저 부인'은 그 두 가지를 모두 생각했던 것으로 보인다. '간수'를 먹고 죽거나 시집에서 벗어나기 위해 '치마 쓰고 내닫기와 봇짐 싸고 도망질'까지 생각했으며, 나아가 도저히 시집살이를 견디지 못하여 여승을 따라가서 출가할 마음을 먹기도 했다. 하지만 끝내 시집을 벗어나지 못한 '저 부인'의 선택은, 시집살이에 매몰되지 않고 남의 눈치를 보는 대신 자기가 하고 싶은 것을 하면서 지내기로 결심한 것이다.

화자가 보기에 '들구경'과 '나물 뜯기'는 물론이고, 담배로 벗을 삼고 '점을 치러 다니며(문복)' 소일하는 것, 그리고 살림보다는 '화장대(반분대)'를 붙잡고 치장하는 것도 결코 한 집안의 며느리로서 옳은 행동이 아니라고 판단하고 있다. 게다가 시부모에게 '완악히 말대답'을 하고, 남편의 말에 '맞녁수'를 하는 것도 화자가 보기에는 당대 여성들에게 허용될 수 없는 태도였을 것이다. '초롱꾼'은 초롱을 들고 다니면 누구나 천한 초롱꾼이 된다는 속담에서 온 표현이며, '팔자를 고친다'는 것은 재혼한다는 뜻이다. 따라서 시집살이에 적응하지 못하는 며느리는 시댁에서 쫓겨나거나, 양반으로서 '색주가나 하'는 지경으로 전락할 것이라고 결론을 맺고 있다.

며느리가 잘 적응하도록 돕는 것은 시댁 식구로서 마땅히 해야 할 책무일 것이다. 그러나 이 작품의 화자는 며느리를 향한 시댁 식구들의 부당한 태도는 전혀 문제 삼지 않고, 오히려 아무리 힘들더라도

'저 부인'에게 며느리로서의 행실을 잃지 말라고 강요하고 있을 뿐이다. 이는 남성 중심적 시각이라 할 수 있으며, 가부장제 사회에서 기득권층의 이념과 시각만을 대변하는 것이다. 다시 말하면, 며느리라는 존재의 행위에 대해서만 평가할 뿐 그들이 놓인 현실의 절실한 상황에 대해서는 전혀 관심을 기울이지 않고 있다. 바로 이런 측면에서, 비록 적극적으로 옹호할 수는 없겠지만, 독자들은 시집살이에 적응하지 못하고 일탈적인 행동을 하는 '저 부인'의 처지에 대해서 일말의 연민을 느끼게 되는 것이다.

남대문 밖 뺑덕어미 제 천성(天性)이 저러한가
배워서 그러한가 본데없이 자랐구나
여기저기 무릎맞춤 싸움질로 세월이라
나면은 말 전주와 들면은 음식(飮食) 공론(共論)
제 조상(祖上)은 젖혀놓고 불공(佛供)하기 위업(爲業)이요
무당(巫堂) 소경 고혹(苦惑)하여 의복(衣服)가지 다 내가고
남편 모양 볼작시면 삽살개 뒷다리라
자식(子息) 거동(擧動) 볼작시면 털 벗은 솔개미라
엿장사와 떡장사는 아기 핑계 거르지 않고
물레 앞 씨아 앞은 선하품에 기지개라
이야기책이 소일(消日)이요 음담패설 세월이라
이 집 저 집 이간질로 모함 잡고 똥 먹으며
인물초인(人物招引) 떨어내며 패(佩)쪽박이 되었구나

화자는 후반부에 그려진 '뺑덕어미'의 온갖 그릇된 행실에 대해서

는 단지 '천성'의 탓으로 돌리고 있다. 앞서 제시된 '저 부인'은 갓 시집온 시댁에 적응하지 못해 차차 일탈을 행하는 과정이 그려지고 있지만, '뺑덕어미'는 '천성이 저러하'고 '본데없이 자랐'기 때문이라고 전제하고 있다. 이러한 뺑덕어미의 모습은 〈심청전〉을 비롯한 조선 후기의 다양한 문학작품에서 전형적인 인물의 하나로 등장하는 매우 익숙한 형상이다. 또한 '저 부인'의 경우와는 달리 '뺑덕어미'의 행실에는 시댁 식구들과의 관계는 생략되어 있다. 다만 여성의 이러한 행실로 인해 가정이 제대로 영위될 수 없다는 것을 강조하기 위해 당대 사회에서 여성들에게 금기시되었던 행태들을 나열하고 있을 뿐이다. 즉 한 가정에서의 아내로서 부적절한 행실을 제시하고, 그것이 패망의 결과를 이끌었다고 서술하고 있다.

이제 작품 속에 제시된 뺑덕어미의 행실을 하나씩 열거해 보자. 다른 사람과 어울리지 못하고 '싸움질로 세월'을 보내며, 밖에서는 여기저기 말을 옮기는가 하면, 집에서는 음식 타박을 일삼는다. 더욱이 집에 있는 옷을 처분하여 그 돈으로 무당이나 소경을 찾아가 점을 치거나 굿을 하는 데 써버렸다. 아울러 조상에 제사를 지내기보다 절에 가서 불공하는 것에 더 힘을 쏟고 있다. 남편과 자식은 제대로 돌보지 않아 '삽살개 뒷다리'나 '털 벗은 솔개미'처럼 볼품없이 방치되어 있다. 자신이 좋아하는 엿과 떡을 사기 위해 '아기 핑계'를 대기도 하며, 옷감을 짜는 물레 앞에서는 일은 제대로 하지 않고 하품을 할 정도이다. 이야기책과 음담패설로 소일하는 것은 물론이고, 사람들 사이에 이간질과 모함을 하는 행실을 일삼기도 한다. 결국 '사람을 꾀어(인물초인)' 재산을 탕진하도록 만드니, 그 결과로 쪽박을 차게 되는 것은 시간문제라 할 것이다.

세간이 짧아가고 걱정은 늘어가며

치마는 짧아가고 허리통이 길어간다

총 없는 헌 짚신에 어린 자식 들처 업고

혼인(婚姻) 장사(葬祀) 집집마다 음식(飮食) 추심(推尋) 일을 삼고

꾼 양식 거울러라 한번 포식(飽食) 하여 보자

아이 싸움 어른 싸움 가부지죄(家婦之罪)로 매 맞히고

일없이 성을 내어 어린 자식 두드리고

시앗을 미워하여 중매(中媒)아비 원망이라

며느리를 쫓았으니 아들은 홀아비요

딸자식을 데려오니 무례(無禮) 무의(無義) 음란(淫亂)이오

두 손뼉 두드리며 방성대곡(放聲大哭) 해괴하다

무슨 꼴의 생투기(姤忌)로 머리 싸고 드러눕고

간부(間夫) 달고 달아나서 관비정속(官婢定屬) 흐뭇지다

모름지기 여성이라면 살림을 잘해야 하는데, 게으르고 소비적인 행태로 일관하는 '뺑덕어미'의 형상은 화자를 비롯한 당대의 남성들에게 당연히 부정적으로 인식될 수밖에 없는 것이다. 그 결과 살림을 등한시한 뺑덕어미의 '세간은 짧아가고 걱정은 늘어가며', 형편없는 차림새로 '어린 자식 들처 업고' 동네 사람들의 길·흉사에 음식을 얻으러 다니는 지경에 처하게 된다. 뒷일은 생각지 않고 꾸어 온 양식으로 한번 포식하고 말며, 아이들 싸움에 끼어들어 어른 싸움으로 번져 매를 맞는 일까지 벌어진다. 자식을 구박하고 남편이 첩(시앗)을 미워하면서 그 중매를 선 중매아비까지 원망하며, 며느리를 쫓아내고 시집간 딸을 데려오는 등의 행위도 서슴지 않는다. 무슨 일이

생기면 '방성대곡'을 하며, 생투기를 일삼는다는 평가를 내리기도 한다. 끝내 가정을 내팽개치고 '간부'와 함께 도망가서 관에 매인 노비로 전락하게 되는 것으로 귀결되고 있다. 뺑덕어미의 사회적 몰락을 '흐뭇지다'라고 평가하는 화자의 태도로 보아, 이미 대상 인물에 대한 평가가 전제되어 있다고 하겠다.

물론 '뺑덕어미'의 이와 같은 행실은 조선 시대의 여성들에게 결코 바람직하지 못한 것이라 할 수 있다. 하지만 그러한 행위만을 열거할 뿐 화자는 그 이유에 대해서는 전혀 관심을 기울이지 않는다. 여기에서도 남편의 첩(시앗)이 등장하는데, '생투기'란 아마도 첩이나 시댁 식구들에 대한 태도일 것이다. 이러한 인식에는 남편이 첩을 들이더라도 절대 투기하지 말라는 것이 전제되어 있다고 하겠다. 며느리를 쫓아내고 딸을 시집에서 데려오는 것도 어쩌면 합당한 이유가 있을지도 모르지만, 화자는 그러한 행위 자체가 잘못되었다고 할 뿐이다. 화자는 뺑덕어미에게 '무례 무의 음란이'라고 평가를 하며, 그러한 행실을 보이는 여성은 결국 관청의 노비로 전락하는 '관비정속'으로 귀결될 것이라고 단언했다.

무식한 여자들아 저 거동을 자세 보니
그른 줄을 알았거든 고칠 개 자 힘을 쓰고
옳은 줄을 알았거든 행하기를 위주하소.

화자가 말하고자 하는 바는 작품의 마지막 부분에서 분명하게 드러난다. 즉 이 작품의 훈계 대상은 당대의 '무식한 여자들'이며, 작중에 제시된 두 여성의 행실을 거울삼아 '옳은 일을 행하라'고 역설한다. 화자가 제시한 '옳은 일'이란 여성으로서 가정에 충실하고, 근검과 절약으로 살림에 힘써 부지런히 사는 모습이라 하겠다. 이는 여성을 주체적인 인간으로 바라보는 것이 아니라, 가부장제를 존속시키는 역할에 머물게 하는 중세적 관념이 전제된 인식이다. 어쩌면 당대의 여성들이 진정으로 원하던 삶의 모습은 가사 노동과 온갖 중세적 억압으로부터 해방된 한가롭고 여유로운 일상이었을 것이다.

하지만 〈용부가〉에서는 물질에 집착하고 소비적인 행태를 보이는 여성들의 행태가 부도덕할 뿐만 아니라, 한 가정의 경제적 몰락을 이끌 것이라고 전제하고 있다. 이 작품에서는 가정에서의 시댁 식구들과 남편의 역할을 애써 무시함으로써 여성들의 그릇된 행위만을 제시하고, 그 결과로 발생하는 가정 파탄의 원인을 오로지 여성들에게 전가하고 있다. 주목할 점은 작품 속에 등장하는 두 인물의 행태가 관념적으로 그려지고 있는 것이 아니라, 구체적인 삶의 공간에서 흔히 목격할 수 있는 상황들로 제시되어 있다는 것이다. 그러한 인물들을 평가하는 화자의 시선은 낡은 중세적 관념으로 재단되어, 여성에 대한 일방적인 시선과 훈계의 차원을 벗어나지 못하고 있다고 할 것이다.

13

갑민가(甲民歌)
— 조선 후기 유리민의 현실을 노래하다

조선 후기에 창작되었던 가사들 가운데 당대 현실에 대한 비판적인 인식을 보여주고 있는 일련의 작품들을 일컬어 '현실비판가사'라 칭한다. 이러한 작품들은 봉건사회가 서서히 해체되어 가던 당대의 상황을 반영하고 있다는 점에서 그동안 연구자들의 주목을 받아왔으며, 문학사적으로도 적지 않은 의미를 지닌 것으로 논의된다. 여기에서 논할 〈갑민가〉는 조선 후기의 대표적인 현실비판가사 가운데 하나로, 군정(軍丁)의 폐단이 심했던 18세기 말엽 함경도 '갑산' 지역에 살았던 사람들의 열악한 현실을 배경으로 창작된 가사 작품이다. 이 작품의 작자는 정확히 밝혀져 있지 않지만, 말미에 첨부된 "갑산의 백성이 지었다(甲山民所作)."라는 기록으로 보아 군정의 횡포에 시달리던 당대 민중의 한 사람으로 파악할 수 있겠다.

이 작품은 두 사람의 화자가 등장하며 대화체로 진행되고 있는데, 고향을 떠나려는 상대에게 떠나지 말도록 권하는 '화자 1(생원)'의 질문에 그럴 수밖에 없는 사정을 구구하게 설명하는 '화자 2(갑민)'의 답변으로 구성되어 있다. 특히 앞부분에 제시된 생원의 진술은 정든 고향을 떠나 유리(遊離)의 길로 나설 수밖에 없었던 갑민의 처지를 이끌어내기 위한 장치로 기능하고 있다. 그리하여 작품의 주제는 유리민의 현실을 사실적으로 보여주는 갑민의 답변을 통해서 제시되고 있다 할 것이다. 그의 답변에는 북쪽의 변방에 살고 있던 이들의 생활상이 적시되어 있을 뿐만 아니라, 지방 수령들의 가렴주구로 인해 수탈당하는 당대 기층민들의 비참한 현실이 구체적으로 형상화되어 있다. 나아가 군역에 시달리는 비참한 현실에서 벗어나 평범한 삶을 누리고자 하는 열망이 강하게 드러나는데, 결국 갑민으로 하여금 선치(善治)가 행해지는 다른 고장으로의 이주를 선택하는 내용으로 마무리되고 있다.

갑산은 흔히 '북관'이라 불리는 백두산 인근의 함경도 변방 지역으로, 곡창 지대가 넓게 펼쳐진 남부와 달리 농토가 그리 많지 않다. 따라서 이곳의 사람들은 갖가지 세금 중에서 특히 군역으로 인한 부담이 가장 클 수밖에 없었다. 군역은 성인 남성들이 일정 기간 군대에 편입되도록 하는 제도로, 군대에 편입되는 대신 군역에 종사하는 이들을 위해 각자 일정한 금액의 세금을 지불하도록 했다. 양반이나 경제력을 지닌 이들은 관리들과 결탁하여 갖가지 방법으로 조세의 부담에서 벗어날 수 있었지만, 아무런 힘이 없는 기층민들에게는 이중삼중의 군역이 가중되는 경우가 다반사였던 것이 당시의 현실이었다. 조선 후기 '삼정의 문란'으로 칭해지는 학정 속에서 지방 수령들의 수탈이 향촌의 기층민들에게 집중되었고, 이를 견디지 못한 사람들은 결국 고향을 떠나 정처 없이 떠돌며 사는 유리민으로 전락하기도 했다. 〈갑민가〉에 제시된 갑민의 형상은 바로 이러한 상황에서 고향을 떠나야만 했던 조선 후기 유리민의 전형을 보여주고 있다.

어저 어저 저기 가는 저 사람아

네 행색 보아니 군사(軍士) 도망 네로고나

요상(腰上)으로 볼작시면 베적삼이 깃만 남고

허리 아래 굽어보니 헌 잠방이 노닥노닥

곱장할미 앞에 가고 전태발이 뒤에 간다

십 리 길을 하루 가니 몇 리 가서 엎어지리

내 고을의 양반 사람 타도(他道) 타관(他官) 옮겨 살면 천(賤)이 되기 상
사여든

본토(本土) 군정(軍丁) 싫다 하고 자네 또한 도망하면

일국(一國) 일토(一土) 한 인심(人心)에 근본 숨겨 살려 한들 어디 간들
면할손가

차라리 네 사던 곳에 아무렇게 뿌리박혀

칠팔월에 채삼(採蔘)하고 구시월에 돈피(獤皮) 잡아

공채(公債) 신역(身役) 갚은 후에 그 나머지 두었다가

함흥(咸興) 북청(北靑) 홍원(洪原) 장사 돌아들어 잠매(潛賣)할 제

후가(厚價) 받고 팔아내어 살기 좋은 너른 곳에

가사(家舍) 전토(田土) 고쳐 사고 가장(家庄) 즙물(什物) 장만하여

부모 처자 보전(保全)하고 새 즐거움 누리려믄

'화자 1(생원)'의 진술로 시작되는 작품의 도입부는, 첫 행을 '어
저 어저 / 저기 가는 / 저 사람아'라는 구절의 3음보로 배치하여 가사
의 일반적인 율격인 4음보에서 벗어난 형식을 취하고 있다. 전체적으

로 생원의 진술은 군역을 피해 도망하는 '화자 2(갑민)'의 비참하면서도 우스꽝스러운 행색을 묘사하고, 고향을 떠나 유리하지 말도록 권유하는 내용으로 이루어져 있다. '곱장할미'란 허리가 굽은 노모를, '전태발이'는 다리를 절뚝거리며 걷는 자식의 모습을 지칭한 것이다. 온 가족을 이끌고 하루에 십 리 정도는 갈 수 있겠지만, 일행들의 현재 상황으로 보아 그마저도 쉽지 않다는 것이 생원의 판단이다. 이처럼 제대로 걷기조차 힘든 가족들을 이끌고 고향을 떠나는 갑민의 누추한 행색을 묘사하고, 그것을 '군사 도망'이라 직감적으로 표현하고 있다. 아마도 생원에게는 이러한 모습이 당시에 그리 낯설지 않은 모습이었음을 짐작할 수 있다. 또한 상대방이 고향을 떠나 다른 곳으로 간다고 하더라도, 결국 그곳에서도 근본을 숨기고 살면서 천한 신분으로 전락하여 비참한 현실을 벗어나지 못할 것이라는 사실을 주지시키고 있다.

그리하여 생원은 갑민으로 하여금 고향에 머물면서 때에 맞춰 채삼을 하고 담비를 잡아 그 가죽(돈피)을 팔아서, 그동안의 갖가지 '빚(공채)'과 신역을 말끔하게 해결한 다음에 '부모 처자 보전하고' 새로운 즐거움을 누리면서 살아가기를 권하고 있다. '돈피'는 담비 가죽을 뜻하는데, 당시에 담비 가죽으로 만든 옷은 '초구(貂裘)'라 하여 왕실을 비롯한 지배계층이 입는 귀한 물건이었다. 갑산을 비롯한 북관 지역에서는 군역을 대신하여 담비를 잡아 그 가죽을 바치도록 했다는 것을 알 수 있다. 이러한 생원의 언급은 고향을 떠나 이곳저곳 떠돌아다니는 갑민의 처지를 걱정하는 의미도 있지만, 이와 함께 유리민의 발생을 억제하려는 당시 지배층의 의식을 대변하는 것으로도 이해할 수 있다.

어와 생원인지 초관(哨官)인지

그대 말씀 그만두고 이내 말씀 들어보소

이내 또한 갑민이라 이 땅에서 생장(生長)하니 이때 일을 모를쏘냐.

우리 조상 남중(南中) 양반 진사 급제 연면(連綿)하여

금장(金章) 옥패 빗기 차고 시종신(侍從臣)을 다니다가

시기인(猜忌人)의 참소 입어 전가(全家) 사변(徙邊) 하온 후에

국내(國內) 극변(極邊) 이 땅에서 칠팔 대(七八代)를 살아오니

선음(先蔭) 이어 하는 일이 읍중(邑中) 구실 첫째로다

들어가면 좌수(座首) 별감(別監) 나가서는 풍헌(風憲) 감관(監官)

유사(有司) 장의(掌儀) 차지 나면 체면 보아 사양 터니

애슬푸다 내 시절에 원수인(怨讐人)의 모해(謀害)로써 군사(軍士) 강정
(降定) 되단 말가

내 한 몸이 헐어 나니 좌우전후 수다(數多) 일가(一家) 차차 충군(充軍)
되었구나

누대(累代) 봉사(奉祀) 이내 몸은 할 일 없이 매어 있고

시름없는 제(諸) 족인(族人)은 자취 없이 도망하고

여러 사람 모든 신역(身役) 내 한 몸에 모두 무니

한 몸 신역 삼 냥(三兩) 오 전(五戔) 돈피 이장(二張) 의법(依法)이라

십이인명(十二人名) 없는 구실 합쳐보면 사십육 냥(四十六兩)

연부년(年復年)에 맡아 무니 석숭(石崇)인들 당할쏘냐

'화자 2(갑민)'는 이에 대한 답변으로, 자신이 고향을 떠나 유리할
수밖에 없었던 저간의 사정을 장황하게 서술하고 있다. 새로운 화자
의 말이 시작되는 부분으로, 이 역시 한 행이 3음보의 율격을 이루고

있다. '생원'은 소과에 합격하여 대과에 응시할 자격이 주어진 사람을 지칭하며, '초관'은 종구품의 하급 무관 직위에 있는 사람을 가리킨다. 갑민은 말을 건네는 이가 생원인지 초관인지 잘 모르겠지만, 상대방의 진술 내용이 자신에게 닥쳤던 현실을 모르기 때문에 하는 말이라 치부하고 있다. 그러면서 자신의 조상 내력을 설명하는 것으로부터 답변을 시작하고 있다.

자신의 조상은 남쪽 지역에서 양반의 신분으로 과거에 급제하여 임금을 가까이 모시는 신하로 지내다가, 어떤 이유에서인지 죄를 짓고 온 가족이 갑산으로 유배를 와서 살게 되었다고 했다. '전가사변'이란 죄를 지은 사람과 그 가족들을 북쪽의 변방으로 옮기게 하는 것으로, 조선 시대에 중한 죄를 지은 경우에 이러한 형벌이 내려졌다고 한다. 비록 죄를 짓고 온 가족이 '국내 극변'으로 유배 생활을 하게 되었지만, 그 이후 대대로 갑산에 거주하면서 조상의 음덕으로 고장에서 양반으로서의 역할을 담당했었다고 설명한다. '읍중 구실'이란 읍에서 양반에게 주어지는 역할을 의미하는데, 좌수·별감·풍헌·감관 등 향약의 주요 직책이 바로 그것이라 하겠다. 또한 '유사'나 '장의' 등도 마을의 유생들이 맡았던 향교의 직임인데, 이러한 직위는 체면치레로 짐짓 사양할 정도였다는 것이다.

구체적인 상황은 알 수 없지만, 누군가의 모해로 인해서 자신의 대에 이르러 평민의 신분이 되어 갑민을 포함한 일가친척들도 결국 군역을 지는 신세로 전락하게 되었다. 주변에 살던 일가친척들이 과중한 군역을 피해 도망가자, 대대로 조상의 제사를 모시는 자신만이 남아 그들의 군역까지 떠안을 수밖에 없게 된 것이다. '봉사'는 조상들의 제사를 받드는 것이며, 조선 시대에 양반 신분을 드러내는 가장 중요한 징표 중의 하나였다. 이 부분에서 이른바 '족징(族徵)'의 폐해를 그대로 보여주고 있다. 갑산 지역의 신역은 한 사람당 돈으로는 '삼 냥 오 전'이고, 지역 특산물인 담비 가죽(돈피)으로는 두 장에 해당했다. 결국 자신을 포함해서 도망간 친척들의 몫까지 열세 명의 신역에 해당하는 46냥을 해마다 물어내야 했으니, 천하의 거부라고 하는 석숭조차도 당할 수 없는 지경이라고 고충을 토로하고 있다.

약간 농사 전폐(全廢)하고 채삼(採蔘)하려 입산(入山)하여

허항령(虛項嶺) 보태산(寶泰山)을 돌고 돌아 찾아보니

인삼(人蔘) 싹은 전혀 없고 오가(五加) 잎이 날 속인다

할 일 없이 공반(空返)하여 팔구월 고초(苦椒)바람

안고 돌아 입산하여 돈피 산행(山行) 하려 하고

백두산 등에 지고 분계강(分界江) 하(下) 내려가서

싸리 꺾어 누대 치고 이깔나무 무등 놓고

하늘님께 축수하고 산신님께 발원하여

물채줄을 갖춰 꽂고 사망 일기 원망하되

내 정성이 불급(不及)한지 사망실이 아니 붙네

빈손으로 돌아서니 삼지연(三池淵)이 잘 참이라

입동(立冬) 지난 삼일(三日) 후에 일야설(一夜雪)이 사뭇 오니

댓 자 깊이 하마 넘어 사오 보(四五步)를 못 옮기네

양진(糧盡)하고 의박(衣薄)하니 앞의 근심 다 떨치고

목숨 살려 욕심하여 지사위한(至死爲限) 길을 헤쳐

인가처(人家處)를 찾아오니 검천(劍川) 거리 첫 목이라

계초명(鷄初鳴)이 이윽하고 인가(人家) 적적(寂寂) 한참이네

집을 찾아 들어가니 혼비백산 반(半)주검이 언불출구(言不出口) 넘어지니
더운 구들 아랫목에 송장같이 누웠다가
인사(人事) 수습(收拾) 하온 후에 두 발끝을 굽어보니 열 가락이 간데없네

비록 족징으로 인해 수다 일가의 군역을 담당하게 되어 곤궁한 처
지에 놓이게 되었지만, 갑민은 이러한 상황을 어떻게든 스스로 감당
해 보려고 노력하는 모습을 보여주고 있다. 농사와 함께 당시 이 지
역 사람들의 주요 생계 수단이었던 듯, 갑민은 이미 앞에서 생원이
제시했던 채삼과 담비 가죽을 위한 사냥에 나서게 되었다. 이 부분에
서 삼을 채취하고 담비를 잡기 위해 헤매었던 백두산 근처의 구체적
인 지명이 제시되어 있음을 확인할 수 있다. 하지만 삼을 캐는 것도
쉽지 않아, 끝내 실패하고 헛되이 되돌아오게 되었다. 이제 갑민은 마
지막 희망을 걸고 담비 사냥을 시작하기 전에, 먼저 하늘과 산신에게
기원을 드렸다. '사망'은 아마도 일이 생각하는 대로 이루어지기를 바
라는 것이라는 의미라 할 것인데, 하늘과 산신에게 점을 쳐도 그 가
능성이 보이지 않았던 모양이다. 산속을 헤매며 온갖 고생을 했지만,
끝내 사냥에 실패하여 빈손으로 돌아올 수밖에 없게 되었다.
　게다가 입동이 지나 많은 눈이 내린 산속에서 정신을 잃고 헤매다
가 반죽음이 되어 겨우 인가를 찾아 몸져눕는 신세가 되었다. 한동안
송장처럼 누웠다가 정신을 수습하고 보니, 이미 동상으로 모든 발가
락이 잘리는 처지가 되었다. 아마도 당시에 그 주변에서는 갑민처럼
먹고살기 위해 많은 이들이 채삼과 담비 사냥에 나섰기에, 뒤늦게 뛰
어든 갑민은 실패할 수밖에 없었는지도 모르겠다. 끝내 수확이 전혀
없이 빈손으로 돌아오게 된 것조차도 '내 정성이 불급'한 탓으로 돌

리는 갑민의 태도는 체념적으로 느껴지기도 한다. 어쨌든 이처럼 군
역을 해결하기 위해 애쓰는 모습을 제시함으로써, 고향을 떠나 유리
를 하게 된 자신의 결정이 결코 쉽게 내려지지 않았음을 보여주고자
한 것이라 이해된다.

　간신(艱辛) 조리(調理) 생명(生命)하여 소에 실려 돌아오니
　팔십당년(八十當年) 우리 노모(老母) 마중 나와 하던 말씀
　살아왔다 내 자식아 사망 없이 돌아온들 모든 신역(身役) 걱정하랴
　전토(田土) 가장(家庄) 진매(盡賣)하여 사십육 냥 돈 가지고
　파기소(疤記所) 찾아가니 중군(中軍) 파총(把摠) 호령하되
　우리 사또 분부 내(內)에 각 초군(哨軍)의 제(諸) 신역을 돈피 외에 받지
말라
　관령 여차 지엄하니 하릴없이 퇴하놋다
　돈 가지고 물러 나와 원정(原情) 지어 발괄하니
　물(勿)위 번소(煩訴) 제사(題辭)하고 군로(軍奴) 장교(將校) 자사(差使) 놓
아 성화같이 재촉하니
　노부모의 원행(遠行) 치장(治裝) 팔승(八升) 네 필(匹) 두었더니
　팔 냥 돈을 빌려 받고 팔아다가 채워내니 오십여 냥 되겠구나
　삼수(三水) 각진(各鎭) 두루 돌아 이십육장(二十六張) 돈피 사니 십여 일
장근(將近)이라

　죽음을 무릅쓰고 산속을 헤매다 쇠약해진 몸으로 집에 돌아왔지
만, 세금을 독촉하는 관가의 횡포는 여전히 그치지 않았다. 간신히 몸
조리를 하고 소에 실려 집으로 돌아오니, 여든이 된 노모는 자식이

죽지 않고 살아 돌아온 자체만으로 감사함을 느꼈을 것이다. 온갖 노력에도 신역을 해결하기 위한 돈을 마련할 수 없어, 집과 땅을 포함하여 전 재산을 팔아 힘겹게 관가로 찾아갔다. 어떤 인물의 용모나 신체상의 특징을 적은 것을 '파기(疤記)'라 하는데, 아마도 갑민은 신역을 갚는 것이 본인임을 입증하기 위해 파기소에 들러야만 했을 것이다. 하지만 그를 맞이한 중군이나 파총 등의 하급 관리들은 수령의 새로운 영을 전한다. 반드시 돈이 아닌 현물(돈피)로만 받으라는 수령의 지엄한 분부로 인해 갑민은 결국 신역을 해결하지 못하고 힘없이 물러나야만 했다.

아마도 담비 가죽 같은 현물의 공급이 부족하여 평소보다 가격이 오르자 현물을 받아 다시 되팔아 그 차액을 착복하려는 수령의 농간이 작동했을 것이다. 억울한 마음에 합법적 수단인 고소장을 올리지만, 오히려 관리들을 보내 신역을 빨리 해결하도록 재촉하는 결과를 초래했다. '원정'이란 억울한 일에 처했을 때 문서로 진정하는 것이며, '발괄'이란 구두로 호소하는 것이다. 하지만 수령은 모든 번거로운 소장을 다 물리치고 군노와 장교 등을 보내 그에게 신역을 빨리 납부하라고 독촉할 뿐이다. '원행 치장'이란 죽은 후 먼 길을 떠날 수 있도록 치장하기 위해 마련한 수의(壽衣)를 가리킨다. 그리하여 노모의 수의로 사용하기 위해 마련한 옷감까지 팔아서 여덟 냥의 돈을 더 마련하여 주변 지역을 두루 돌아다니면서 겨우 스물여섯 장의 돈피를 마련하게 되었다. 돈피를 사기 위해 추가로 마련했던 금액만큼 현물을 팔아서 수령이 착복했을 것임은 의심할 여지가 없다.

성화 같은 관가(官家) 분부 차지(次知) 잡아 가두었네

불쌍할사 병든 처는 영어(囹圄) 중에 더디어서 결항치사(結項致死) 했단 말가

내 집 문전 돌아드니 어미 불러 우는 소리 구천에 사무치고

의지 없는 노부모는 불성인사(不省人事) 누웠으니 기절신 탓이로다

여러 신역 바친 후에 시체 찾아 장사하고

사묘(祠廟) 모셔 땅에 묻고 애끊토록 통곡하니

무지미물(無知微物) 뭇 조작(鳥雀)이 저도 또한 쉽게 운다

막중 변지(邊地) 우리 인생 나라 백성 되어 나서

군사(軍士) 싫다 도망하면 화외민(化外民)이 되려니와

한 몸에 여러 신역 물다가 할 수 없어

또 금년이 돌아오니 유리무정(流離無定) 하노매라

나라님께 아뢰자니 구중천문(九重天門) 멀어 있고

요순 같은 우리 성주(聖主) 일월같이 밝으신들

불점(沾) 성화(聖化) 이 극변(邊)에 복분(覆盆) 하(下)라 비칠손가

아마도 많은 양의 담비 가죽을 구하기 쉽지 않았던 듯, 여러 지역을 돌아다니며 겨우 수효를 채우고 보니 열흘이 꼬박 걸렸다. '차지'는 다른 사람을 대신하여 형벌을 받는 사람을 가리키는데, 갑민이 집을 비우자 그의 처를 차지로 삼아 대신 옥에 잡아 가뒀던 모양이다. 하지만 그사이에 병든 처는 모진 옥살이를 견디지 못하고 끝내 목을 매달고 죽어버리는 비극적인 일이 벌어졌다. 곳곳을 다니며 겨우 마련한 돈피를 들고 집에 들어서니, 아이는 어미를 부르며 울고 늙으신 노모는 기절하여 인사불성으로 누워 있었다. 어떻게든 군역을 해결하여 고향을 떠나지 않고 살아보겠다는 갑민의 의지는 이러한 상황

에서 결국 꺾일 수밖에 없었을 것이다. 족징의 폐해로 인한 조선 후기 민중들이 수탈을 당하는 모습을 사실적으로 형상화하고 있다 할 것이다.

그래도 자신에게 맡겨진 의무였던 신역을 모두 바치고서, 죽은 처의 시체를 수습하여 장사를 지낸 후에 정든 고향을 떠나게 되었다. 여러 일가들이 일찍 떠났어도 갑민이 끝내 떠날 수 없었던 이유가 바로 때에 맞춰 조상에게 제사를 지내기 위한 위패를 자신이 모시고 있기 때문이었다. 하지만 고향을 떠나 정처 없이 떠도는 처지이기에 사묘(祠廟)를 땅에 묻을 수밖에 없었고, 그로 인해 비감함이 더욱 사무쳐 주변의 새들조차 자신을 따라 우는 것처럼 느꼈다고 하겠다. 만약 군역을 피해 도망을 하게 된다면, 법의 보호를 받지 못하는 '화외민'이 될 수밖에 없다는 것을 갑민은 너무도 잘 알고 있다. 사랑하던 부인이 죽음을 맞게 되었어도 어떻게든 고향에 남아 견뎌보려 했지만, 해가 바뀌어 또다시 돌아오는 신역을 도저히 감당할 수 없기에 유리민이 되어 떠돌 수밖에 없게 되었다고 진술하고 있다. 이러한 억울한 처지를 토로하고 싶지만, 임금이 계시는 서울까지는 너무나 멀기만 할 뿐이다. 비록 요순 같은 임금님이 계시더라도 멀리 떨어진 변방은 마치 뒤집힌 항아리 아래와 같아 갑민에게까지 임금의 덕이 미치지 못하는 현실을 개탄할 뿐이다.

그대 또한 내 말 듣소 타관 소식 들어보게
북청(北靑) 부사(府使) 뉘실런고 성명은 잠깐 잊어 있네
허다(許多) 군정(軍丁) 안보(安保)하고 백골도망(白骨逃亡) 해원(解寃)일래
각대(各隊) 초관(哨官) 제(諸) 신역을 대소(大小) 민호(民戶) 분징(分徵)하니

많으면 닷 돈 푼수 적으며는 서 돈이라

인읍(隣邑) 백성 이 말 듣고 남부여대(男負女戴) 모여드니

군정(軍丁) 허오(虛伍) 없어지고 민호(民戶) 점점 늘어간다

나도 또한 이 말 듣고 우리 고을 군정(軍丁) 신역

북청(北青) 일례(一例) 하여지라 영문(營門) 의송(議送) 정(呈)탄 말가

본읍 맡겨 제사 맡아 본 관아에 부치온즉

불문시비(不問是非) 옭아매고 형문(刑門) 일차(一次) 맞단 말가

천신만고(千辛萬苦) 놓여나서 고향 생애 다 떨치고

인리 친구 하직 없이 부로(扶老) 휴유자(携幼子) 야반(夜半)에

후치령로(厚峙嶺路) 빗겨 두고 금창령(金昌嶺)을 허위 넘어

단천(端川) 땅을 바로 지나 성대산(星岱山)을 넘어서면 북청 땅이 그 아
닌가

거처(居處) 호부(好否) 다 떨치고 모든 가속 안보하고 신역 없는 군사
되세

내 곧 신역 이러하면 이친기묘(離親棄墓) 하올쏘냐

갑민은 화제를 바꿔 인근 고을인 북청의 소식을 전하고 있다. 이
부분에서 만약 어진 수령이 다스린다면 많은 이들이 군역의 부담에
서 놓여나서 편안하게 살게 될 것이라는 갑민의 인식을 확인할 수 있
다. 북청에서는 갑산과 달리 군역의 부담이 적을 뿐만 아니라, 모든
사람에게 고루 부담을 지우니 죽은 사람에게까지 신역을 지우는 '백
골징포'도 없어졌다는 것이다. 이러한 소식을 들은 인근의 백성들이
북청으로 이주하여 주민들이 늘어나 군역의 부담은 점점 줄어들 수
밖에 없다는 것이다. 그리하여 갑민은 생원에게 인근의 북청 지방 소

식을 전하며, 자신은 고향을 떠나지만 어진 수령이 다스리는 북청으로 갈 것이라는 뜻을 드러내고 있다.

고향을 떠나기 전에 갑산의 신역도 북청과 같이 해달라고 관찰사에게 청원을 해보았지만, 오히려 자기 고을의 수령에게 그 소식이 전해져 뜻밖에 형문(刑問)을 맞는 결과를 가져왔던 것이다. '의송'이란 자기 고을의 수령에게 제소했다가 패소를 당하여 다시 관찰사에 상소하는 것을 말하는데, 이 경우 소장은 반드시 고을 수령을 거쳐 제소하는 과정을 거친다고 한다. 따라서 수령으로서는 자신에게 불리한 것을 선뜻 들어줄 리가 없고, 오히려 소장을 올린 이를 잡아들여 죄를 묻기도 했다. 갑산의 수령에게 청원의 대가로 오히려 형문을 당하고, 이제는 더 이상의 미련도 없이 남은 가족들을 이끌고 선치자(善治者)가 다스린다는 북청으로 향하는 것이다. 갑민이 북청에 정착하게 된다면 다시는 가족들과 헤어지거나 조상묘를 돌보지 못하는 일은 일어나지 않을 것이라는 기대를 품고 있다는 것을 알 수 있다.

비나이다 비나이다 하늘님께 비나이다
충군 애민 북청 원님 우리 고을 빌리시면
군정(軍丁) 도탄 그려다가 헌폐상(軒陛上)에 올리리라
그대 또한 명년(明年) 이때 처자 동생 거느리고
이 영로(嶺路)로 접어들 제 그때 내 말 깨치리라
내 심중에 있는 말씀 횡설수설하려 하면
내일 이때 다 지나도 반 남아 모자라리
일모총총(日暮悤悤) 갈 길 머니 하직하고 가노매라.

작품의 결말부는 어진 정치를 펼치는 북청 원님과 같은 존재가 나타나 도탄에 빠진 군정의 폐해를 임금에게 올린다면 해결될 수 있을 것이라는 기대를 토로하고 있다. 그리하여 자신에게 말을 거는 생원도 갑산에서 군역의 폐해를 직접 겪는다면 자신과 같은 선택을 할 것이라고 단언하고 있다. 이러한 갑민의 태도는 비극적인 현실을 핍진하게 진술했던 전반부의 분위기와는 다소 이질적으로 느껴진다. 그러나 역설적으로 당대의 민중들에게는 세금의 부담에서 벗어나 평범한 삶을 살아가는 것이 다른 무엇보다 가장 소중하다는 것을 강조하는 것으로 파악할 수도 있을 것이다. 따라서 세금이 줄어들 것이라는 희망을 품고 북청으로 이주하는 갑민의 심정을 어느 정도 이해할 수 있을 듯하다.

이 작품에서 북청은 백성들에게 군역을 공평하게 부담 지우는 어진 수령이 다스리는 이상적인 고장이라는 의미를 지닌다. 이 작품의 작자인 '갑산민'은 기층민이라기보다 조선 후기에 어느 정도의 경제력을 갖추고 있던 몰락 양반에 해당한다고 할 수 있다. 그렇기 때문에 이상적인 고장에 대한 과도한 기대는 실제적 경험이 아닌 관념적인 모습으로 이해할 수 있을 것이다. 특히 작품의 끝에 부기된 "청성공이 북청에 벼슬하고 있을 때 갑산민이 지은 노래"라는 기록을 고려할 때, 결말부의 내용은 청성공 성대중이 북청 부사를 역임할 당시(1792)의 선정을 강조하기 위한 의도가 담겨 있을 것이라고 여겨진다. 또한 부당한 수탈에 맞서 적극적으로 맞서기보다는 공평한 조세 부담을 바라는 소극적인 의식을 드러내고 있다고 평가할 수도 있다.

노처녀가(老處女歌)
─ 자신의 결함을 의지와 열망으로 극복하다

가사는 한 행이 4음보로 이루어졌다는 형태적 요건을 제외하면 내용이나 길이에 관한 특별한 제약이 없는 전통 시가 양식이다. 그러나 한 행이 4음보로 구성된다는 것도 최소한의 조건일 뿐, 실제로는 4음보의 율격에서 벗어난 시행이 적지 않게 나타난다. 작품의 마지막 행이 시조의 종장과 같은 형식으로 마무리된다는 점에서 가사가 지닌 형식적 특징을 확인할 수 있다. 더욱이 조선 후기 작품들에서는 4음보에서 벗어나는 시행이 더욱 빈번하게 나타난다. 물론 '동학가사'나 '천주가사'와 같은 종교가사는 글을 모르는 민중들에게 쉽게 전파하기 위해서 4음보의 규칙성을 엄격하게 지키고 있기도 하다. 그러나 일반적으로 조선 후기의 가사는 그 내용이나 형식이 매우 다양하게 나타나며, 〈노처녀가〉 역시 시가와 소설의 경계에 서 있는 작품으로 주목할 수 있다.

〈노처녀가〉는 현재 2종의 이본이 존재하는데, 이들은 제목만 같을 뿐 내용이나 분량이 전혀 다른 별개의 작품이다. 여기에서는 조선 후기 소설집인《삼설기》에 수록되어 있는, 당시 사람들이 소설처럼 인식하며 향유하던 작품을 대상으로 삼았다. 가사의 하위 범주 가운데 특정 인물이 등장하여 일정한 사건을 허구적으로 그려낸 작품을 '서사가사'라 일컫는다. 그런 측면에서 〈노처녀가〉는 '서사가사'를 대표하는 작품이다. 이 작품에는 우선 주인공인 노처녀가 등장하며, 나이 마흔이 넘도록 시집을 못 간 자신의 신세를 한탄하는 내용과 마침내 결혼에 이르게 되는 내용을 '허구적'으로 다루고 있다. 그래서 이 작품을 즐겨 읽었던 당시의 독자들은 그 내용이 '흥미로운 이야기'라고 생각했고,《삼설기》의 편자는 다른 소설들과 함께 이 작품을 수록했던 것이다.

우선 이 작품은 그 형식이 일반적인 가사와는 다른데, 도입부와 결말부에 작품의 경개를 소개하는 산문적 진술이 나타난다. 이는 가사가 지닌 정형적 율격을 파괴하면서 이 작품을 소설로 인식되게끔 하는 역할을 한다. 그러나 작품의 대부분을 차지하는 본문은 운문 형식인 가사의 율격을 따르고 있다. 산문적 진술이 본문의 가사를 둘러싸고 있는 이러한 형식은 일종의 '액자 구조'이다.

> 옛적에 한 여자 있으니, 일신이 갖은 병신이라. 나이 사십이 넘도록 출가치 못하여 그저 처녀로 있으되, 옥빈홍안이 스스로 늙어가고 설부화용이 공연히 없었으니, 설움이 골수에 맺히고 분함이 심중에 가득하여 미친 듯 취한 듯 좌불안석하여 세월을 보내더니, 가만히 탄식 왈 "하늘이 음양을 내시매 다 각기 정함이 있거늘 나는 어찌하여 이러한가. 섧기도 측량없고 분하기도 그지없네." 이처럼 방황하더니 문득 노래를 지어 화창하니 가로시되,

(본문)

이 말이 가장 우습고 희한하기로 기록하노라.

  본문의 앞과 뒤에 작품을 소개하는 내용이 제시되어 있는데, 본문은 화자인 노처녀의 독백으로 서술되는 운문의 가사 형식을 취하고 있다. 인용된 앞뒤의 산문적 진술로만 보자면, 이 부분에서는 적어도 가사와 같은 정형적인 율격을 찾기 어렵다. 특히 앞부분의 산문적 진술은 노처녀의 이야기가 뒷부분에 이어질 것임을 소개하는 역할을 한다. 작품을 분석하면서 구체적으로 설명하겠지만, 노처녀의 독백으로 이루어진 운문 형식의 가사 내용은 우여곡절 끝에 노처녀가 결혼하는 것으로 마무리된다. 하지만 첫 부분의 서술에서는 '스스로 늙어가'는 처지에 '설움이 골수에 맺히고 분함이 심중에 가득'한 노처녀가 등장할 것임을 예고하고 있다. 이렇듯 서두의 서술에서 작품의 결말을 미리 제시하지 않고, 독자들로 하여금 궁금증을 유발하게 한다. 이것도 역시 일종의 '소설적 수법'이라 할 수 있다. 그리고 노처녀의 진술을 인용하면서 자신의 처지를 서럽고 분하게 여겨 '문득 노래를 지어 화창'한다고 서술하고 있다. 즉 서두의 '액자 부분'에서 작품의 내용을 설명하는 부분에서는 소설의 형식을 취하고, 본론에 해당하는 노처녀의 독백은 '노래', 즉 가사 형식으로 이루어질 것임을 제시하고 있다고 하겠다.

  '옛적에 한 여자 있으되'로 시작하는 서두가 소설적 형식을 취하고 있으며, 가사의 주인공이라고 할 수 있는 노처녀를 '일신이 갖은 병신'이며 '나이 사십이 넘도록 출가치 못하여 그저 처녀로 있'는 존재로 소개하고 있다. 더욱이 가사 작품 역시 결혼을 위해 노처녀가 고군분투하는 과정이 비교적 상세하게 묘사되고 있다. 일련의 과정 끝에 결혼하여 일가를 이루고, 주인공이 지니고 있던 신체의 장애마저도 말끔히 극복된다는 결론에 이르고 있다. 이러한 가사의 내용 뒤에 다시 서술자가 등장하여 '이 말이 가장 우습고 희한하기로 기록'한다고 진술하고 있다. 즉 이 부분에서의 서술자는 단지 누군가의 이야기를 기록하여 전달해 주는 역할을 하고 있음을 알 수 있다. 이러한 도입부와 결말의 설정은 제3의 서술자를 등장시켜 〈노처녀가〉의 배경과 분위기를 설명하고, 가사의 주인공인 '노처녀'의 등장을 이끄는 역할을 하고 있다. 바로 이런 형식적 특징이 당대 사람들에게 〈노처녀가〉를 때론 소설로, 때론 가사로 향유할 수 있게 했던 요인이라 하겠다.

서두의 산문적 진술에 이어 운문 형식의 가사 부분은 노처녀가 늦도록 결혼을 하지 못한 자신의 신세를 한탄하는 것으로 시작된다. 자신의 결혼에 관심을 가지지 않는 부모와 친척들을 원망하면서 그 서러움의 실체를 구체적으로 제시하고 있다.

어와 내 몸이여 섧고도 분한지고 이 설움을 어이하리
인간만사 설움 중에 이내 설움 같을쏜가
설운 말 하자 하니 부끄럽기 측량없고
분한 말 하자 하니 가슴 답답 그 뉘 알리
남모르는 이런 설움 천지간에 또 있는가
밥이 없어 서러울까 옷이 없어 서러울까 이 설움을 어이 풀리
부모님도 야속하고 친척들도 무정하다
내 본시 둘째 딸로 쓸데없다 하려니와

내 나일 헤어보니 오십 줄에 들었구나

먼저 낳은 우리 형님 십구 세에 시집가고

셋째의 아우년은 이십에 서방 맞아 태평으로 지내는데

불쌍한 이내 몸은 어찌 그리 이러한가

어느덧 늙어지고 츠릉꾼이 되었구나

시집이 어떠한지 서방 맛이 어떠한지

생각하면 싱숭생숭 쓴지 단지 내 몰라라

내 비록 병신이나 남과 같이 못할쏜가

내 얼굴 얽다 마소 얽은 구멍 슬기 들고

내 얼굴 검다 마소 분칠하면 아니 흴까

한 편 눈이 멀었으나 한 편 눈은 밝아 있네

바늘귀를 능히 꿰니 버선볼을 못 받으며

귀먹다 나무라나 크게 하면 알아듣고 천둥소리 능히 듣네

오른손으로 밥 먹으니 왼손 하여 무엇 할까

왼편 다리 병신이나 뒷간 출입 능히 하고

콧구멍이 맥맥하나 내음새는 일수(一數) 맡네

입술이 푸르기는 연지색을 발라보세

엉덩뼈가 너르기는 해산(解産) 잘할 장본(張本)이요

가슴이 뒤앗기는 진일 잘할 기골(氣骨)일세

턱 아래 검은 혹은 추어보면 귀격(貴格)이요

목이 비록 옴쳤으나 만져보면 없을쏜가

내 얼굴 볼작시면 곱든 비록 아니 하나

일등 수모(手母) 불러다가 헌거롭게 단장하면

남대되 맞는 서방 낸들 설마 못 맞을까

이제 본문이 시작되면서 결혼을 못 한 '노처녀'가 새로운 화자로 등장한다. 화자는 자신의 서러운 신세를 한탄하는 것으로 작품을 시작하는데, 나이가 '오십 줄'에 접어들어서도 결혼을 하지 못했다는 것이 바로 설움의 원인이다. 자신의 형제들은 이른 나이에 짝을 찾아 시집을 가서 잘살고 있지만, 화자는 나이가 들어감에도 부모와 친척들조차 아무도 자신의 결혼에 신경을 쓰지 않는다고 진술하고 있다. 그렇게 나이를 먹어 늙어져서 '츠릉꾼'이 되었다고 한탄하는 지경에 이르렀다. '츠릉꾼'은 아마도 '칡넝쿨'을 가리키는 것으로 여겨지는데, 나이를 먹어 자신의 외모가 칡넝쿨처럼 주름이 많아졌음을 비유한 것으로 이해된다. 화자가 노처녀가 되도록 결혼을 하지 못했던 이유는 바로 자신의 신체적 불구 때문이었다.

형님과 아우까지도 제때 결혼을 해서 행복하게 살고 있는데, 자신은 단지 '병신'이란 이유로 결혼하지 못하고 노처녀로 늙어가고 있다. 이어지는 부분에서 장애를 지닌 자신의 외모를 묘사하면서, 그에 못지않게 재주가 있다는 것을 강조하고 있다. 더욱이 화자의 장애에 대해서 지나치게 상세하게 지적하면서, 그것을 극복할 수 있는 능력이 있다는 것을 하나하나 열거하고 있다. 이 모든 장애 요소를 한 사람에게 적용한다면, 일반적인 생활이 쉽지 않을 정도라 할 것이다. 이처럼 자신의 신체적 결함을 과장함으로써 애써 자위하는 내용은, 독자들로 하여금 그러한 상황을 자못 희화적으로 비칠 수 있게 만드는 요인이다. 자신이 처한 상황을 조금이라도 긍정적으로 보여주려는 의도이겠지만, 작품을 읽는 이들은 오히려 그 상황을 안타깝게 여기게 될 것이다.

화자는 비록 이처럼 신체적인 장애를 가지고 있지만, 시집을 간 다른 여자들과 다르지 않다고 항변하고 있다. 그러나 화자가 가능하다고 자부하는 내용들은 그저 평범한 사람이라면 누구나 쉽게 할 수 있는 일이며, 화자가 장애를 지니고 있기에 그러한 것들이 특별해 보일 뿐이다. 그래서 이 부분을 읽는 독자들은 화자가 발언하는 항변의 내용이 다소 억지스럽다고 느낄 것이다. 다른 한편으로는 결혼에 대한 화자의 열망에 연민의 감정을 느낄 수도 있을 것이다. 이러한 내용이 흥미를 제공하는 요인으로 작용하여 당시 독자들이 소설로 여겨 소설집에 수록될 수 있었던 것이라 이해된다.

얼굴 모양 그만두고 시속 행실 으뜸이니
내 본시 총명키로 무슨 노릇 못 할쏜가
기역 자 나냐 자를 십 년 만에 깨쳐내니
효행록(孝行錄) 열녀전(烈女傳)을 무수히 숙독하매
모를 행실 바이없고 구고(舅姑) 봉양 못 할쏜가
중인(衆人)이 모인 곳에 방귀 뀌어본 일 없고
밥주걱 엎어놓아 이를 죽여본 일 없네
장독 소래 벗겨내어 뒷물 그릇 한 일 없고
양치대를 집어내어 추목하여 본 일 없네
이내 행실 이만하면 어디 가서 못 살쏜가
행실 자랑 이만하고 재주 자랑 들어보소
도포 짓는 수품 알고 홑옷이며 하옷이며 누비 상침 모를쏜가
세 폭붙이 홑이불을 삼 일 만에 마쳐내고
행주치마 지어낼 제 다시 고쳐본 일 없네
함박 쪽박 깨어지면 솔뿌리로 기워내고

버선본(本)를 못 얻으면 잇비 자로 제일이요

보자기를 지을 제는 안반 놓고 말아내니

슬기가 이만하고 재주가 이만하면 음식 숙설(熟設) 못 할쏜가

수수 전병(煎餅) 부칠 제는 외쪽지를 잊지 말며

상추쌈을 먹을 제는 고추장이 제일이요

청국장을 담을 제는 묵은콩이 맛이 없네

청대콩을 삶지 말고 모닥불에 구워 먹소

음식 묘리 이만 알면 봉제사를 못 할쏜가

내 얼굴 이만하고 내 행실 이만하면 무슨 일이 막힐쏜가

남이라 별수 있고 인물인들 별할쏜가

남대되 맞는 서방 내 홀로 못 맞으니 어찌 아니 설울쏜가

애고애고 설운지고 서방만 얻었으면 뒤거두기 잘못할까

　　화자는 계속해서 자신의 행실과 재주가 특별하다고 강조하면서, 남들이 하는 것은 자기도 다 할 수 있음을 강조한다. 이러한 주장은 결국 '노처녀의 결혼'이라는 문제로 관심이 집중되고 있다. 스스로 '총명하다'고 평가하며, 자신은 행실도 바르고 여자들이 갖춰야 할 온갖 재주와 음식 솜씨도 뛰어나다고 자랑한다. 이미 한글을 '십 년 만에 깨치고' 당시 여성들이 읽고 배워야 할 '효행록'과 '열녀전'을 숙독했으며, 만약 시집을 가기만 한다면 시부모의 봉양도 잘할 수 있다고 주장한다. 화자가 제시하는 행실들은 당대 여성들이라면 누구나 쉽게 할 수 있는 일이지만, 장애가 있는 화자 자신만 그것이 특별하다고 생각할 뿐이다. 이 역시 화자의 특별한 능력을 드러내는 것이 아니라, 독자들에게 연민과 흥미를 유도하는 요소로 작용하고 있다고

하겠다.

나아가 바느질 솜씨도 뛰어나며, 당시 부녀자들에게 가장 중요한 덕목의 하나였던 제사를 받들기 위한 음식 솜씨도 남들 못지않다고 말하고 있다. 이 부분에서 다양한 의복을 만드는 방법과 각종 음식의 조리 방법도 제시되어 있다. 화자의 바느질과 음식 솜씨를 필요 이상으로 상세하게 묘사하고 있는데, 이러한 서술은 어쩌면 당대 여성들에게 이와 같은 덕목이 갖추어져야 함을 역설하고자 하는 의도가 전제되어 있다고 해석할 수도 있다. 그처럼 뛰어난 재주를 지니고 있음에도, 화자가 처한 현실은 짝을 찾지 못해 노처녀로 늙어가는 신세일 뿐이다. 작품에서 노처녀는 지속적으로 신체적 장애를 지니고 있음에도 불구하고 자신이 오히려 남들보다 행실과 능력 등 모든 면에서 전혀 뒤지지 않는다고 주장한다. 그리하여 만약 자신이 결혼만 할 수 있다면 남편에 대한 내조(뒤거두기)를 잘할 수 있다고 자부한다. 이처럼 화자는 작품 속에서 자신의 처지와 능력을 '진지하게' 그려내고자 애쓰고 있다.

    내 모양 볼작시면 어른인지 아이런지
    바람맞은 병인인지 광객인지 취객인지
    열없기도 그지없고 부끄럽기 측량없네
    어우와 설운지고 내 설움 어이할까
    뒤 귀밑에 흰 털 나고 이마 위에 살 잡히니
    운빈화안이 어느덧 어디 가고 속절없이 되었구나
    긴 한숨에 짧은 한숨 먹는 것도 귀찮고 입는 것도 좋지 않나
    어른인 체 하자 하니 머리 땋은 어른 없고

나인 하자 하니 귀밑머리 그저 있네

얼씨구 좋을시고 우리 형님 혼인할 제

숙수 앉혀 음식 하며 지의 깔고 차일 치며

모란병풍 둘러치고 교자상의 와룡촛대 세워놓고

부용향 피우면서 나주불 질러놓고

신랑 온다 왁자하고 전안한다 초례한다 왼 집안 들렐 적에

빈방 안에 혼자 있어 창틈으로 엿보니

신랑의 풍신 좋고 사모 품대 더욱 좋다

형님도 저러하니 나도 아니 저러하랴

차례로 할작시면 내 아니 둘째런가

형님을 치웠으니 나도 저러할 것이라

이처럼 정한 마음 마음대로 아니 되어

고약한 아우년이 먼저 출가 한단 말가

꿈결에나 생각하며 의심이나 있을쏜가

도래떡이 안팎 없고 후생목이 우뚝하다

원수로다 원수로다 중매어미 나를 아니 치워주고

사주단자 의양단자 오락가락 하올 적에

내 비록 미련하나 눈치조차 없을쏜가

용심이 절로 나고 화증이 폭발한다

풀어 생각 잠깐 하면 하품이 절로 나고

만사에 무심하니 앉으면 눕기 좋고 누우면 일기 싫다

손님 보기 부끄럽고 일가 보기 더욱 싫다 내 신세 어이할까

장애를 가졌음에도 능력과 재주가 있다고 자부하던 화자는 갑자기

자신의 행색에 대해 비관적인 심정을 토로하기 시작한다. 조선 시대에는 나이가 아무리 많더라도 결혼을 하지 않으면 머리를 올릴 수 없었고 어른 대접도 받지 못했다. 그렇기 때문에 화자는 자신의 모습이 '어른인지 아이인지' 모르겠다고 한탄하면서, 속절없이 나이를 먹어 어느덧 귀밑머리가 희게 변한 자신의 모습을 돌아보게 되었다. '신체적 장애'와 '나이가 많다'는 이중의 어려움을 지닌 노처녀에게 결혼은 쉽게 도달할 수 없는 목표임이 분명하다.

이제 화자는 과거 형님의 결혼하던 당시 모습을 회상하면서, 잔치를 치르느라 정신없던 분위기를 묘사했다. 그 모습을 보면서 화자는 다음 차례가 자신이라고 생각했지만, 아우가 먼저 결혼을 해서 기대가 어긋나 버린 현실에 대한 불만을 토로한다. 자신보다 먼저 결혼을 하는 아우를 가리켜 '도래떡이 안팎 없고 후생목이 우뚝하다'고 표현했다. '도래떡'은 둥글넓적하고 큼직하게 멥쌀로 만든 떡을 일컫는데, '도래떡이 안팎이 없다'는 표현은 대체로 안과 밖을 구별할 수 없는 상황에서 분명하게 판단을 내리기 어렵다는 것을 의미한다. 더욱이 '후생목(後生木)이 우뚝하다'는 표현 역시 뒤에 생겨난 나무가 먼저 자란 나무보다 우뚝하게 자란다는 뜻으로, 모두 아우가 자신보다 먼저 결혼한 상황을 빗대어 표현한 것이다.

생각이 여기에 이르자 화자의 탄식은 더욱더 깊어질 수밖에 없었을 것이다. 화자의 현실적 목표인 결혼에 대한 집착은 작품의 전편에 걸쳐서 지속적으로 표출되고 있다. 하지만 현실에서 어떠한 타개책도 마련할 수 없는 화자는 문득 자살이라는 극단적인 생각을 해보기도 한다.

애고애고 설운지고 섧고도 설운지고 살고 싶은 뜻이 없네

간수 먹고 죽자 한들 목이 쓰려 어찌 먹고

비상 먹고 죽자 한들 냄새를 어찌할까 부모유체 난처하다

이런 생각 저런 생각 빈방 안에 혼자 앉아 온갖 가지 생각하나

입맛만 없어지고 인물만 초췌하다

생각을 말자 하나 자연히 절로 나고

용심을 말자 하나 스스로 먼저 나네

곤충도 짝이 있고 금수도 자웅 있고 헌 짚신도 짝이 있어

(문고리도 짝이 있고 나무라도 향자목은 음양을 좇아 서고)

음양의 배합법을 낸들 아니 모를쏜가

부모님도 보기 싫고 형님도 보기 싫고 아우년도 보기 싫다

나에게 이른 말이 불쌍하다 하는 소리

더구나 듣기 싫고 눈물만 솟아나네

내 신세 이러하고 내 마음이 이러한들

뉘라서 걱정하며 뉘라서 염려하리

이런 생각 말자 하고 혼자 앉아 맹세하여

마음을 활짝 풀고 잠이나 자자 하니

무슨 잠이 차마 오며 자고 깨면 원통하다

아무 사람 만나볼 제 헛웃음이 절로 나고

무안하여 돌아서면 긴 한숨이 절로 나네

웃지 말고 새침하면 남 보기에 매몰차고

계정푸리 하자 하면 심술궂은 사람 되네

아무리 생각하나 이런 팔자 또 있는가

이리하기 더 어렵고 저리하기 더 어렵다

아주 죽어 잊자 함이 한두 번이 아니로되

목숨이 길었던지 무슨 낙을 보려는지

날이 가고 달이 가매 갈수록 설운 심사 어찌하고 어찌하리

    화자는 이쯤 해서 살고 싶은 뜻이 없다고 말을 해보지만, 그렇다고 죽음이라는 문제를 진지하게 생각한 것도 아니다. 간수는 목이 쓰려서 먹지 못하겠고, 독극물인 비상은 냄새가 고약해서 먹지 못하겠다는 진술에서 죽기 싫어하는 화자의 마음을 짐작할 수 있다. 죽음을 두고 갈팡질팡하는 이 부분에서 다시 한번 작중 인물에 대한 희화화가 이루어진다. 비록 자살이라는 극단적인 방안을 떠올리기는 했지만, 작중 화자는 애초에 죽을 마음이 전혀 없었다. 결혼이라는 지상의 목표에 도달하기까지 죽음조차도 무의미하다고 생각했기 때문이다. 이처럼 비극적인 상황을 단지 슬프게만 표현하지 않고 도리어 우습게 그려냄으로써 작품을 바라보는 비판적 거리를 확보하게 해준다. 따라서 이러한 표현을 접한 독자들은 작중 상황에 대해 일정한 거리를 두고 바라볼 수 있을 것이다.

    화자는 빈방 안에 앉아 세상 모든 만물이 짝이 있지만 자신만 짝이 없다는 것을 생각하고 한숨을 쉬며 한참 동안 고민한다. 마음을 풀고 잠을 청해보기도 하지만, 온갖 생각으로 인해 깊은 잠을 이루기 어렵다. 어떤 표정을 짓더라도 남들에게는 모든 것이 다 불평이 있는 것처럼 보일 뿐이니, 어떤 행동을 하기가 조심스러울 뿐이다. '게정푸리'는 불평스러운 말이나 행동 따위를 의미하는 것이라고 하니, 그런 모습은 남들에게 심술 궂은 사람으로 비칠 뿐이라 하셨다. 죽음을 생각한 적이 한두 번이 아니지만, 그것도 쉽지 않고 그저 속절없이 시

간만 흐를 뿐이다.

이처럼 작품 전편에 비관적인 분위기가 우세하게 드러나기는 하지만, 화자에게는 그러한 어려움을 이겨낼 수 있다는 의지가 확고하다. 그러한 노처녀의 태도는 장애로 상징되는 현실적 제약을 극복하여 남들처럼 정상적인 생활을 하겠다는 노력을 반영한 것이라 해석할 수 있다. 때로 자신의 신체적 결함과 행실에 대해서 일면 우스꽝스럽게 그려내고 있지만, 반면에 뛰어난 손재주와 음식 솜씨를 가지고 있다는 사실에 대해서는 매우 진지하게 묘사하고 있다. 이런 점에서 자신의 신체적 결함을 딛고 일어서려는 노처녀의 진지함은 읽는 이들에게 건강한 웃음을 던져주고 있다.

베개를 탁 던지고 입은 채 드러누워
옷가슴을 활짝 열고 가슴을 두드리면 답답하고 답답하다
이 마음을 어찌할까 미친 마음 절로 난다
대체로 생각하면 내가 결단 못 할쏜가
부모 동생 믿다가는 서방 맞이 망연하다
오늘 밤이 어서 가고 내일 아침 돌아오면
중매 매파 불러다가 기운 조작으로
표차로이 구혼하면 어찌 아니 못 될쏜가
이처럼 생각하니 없던 웃음 절로 난다
음식 먹고 체한 병에 정기산을 먹은 듯이
급히 앓는 곽란병에 청심환을 먹은 듯이
활짝 일어 앉으며 돌콩대를 입에 물고 고개를 끄덕이며 궁리하되
내 서방을 내 가리지 남에게 부탁할까

내 어찌 미련하여 이 의사를 못 냈던가

만일 벌써 깨쳤다면 이 모양이 되었을까

청각 먹고 생각하니 아주 쉬운 일이로다

작은 염치 돌아보면 어느 해에 출가할까

고름 맺고 내기하며 손바닥에 침을 뱉어 맹세하고 이른 말이

내 팔자에 타인 서방 어떤 사람 몫에 질까 쇠침이나 하여 보세

알고지고 알고지고 어서 바삐 알고지고

내 서방이 뉘가 되며 내 낭군이 뉘가 될까

천정배필 있었으면 저라서 마다한들

내 고집 내 억지로 우김성에 아니 들까

소문에도 들었으니 내 눈에 아니 들까

저 건너 김 도령이 나와 서로 연갑이요

뒷골목의 권 수재는 내 나이보다 더한지라

인물 좋고 줄기 차니 수망에는 김 도령이요 부망에는 권 수재라

각각 성명 써가지고 쇠침통을 흔들면서

손 모아서 비는 말이 모년 모월 모일야에

사십 넘은 노처녀는 엎드려 묻겠노니

곽곽선생 이순풍과 소강절 원천강은

신지영 하오시니 감이손통 하옵소서

후취에 참여할까 삼취에 참여할까

김 도령이 배필 될까 권 수재가 배필 될까

내일로 되게 하여 신통함을 뵈옵소서

흔들흔들 높이 들어 쇠침 하나 빼어내니

수망 지던 김 도령이 첫 가락에 나단 말가

얼씨구 좋을시고 이야 아니 무던하냐 평생소원 이뤘구나

옳다 옳다 내 이제는 큰소리를 하여 보자

형님 부러워 쓸데없고 아우년 저만 것이 나를 어이 흉을 보랴

큰기침 절로 나고 어깨춤이 절로 난다

누웠으락 앉았으락 지게문을 자주 열면

어찌 오늘 더디 새나 오늘 밤은 길기도 길다

역정 내어 누우면서 기지개를 길게 하고

이리저리 돌아누우며 이마 위에 손을 얹고

정신을 진정하니 잠깐 사이 잠이 온다

여기서부터 작품의 후반부가 시작되는데, 이제 온전히 노처녀의 결혼 문제에 관심이 집중되고 있다. 이전까지 결혼하지 못한 것을 주위의 탓으로 돌리고 체념하고 있었다면, 후반부에서는 화자 스스로 적극적으로 나서 문제를 해결하기로 결심하고 있다. 이러한 인식의 전환은 단지 생각으로만 머무는 것이 아니라 능동적인 행동으로 이어진다. 자신의 주변에서 비슷한 나이에 결혼을 하지 못한 '김 도령'과 '권 수재'라는 인물이 있음을 상기하고, 마침내 스스로 점을 쳐서 신랑감을 선택하는 모습을 보여주고 있다. 쇠침에 두 사람의 이름을 써놓고 쇠통을 흔들어 처음 나온 이름의 대상을 자신의 배필로 삼겠다는 것이다. 점을 치기 전에 아주 진지하게 신에게 비는 모습을 연출하지만, 실상 그러한 선택에는 상대방의 처지는 전혀 고려되지 않고 있다. 그저 화자 혼자에게만 아주 간절한 문제일 뿐이다.

화자는 자신과 동갑인 '김 도령'을 수망으로, 그리고 나이가 많은 '권 수재'는 부망으로 삼아 '쇠침'을 뽑아 점을 친다. '수망(首望)'이란

화자가 첫 번째로 바라는 것이며, '부망(副望)'은 그다음의 선택 대상이라는 뜻이다. 실상 두 사람을 대상으로 정해놓았으니, 둘 중 하나는 반드시 선택될 수밖에 없다. 그 결과 '김 도령'을 자신의 배필로 정하고 혼자서 좋아하는 모습이 연출되고 있다. 이제 점을 쳐서 배필을 정했으니, 화자는 다음 날이면 상대방과의 결혼이 저절로 이루어지리라고 생각을 해보는 것이다. 시간이 더디 간다고 느끼면서 빨리 날이 새길 바라는 와중에, 화자는 문득 잠이 들었다. 이렇듯 혼자서 점을 쳐서 배필을 정하는 모습에서, 화자에 대한 희화화를 넘어 일종의 연민까지 느껴진다.

> 평생에 맺은 인연 오늘 밤 춘몽 중에 혼인이 되겠구나
>
> 앞뜰에 차일 치고 뒤뜰에 숙수 앉고
>
> 화문방석 만화방석 안팎 없이 포설하고
>
> 일가권속 가득 모여 가화 꽂은 다담상 이리저리 오락가락
>
> 형님이며 아주머니며 아우년 조카 부처
>
> 긴 단장 짧은 단장 거룩하게 모였으니
>
> 일기는 화창하고 행례는 촉비한다
>
> 문전이 요란하며 신랑을 맞아들 제 위의도 거룩하다
>
> 차일 밑에 진안하고 초례하러 들어올 제
>
> 내 몸을 굽어보니 어이 그리 잘났던고
>
> 큰 머리 뜨는 잠에 준주투심 갖춰 차고
>
> 귀의 고리 용잠이며 속속들이 비단옷과
>
> 진홍대단 치마 입고 옷고름에 노리개를 어찌 이루 다 이르랴
>
> 용문대단 활옷 입고 홍선을 손에 쥐고

수모와 중매어미 좌우에 옹위하여

신랑을 맞을 적에 어찌 이리 거룩하고

초례 고비 마친 후에 동뢰연 합환주로 백년기약 더욱 좋다

감은 눈을 잠깐 뜨고 신랑을 살펴보니

수망 친 저 김 도령이 나와 과연 배필이라

내 점이 영험하여 이처럼 만났는가

하늘이 유의하여 내게로 보내신가

이처럼 노닐다가 잿독에 바람 들어

인연을 못 이루고 개 소리에 놀라 깨니 침상 일몽이라

심신이 황홀하여 싱겁게 앉아보니

등불은 희미하고 월색은 만정한데

원근의 계명성은 새벽을 재촉하고

창밖의 개 소리는 단잠을 깨는구나

아까울사 이내 꿈을 어찌 다시 얻어보리

그 꿈을 생시 삼고 그 모양 생시 삼아 혼인이 되렴으나

미친증이 대발하여 벌떡 일어 앉으면서

입은 치마 다시 찾고 신은 버선 또 찾으며

방추돌을 옆에 끼고 짖는 개를 때릴 듯이

와당퉁탕 대들 적에 엎어지락 곱더지락

바람벽에 이마 박고 문지방에 코를 꿰며

면경 석경 성적함을 낱낱이 다 깨고서 한숨 지며 하는 말이

아깝고 아까울사 이내 꿈이 아까울사

눈에 암암 귀에 쟁쟁 그 모양 그 거동을 어찌 다시 하여 보리

남이 알까 부끄러우나 안 슬픈 일 하여 보자

홍두깨에 자를 매어 갓 씌우고 옷 입히니 사람 모양 거의 같다
쓰다듬어 세워놓고 새 저고리 긴 치마를 호기롭게 떨쳐입고
머리 위에 팔을 들어 제법으로 절을 하니
눈물이 종횡하여 입은 치마 다 적시고
한숨이 폭발하여 곡성이 날 듯하다
마음을 강잉하여 가만히 헤어보니 가련하고 불쌍하다

혼자서 온갖 상상을 하며 좋아하다가 문득 잠이 들어 꿈속에서 가족과 친지들의 하례를 받으며 혼사를 치르는 장면이 연결되었다. 더구나 초례청에서 화자의 앞에 있는 신랑은 자신이 점을 쳐서 '수망'으로 삼았던 김 도령임을 확인했다. 비록 꿈속이지만 화자는 자신의 가상 결혼의 성대한 풍경을 매우 상세하고 그려내고 있다. 그만큼 결혼식에 대한 갈망이 컸다는 것을 보여주고 있다 할 것이다. 특히 작품에서는 혼례식의 순서와 성대한 광경을 상세하게 묘사하고 있는데, 이것은 저자가 의도한 바는 아니겠지만 당시의 풍속을 이해하는데 좋은 자료가 된다. 전반부에서 보았던 바느질 종류와 음식 솜씨를 자랑하면서 나열하던 것 역시 당대 여성들의 일상을 엿볼 수 있게 하는 좋은 자료라 할 수 있을 것이다.

그러나 꿈속에서의 혼인이 채 이루어지기 직전에 화자의 잠이 깨버리는 상황이 발생했다. 새벽녘의 닭 우는 소리와 창밖에서 짖는 개 소리에 잠을 깨니, 꿈속의 혼사는 그저 허망한 일이 되어버린 것이다. 비록 꿈속의 일이지만 자신이 바라던 바가 순식간에 허사가 되자 마침내 '미친증'이 폭발한 지경이 된 것이나. 다듬이돌(방추돌)을 옆에 끼고 자신의 잠을 깨운 개를 때릴 듯이 덤벼들다가, 바람벽에 머리를

박고 문지방에 코를 꿸 정도로 정신이 달아나 버렸다. 면경과 석경 같은 거울은 물론 화장품을 담아놓은 '성적함'까지도 던져 깨뜨릴 정도로 화자는 제정신이 아니다. 다시 겪지 못할 일이라고 생각하니 꿈속의 일이 진심으로 아쉬울 따름이다.

　노처녀가 된 화자는 오로지 결혼하는 것이 가장 큰 희망이었고, 꿈속에서나마 바라던 상대와 결혼하게 되었다. 하지만 잠이 깨어 그것이 꿈속의 일이라는 것을 알게 된 화자의 심정은 그야말로 하늘이 무너지는 것과 같았을 것이다. 이제 화자는 꿈속의 일을 생각하면서 혼자서 신부 단장을 하고, 홍두깨를 신랑으로 꾸며놓고 가상 결혼을 하기도 한다. 눈물을 흘리면서 가상 결혼이라도 하고 싶을 정도로 절실하게 여겼던 것이다. 하지만 그러한 심정을 아무도 알아주지 않는 자신의 처지가 가련하고 불쌍할 따름이다. 결혼을 해서 행복한 가정을 꾸미고 싶다는 작중 화자의 바람이 잘 드러난 부분이다. 이러한 노처녀의 절실함이 가족들에게 전달되어, 부모와 동생들이 드디어 작중 화자의 혼사를 의논하게 된다. 그리고 마침내는 자신이 신랑감으로 점찍었던 '김 도령'과의 혼사가 이루어지는 내용으로 연결된다.

　　이런 모양 이 거동을 신령은 알 것이니 지성이면 감천이라
　　부모들도 의논하고 동생들도 의논하여
　　김 도령과 의혼하니 첫 마디에 되는구나
　　혼인 택일 가까우니 엉덩춤이 절로 난다
　　주먹을 불끈 쥐고 종종걸음 보살피며
　　삽살개 귀에 대고 넌지시 이른 말이 나도 이제 시집간다
　　네가 내 꿈 깨던 날엔 원수같이 보았더니

오늘이야 너를 보니 이별할 날 머지않고 밥 줄 사람 나뿐이라

이처럼 말한 후에 혼인날이 다다르매

신부의 칠보단장 꿈과 같이 거룩하고

신랑의 사모 품대 더구나 보기 좋다

전안 초례 마친 후에 방 치장 더욱 좋아

신랑의 동탕함과 신부의 아담함이 차등이 없었으니

천정배필인 줄 오늘이야 알겠구나

이렇듯이 쉬운 일을 어찌하여 지완턴가

신방에 금침 펴고 부부 서로 동침하니

원앙은 녹수에 놀고 비취는 연리지에 길드림 같으니

평생소원 다 풀리고 온갖 시름 바이없네

이전에 있던 시샘 이제야 생각하니

도리어 춘몽 같고 내가 설마 그러하랴 이제는 기탄없다

먹은 귀 밝아지고 병신 팔을 능히 쓰니 이 아니 희한한가

혼인한 지 십 삭 만에 옥동자를 순산하니

쌍태를 어이 알리 즐겁기 측량없네

각각이 영준이요 문재가 비상하다

부부의 금슬 좋고 자손이 만당하며

가산이 부요하고 공명이 이름 차니 이 아니 무던한가.

    화자의 결혼에 대한 열망을 확인한 가족들은 마침내 김 도령과의 혼사를 추진하여 성사시켰으니, 이것을 가리켜 '지성이면 감천'이라고 생각했을 것이다. 결혼이 이루어지자 기쁨에 겨워 엉덩춤을 추고 종종걸음을 하는 화자의 모습이 눈앞에 그려질 듯하게 묘사되어 있

다. 더구나 새벽에 자신의 꿈을 깨웠던 삽살개의 귀에 대고 '결혼한다'고 속삭이는 모습은 독자들로 하여금 웃음을 짓도록 만드는 표현이라고 할 수 있다. 드디어 혼인날이 되어 초례를 치르게 되었으니, 화자는 이러한 상황을 '평생소원 다 풀리고 온갖 시름'이 사라진 것으로 표현하고 있다. 결혼을 하지 못해 애태우던 과거도 이제는 한바탕 '일장춘몽'이라고 여길 정도이다.

결혼과 함께 노처녀가 가지고 있던 신체적 결함은 언제 그랬냐는 듯이 말끔히 사라진다. 이전까지 화자의 신체적 장애는 결혼을 불가능하게 했던 요인이었지만, 자신의 적극적 인식과 행동으로 가족들을 움직여 원하던 혼사를 이루었다. 더욱이 결혼을 하자마자 '먹은 귀 밝아지고 병신 팔을 능히 쓰'게 되는 상황으로 변한 것이다. 그리고 늦은 나이에 쌍둥이(쌍태)가 배 속에 들어서 '옥동자를 순산'했고, '부부의 금슬 좋고 자손이 만당'하여 모든 근심이 다 사라지는 상황으로 반전을 이루었다. 그 자식들도 훤칠한 외모에 문재(文才) 또한 뛰어나 이제 가족의 행복한 날이 시작된 것이라 하겠다. 그 결과 '가산이 부요하고 공명이 이름 차니', 그야말로 화자의 '부귀공명'을 다 이루었다는 내용으로 작품이 마무리되었다.

이러한 결말에 이를 때까지 어떠한 인과적 설명도 없이 단지 환상적이고 낙관적인 방식으로 처리되어 있다. 그래서 마지막 구절은 다시 서술자가 등장하여 '이 말이 가장 우습고 희한하기로 기록'한다고 진술하는 것이다. 그러나 다시 생각하면, 작품의 배경이 되는 조선 시대에 '노처녀'란 존재는 이미 '사회적으로 결함이 있는 사람'으로 여겨졌다. 따라서 작품 속에 제시된 노처녀의 '신체적 결함(장애)'은 당대 사람들이 노처녀에게 가졌던 '사회적 편견'을 비유적으로 표현한 것이라 할 수 있다. 그렇기 때문에 노처녀가 결혼을 하게 되면서 사회적 편견이 해소되고, 그 결과 신체적 결함도 말끔하게 해소된 것으로 형상화한 것으로 이해된다.

지금까지 작자 미상의 가사 〈노처녀가〉에 대해서 살펴보았다. 조선 후기를 대표하는 '서사가사' 가운데 하나이며, 그 내용이 흥미로워 소설로까지 인식되었던 작품이기도 하다. 각각의 시행이 4음보 율격을 지켜야 한다는 최소한의 형식적 규정이 있었지만, 가사는 각각의 작품 속에 담아낼 수 있는 내용과 주제가 아주 다양했다. 그렇기에 조선 후기에 이르면 당시 사람들의 현실을 담아낼 수 있는 유용한 갈래로 이용되었던 것이다.

15

상사별곡(相思別曲)
─ 님을 그리며 상사의 정을 토로하다

　가사는 '4음보격 연속체 율문'이라는 개방적 형식을 지니고 있기
에 얼마든지 장형으로 확대될 수 있는 갈래이다. 따라서 단형의 시조
보다 다양한 내용을 작품 속에 담을 수 있으며, 작중 화자의 심리를
상세히 묘사할 수 있는 것이 장점이다. 그리고 형식적인 제약이 적기
때문에 다양한 계층의 사람들이 창작과 향유에 참여할 수 있었다. 조
선 후기 가사문학은 주제와 서술 방식에서 이전 시기와는 확연히 다
른 모습을 보여주고 있다. 가사의 향유 방식은 주로 4음보의 율격에
맞추어 읊조리던 것이었는데, 조선 후기에 접어들면서 몇몇 작품의
경우 정해진 악곡에 따라 가창되는 방식을 취했다. 특히 여항의 연행
현장에서 다양한 가사들이 향유되었는데, 애정을 소재로 한 작품들
이 당시 인기 있는 레퍼토리였다. 연구자들은 이러한 작품들을 '애정
가사'라는 범주로 묶어 조선 후기 가사문학의 도드라진 특징 가운데
하나로 논했다.
　작자 미상의 〈상사별곡〉 역시 전형적인 애정가사 가운데 하나이

며, 조선 후기의 연행 공간에서 활발하게 연창(演唱)되었던 작품이다. 이 당시 유행했던 가창가사는 연행 공간에서 널리 향유되다가 19세기 후반부터 20세기 초반을 거치면서 현재의 형태로 정착된 것으로 보인다. 대체로 12곡의 레퍼토리로 구성된 이 가사들을 '십이가사'라 칭했는데, 〈상사별곡〉은 그 가운데 하나로 당시에 인기 있던 곡목이었다. 〈상사별곡〉은 대체로 19세기 이후 편찬된 가집들과 20세기에 출간된 잡가집 등에 폭넓게 수록되어 있으며, 문헌에 따라 작품의 명칭이 〈상사별곡〉, 〈고상사별곡〉, 〈상사곡〉 등으로 표기되어 있다. 현전하는 작품들은 여러 종의 이본이 존재하는데, 가장 긴 형식의 49행에서부터 13행의 짧은 형식에 이르기까지 다양하다. 아울러 이들은 대체로 동일 작품의 축약형이거나 혹은 확장형인 것으로 확인된다.

　가집(歌集)은 당시 가곡창 혹은 시조창으로 연창되던 시조 작품들을 모아놓은 작품집인데, 가집의 편찬 시기가 비슷한 《청구영언》(육당본, 1852년 이전)과 《남훈태평가》(1863)에는 〈상사별곡〉이 가집 후반부의 '가사'라는 항목에 수록되어 있다. 이러한 가집의 분류에 의하면 〈상사별곡〉을 비롯한 가사들은 당시 연행 현장에서 가곡창 혹은 시조창과는 별도의 양식으로 불렸음을 확인할 수 있다. 가곡창 가집인 《청구영언》(육당본)에는 15행으로 된 단형이, 그리고 시조창 가집인 《남훈태평가》에는 49행으로 된 장형의 작품이 수록되어 있다. 아울러 20세기 초에 발간된 가집과 잡가집에는 대체로 15행 내외의 단형 작품들이 주로 수록되어 있으며, 현재 '십이가사'의 하나로 전승되어 불리는 〈상사별곡〉은 13행으로 된 작품이다. 이러한 자료 상황으로 미루어 볼 때 19세기 중반에는 〈상사별곡〉이 장형(49행)과 단형(15행) 등 다양한 형식으로 연행되었으나, 20세기 초반에 이르러 13행 내외의 단형 작품들이 가사창의 레퍼토리로 정착되어 현재에 이른 것으로 파악할 수 있다.

〈상사별곡〉은 화자가 님에 대한 그리움의 정서를 일방적으로 표출하고 있는 작품이다. 흔히 '상사'란 '누군가를 마음에 품고 애타게 그리워하는 것'을 의미하는데, 그 마음이 상대방에게 전달되지 않아 일방적인 사랑에 그치는 경우가 대부분이다. 이 작품의 화자는 여성으로 설정되어 있으며, 처음부터 끝까지 이별 상황에 대한 절망적인 인식과 님과의 만남을 기대하는 기다림의 정서가 지배하고 있다. 이 작품은 화자의 일방적인 진술로만 진행되고 있으며, 화자와 님과의 관계는 물론 님의 실체에 대해서도 모호하게 처리하고 있다. 현전하는 이본들을 살펴보면, 이본에 따라 특정 시행의 위치가 서로 뒤바뀌어 있거나 일부 구절이 생략 혹은 첨가되어 나타나기도 한다. 그럼에도 불구하고 작품의 내용을 파악하는 데는 별다른 어려움이 없는데, 이는 화자의 정서를 일방적으로 표출하고 있는 작품의 특징 때문이다.

이 작품은 음악적으로 가장 어려운 창법의 노래 가운데 하나였다고 하는데, 가성이 많고 음역이 넓어서 여성의 목소리로 부르는 것이 일반적이었다. 아울러 조선 후기 기녀들이 기녀 생활을 청산하고 누군가의 첩으로 들어가기 전에, 함께 생활했던 선배나 동료를 초대하여 이별의 아쉬움을 달래며 〈상사별곡〉을 부르기도 했다는 기록이 전해진다. 이러한 작품의 연행 양상은 화자의 성격을 논하는 데 하나의 단서가 될 수 있다.

이 글에서는 《남훈태평가》에 수록된 49행의 작품을 대상으로 했다. 《남훈태평가》에 수록된 〈상사별곡〉은 각각의 시행을 구분하여 한 칸씩 띄고 표기했는데, 아마도 당시 가창되던 단락을 구별하여 기록한 것이라고 파악된다. 여기에서도 작품을 인용할 경우《남훈태평가》의 행 구분을 따랐다.

인간 이별 만사 중에 독숙공방이 더욱 섧다
상사불견 이내 진정을 제 뉘라서 알리 맺힌 시름
이렁저렁이라 흐트러진 근심 다 후리쳐 던져두고
자나 깨나 깨나 자나 님을 못 보니 가슴이 답답
어린 양자 고운 소리 눈에 암암 귀에 쟁쟁
보고지고 님의 얼굴 듣고지고 님의 소리
비나이다 하늘님께 님 생기라 하고 비나이다
전생 차생 무슨 죄로 우리 둘이 생겨나서
죽지 말자 하고 백년 기약

이 작품은 내용 전체가 화자의 일방적인 진술로 진행되고 있다. 서두는 화자가 누군가와 이별하고 빈방에서 홀로 지새우는 '독숙공방'의 서러운 신세임을 토로하는 내용으로 시작되고 있다. 화자는 님과의 이별 상태에 놓여 있으며, 그로 인해 상사병에 걸려 상대를 볼 수 없는 처지이다. 화자의 진정을 아무도 알아주지 못할 뿐 아니라, 마음에 시름이 맺힐 지경이다. 이처럼 화자는 자신이 얼마나 간절하게 님을 생각하고 있는지를 거듭 호소하고 있다. 암담한 상황 속에서도 이럭저럭 지내면서 흐트러진 근심을 던져두고자 하나, 화자는 사랑하는 님을 볼 수 없기에 자나 깨나 마음이 답답하다. 눈에는 님의 얼굴이 어른거리고 귀에는 목소리가 들리는 듯하여, 보고 싶고 듣고 싶은 마음이 더 절절하게 느껴질 수밖에 없는 것이다.

현실에서는 어찌할 수 없기에, 화자는 '하늘님'께 '님이 생기라' 하고 빌어보았다. 이승에서 서로 짝이 되어 태어났으면서도 서로 보지 못하는 것은, 아마도 전생에 죄를 지었기 때문이라고 생각해 보기도 한다. 서로 인연을 맺었으면 먼저 죽지 말고 백년을 해로하자는 기약을 올리는 것이 마땅하다고 하겠다. 그러나 '하늘님'에게 '님이 생기라 하고' 빈다는 표현은 아무래도 어색해 보인다. '생기다'는 없던 것이 새로 있게 되는 것을 뜻하니, 화자는 님과의 이별을 겪은 것이 아니라 없던 님이 생기기를 바라는 것으로 해석할 수 있기 때문이다. 만약 그렇다면 님의 얼굴이나 소리를 떠올리는 것이나, 백년 기약을 떠올리는 것은 모두 화자의 상상 속에서 일어나는 것으로 볼 수도 있겠다. 혹은 이별하여 떠나간 님이 지금 당장 화자의 눈앞에 나타났으면 좋겠다는 희망을 표현한 것이라 해석할 수 있다.

어쨌든 그 대상이 화자의 마음속에는 분명히 존재하고 있으나, 독자(청자)는 작품을 끝까지 읽고서도 그 상대가 누구인지를 알아내기가 어렵다. 화자는 님을 만나고 싶은 마음에 잠을 이루지 못하고 하염없이 그리워하고 있다. 자나 깨나 님을 애타게 그리워하는 화자의 처지가 자못 애처롭게 느껴지기까지 한다. 아울러 인용 부분의 마지막 시행이 4음보가 아닌 2음보로 구성된 것도 특기할 만하다.

만첩청산을 들어간들 어느 우리 낭군이 날 찾으리
산은 첩첩하여 고개 되고 물은 층층 흘러 소가 된다
오동추야 밝은 달에 님 생각이 새로 난다
한번 이별하고 돌아가면 다시 오기 어려워라
천금 주옥 귀 밖이요 세사 일부 관계하랴

근원 흘러 물이 되어 깊고 깊고 다시 깊고

사랑 모여 뫼가 되어 높고 높고 다시 높고

무너질 줄 모르더니 끊어질 줄 어이 알리

조물이 우는지 귀신이 희짓는지

일조 낭군 이별 후에 소식조차 역력하니

오늘이나 들어올까 내일이나 기별 올까

일월 무정 절로 가니 옥안 운빈 공로로다

오동 야우 성근 비에 밤은 어이 더디 가고

녹양방초 저문 날에 해는 어이 쉽게 가나

이내 상사 아신다면 님도 나를 그리리라

이어지는 구절은 앞뒤 문맥에 비추어 다소 뜬금없다고 여겨지기도 한다. 이본에 따라서는 이 구절이 작품의 후반부에 수록되어 있는데, 어찌 됐든 이 부분은 님을 그리워하는 화자의 두서없는 심정을 표현한 것으로 볼 수 있다. 화자는 자신의 처지가 마치 깊은 산중을 헤매고 있어 '우리 낭군'이 오더라도 자신을 결코 찾을 수 없을 것이라는 절망에 휩싸여 있다. 다음 구절 역시 전후의 맥락이 부자연스러워 보인다. 마치 글을 쓸 때 머리에 떠오르는 생각을 자유롭게 기술하는 '자유연상법'을 연상케 하는데, 이 부분은 앞 구절의 '만첩청산'에 이어 산과 물을 등장시켜 표현하고 있다. '오동추야'로 시작하는 이어지는 구절 역시 문맥의 흐름이 자연스럽지 못한 것은 마찬가지인데, 이처럼 화자의 진술이 두서없이 표현되어 있음에도 떠나간 님을 그리는 화자의 정서는 일관되게 드러나고 있다. 대체로 작품의 구절 사이의 유기성이 결여되어 있는 경우가 흔한 것이 조선 후기 가창가사들에 보이는 일반적인 특징인데, 〈상사별곡〉 역시 그러한 면모를 잘 보여주고 있다.

화자는 '한번 이별하면 다시 오기 어렵다'고 전제하고 이를 당연한 것으로 받아들이고 있다. 즉 님과의 재회를 꿈꾸지만 화자는 그것이 불가능하다는 인식을 전제한 것이라 이해된다. 님이 없는 세상에서 화자는 천금이나 되는 주옥(珠玉)도 관심 밖이요, 세상일(세사)에도 흥미를 전혀 느끼지 못할 뿐이다. 자연의 이치는 물이 흘러 점점 깊은 곳으로 흘러가기 마련이듯이, 화자는 사람 사이의 사랑도 산처럼 높이 쌓여가는 것이라 믿고 있는 것이다. 그러한 화자의 믿음은 끝내 님과의 사랑이 끊어진 것으로 여기는데, 이러한 상황을 조물주가 시샘을 하고 귀신이 방해를 부리는(희짓는) 탓이라 생각할 수밖에 없다 하겠다. 화자는 자신의 낭군과 하루아침에 이별을 하고 소식조차 들려오지 않는 속에서, 그저 속절없이 야속한 세월만 흘러가는 것을 탄식할 따름이다.

하루하루 기다리는 화자의 마음을 알아주지 않는 무정한 세월 탓에, '곱던 얼굴(옥안)'과 '구름 같은 머리칼(운빈)'조차 어느덧 변해가면서 그저 헛되이 늙어갈 뿐이라고 토로했다. 화자는 오동나무를 스치며 내리는 성근 빗소리를 들으며 더디 가는 밤을 지새우고, 푸른 버드나무와 아름다운 풀들을 즐길 마음의 여유도 없어 해가 금방 지는 것처럼 느껴진다. 이 모든 것이 님과 함께 지내지 못하는 현실에서 비롯된 것이다. 만약 상사병에 걸릴 정도로 절실하게 그리워하는 것을 님이 알게 된다면, 님 역시 자신과 같이 생각할 것이라 위안을 해보기도 한다.

화자는 님과 처음 만났을 때는 영원히 같이 지낼 수 있다고 생각했을 것이다. 안타깝게도 현실은, 떠나간 님이 과연 돌아올 수 있을 것인지에 대한 확신도 없는 상황이라 하겠다. 더욱이 화자는 이별의 상황을 님이 '돌아간' 것으로 표현하고 있는데, 그렇다면 님은 화자를 떠나 자신의 일상 공간으로 돌아간 것으로 이해된다. 그렇기에 님을 기다리는 화자는 일반 여성이라기보다는, 기생과 같은 유흥 공간에서 생활하는 여성이 아닐까 싶다. 기녀 생활을 청산하면서 그 당사자가 동료들 앞에서 〈상사별곡〉을 부르던 관습을 전제할 때, 이러한 추정은 더욱 설득력을 얻을 수 있을 것이다. 그렇다면 작품에서 화자가 님과의 만남을 불가능한 것처럼 그린 것도 어느 정도 납득할 수 있는 상황이라 하겠다.

적적 심야 혼자 앉아 다만 한숨 내 벗이라
일촌 간장 굽이 썩어 피어나니 가슴 답답
우는 눈물 받아내면 배도 타고 아니 가랴
피는 불이 일어나면 님의 옷에 닿으리라
사랑 겨워 울던 울음 생각하니 목이 메고
교태 겨워 웃던 웃음 헤아리니 더욱 섧다
지척 동서 천 리 되어 바라보니 눈이 시고
만첩 상사 그려낸들 한 붓으로 다 그리랴
날개 돋힌 학이 되어 날아가다 아니 가랴
산은 어이 고개 있고 물은 어이 사이 졌나
천지 인간 이별 중에 나 같은 이 또 있는가
해는 돋아 저문 날에 꽃은 피어 절로 지니
이슬 같은 이 인생이 무슨 일로 생겼는고

바람 불어 궂은비와 구름 끼어 저문 날에

나며 들며 빈방으로 오락가락 혼자 서서

기다리고 바라보니 이내 상사 허사로다

님과 다시 만나는 것이 쉽지 않은 현실에서, 화자는 적적한 심야에 홀로 앉아 한숨을 벗 삼아 지새우고 있다. 님에 대한 상사로 인해 속을 끓이니, 마치 가슴속에 불이 나는 듯하여 답답할 뿐이다. 그동안 화자가 흘린 눈물을 다 모았다면 배를 띄울 정도이며, 애를 태우던 가슴속의 불이 실제 붙었다면 벌써 님의 옷에 닿았을 것이라고 다소 과장 섞인 표현도 덧붙여 두었다. 문득 님과 함께 지냈던 시절을 떠올려 보는데, 생각할수록 목이 메고 서러움을 절감하게 되는 것이다. 주변을 둘러봐도 마치 천 리나 떨어진 것처럼 눈물로 인해 모든 것이 눈이 부시고, 가슴속에 쌓인 상사를 글로는 다 기록할 수 없을 지경이라고 하겠다. 이처럼 과거의 행복했던 시절을 떠올리면 홀로 남은 화자의 외로움이 더욱 절절하게 다가올 뿐이다.

화자 자신이 날개가 달린 학이 된다면 금방이라도 님이 있는 곳에 날아갈 수 있을 것이라 상상해 보기도 했다. 하지만 고개로 막힌 산과 길을 가로막는 물을 건너야만 하니, 그조차도 결코 쉬운 일이 아니라는 것을 절감하게 된다. 이런 상황에서 화자는 주변의 모든 사물이 조화롭게 느껴질 수가 없을 것이다. 님을 만날 수 없는 자신이 세상에서 가장 불행한 것처럼 느껴지고, 저문 날에 아름다운 꽃은 피고 지건만 마치 자신의 삶이 이슬처럼 허무하게 여겨졌다. 때마침 바람이 불고 궂은비가 내리는 가운데, 공연히 빈방에 홀로 오락가락하며 님을 기다리는 자신의 신세를 한탄해 본다. 하지만 자신이 기다리는 님은 돌아오지 않을 것이라 생각되기에, 자신의 상사가 허사임을 절감하게 되었다.

> 공방 미인 독상사는 예로부터 이러한가
> 나 혼자 이러한가 남도 아니 이러한가
> 날 사랑하던 끝에 남 사랑하시는가
> 무정하여 그러한가 유정하여 이러한가
> 산계야목 길을 들여 놓을 줄을 모르는가
> 노류장화 꺾어 쥐고 춘색으로 다니는가
> 가는 꿈이 자취 되면 오는 길이 무디리라
> 한번 죽어 돌아가면 다시 보기 어려우니
> 아마도 옛정이 있거든 다시 보게 만드소서.

화자는 자신의 상황을 일컬어 '미인이 빈방에 홀로 님을 그린다'는 뜻의 '공방 미인 독상사(空房美人獨相思)'라고 표현하면서, 다른 사람들은 분명 자신과는 처지가 다를 것이라 토로한다. 그리고 마지막 부분에 화자가 생각하는 님의 정체를 어렴풋하게 파악할 수 있는 단서가 제시되어 있다. 화자는 님이 돌아오지 않는 이유를 '날 사랑하던 끝에 남 사랑하'기 때문일지도 모른다고 했다. 앞부분에서 화자는 사랑을 얻기 위해 '교태'까지 부렸음에도, 님이 자신을 떠나 다른 사람을 사랑할지도 모른다고 생각하는 것이다.

산계(山鷄)는 꿩을, 야목(野鶩)은 따오기를 달리 이르는 표현이다. 이 새들은 야생으로 사람의 손에 쉽게 길들여지지 않기에, 흔히 자기 멋대로 행동하는 부류를 비유하는 표현으로 사용된다. '노류장화(路

柳墻花)'는 '길가에 핀 버드나무나 담장 위의 꽃'이란 뜻이다. 이는 누구나 쉽게 꺾을 수 있는 것으로, 일반적으로 '기녀'를 비유적으로 일컫는 말이다. 따라서 화자가 기다리는 님은 '산계야목'처럼 제멋대로 행동하는 존재이고, 여색을 찾아다니며 '노류장화' 같은 기녀들과 어울리고 있을 것이라 상상하는 것이다. 화자에게 님은 상사병이 걸릴 정도로 절대적인 애정의 대상이지만, 상대의 마음 역시 자신과 같을 것이라는 믿음은 크지 않은 듯하다. 어쩌면 님이 어딘가에서 만나고 있을 '노류장화'의 하나처럼 자신을 인식하고 있는지도 모를 일이다. 님의 성격은 아마도 화류 공간에서 노니는 '풍류랑'으로 여겨지며, 그렇기 때문에 한번 떠나가면 다시 돌아오기 힘든 존재로 그려진 것이라 이해할 수 있다.

비록 현실에서 다시 만날 수 없다고 할지라도, 님에 대한 화자의 그리움은 절대적이다. 님을 만나기 위해 꿈에서 다녔던 길이 자취가 났더라면, 돌아오는 길이 무뎌졌을 만큼 화자의 그리움은 절실하다. 사람은 누구나 죽기 마련이니, 이대로 죽게 된다면 화자가 님을 다시 만나는 것은 불가능할 것이다. 그리하여 화자는 마지막으로 님에게 '옛정'을 상기시키며 다시 볼 수 있기를 절실한 마음으로 호소하는 것으로 작품을 끝맺고 있다. 화자 스스로 인정하고 있듯이, 님에게 화자는 이미 '옛정'일 뿐이다. 그리하여 님과의 사랑이 다시 지속될 것이라는 기대를 접고, 차라리 한 번만이라도 만날 수 있기를 기원하고 있다고 이해된다. 바로 이런 측면에서 작품에서 문제 삼고 있는 정서는 이별에 대한 화자의 절절한 상사이며, 님에 대한 재회의 기대보다는 그리운 감정을 절절하게 드러내고 있다고 하겠다.

춘면곡(春眠曲)
― 봄날의 꿈속에서 님과의 재회를 기원하다

남성 화자를 내세워 애정을 형상화한 〈춘면곡〉은 조선 후기에 가장 활발하게 연행되었던 '십이가사' 중의 한 작품이다. '십이가사'는 조선 후기에 노래로 불렸던 일군의 가창가사를 일컫는데, 여기에 속하는 작품들이 연행 공간에서 개별적으로 가창되다가 대체로 19세기 후반부터 20세기 초반에 '십이가사'의 레퍼토리로 정착되었다. 그 가운데 〈춘면곡〉은 여성 화자가 등장하는 〈상사별곡〉과 함께 인기가 많았던 노래로, 여러 기록을 통해서 18세기 초반부터 여항의 가창 공간에서 노래로 불렸음을 알 수 있다. 가사 〈노인가〉의 내용 중에 "다정한 상사가(想思歌)는 춘면곡 화답하고"라는 구절이 있는데, 이 작품이 〈상사가〉라 불렸던 〈상사별곡〉과 함께 화답하며 불렸던 사실을 확인할 수 있다. 화자가 각각 남성과 여성으로 설정되어 있지만 모두 애정을 형상화하고 있기에, 두 작품이 연행 공간에서 서로 화답가로 불릴 수 있었던 것이다.

〈춘면곡〉과 관련된 기록은 이하곤(1677~1724)의 《남유록》에 처음 등장했다. 《남유록》은 이하곤이 강진을 비롯한 전라도와 충청도 지역을 여행하면서 남긴 기록으로, 그는 전라도 장흥에서 〈춘면곡〉을 듣고 그 작품의 작자가 이희징(1647~?)이라고 밝히고 있다.

> 그때 병영의 진무(鎭撫)로 〈춘면곡〉을 잘 부르는 사람이 있어 마침 이곳 (보림사)에 왔기에, 앉을 자리를 마련해 주고 노래를 부르게 했다. 이 노래는 강진의 진사 이희징이 지은 것이다. 그 소리가 매우 슬퍼 듣는 이가 눈물을 흘리기에 이르렀다. 남쪽 사람들은 또한 이를 일컬어 '시조별곡'이라 칭했다.

이하곤이 일행과 장흥 보림사에 머물고 있을 때, 강진 병영의 하급 관직인 '진무' 직위에 있던 사람이 찾아와 〈춘면곡〉을 불렀다고 한다. 그는 노래를 듣고 그 작품을 강진에 사는 이희징이 지었음을 밝히고 있다. 노랫소리가 매우 슬퍼 그 자리에서 듣고 있던 이들이 눈물을 흘렸다고 했다. 그 이유가 작품의 내용 때문인지, 혹은 노래의 곡조 때문인지 기록만으로는 분명치 않다. 하지만 노래의 곡조와 작품의 내용이 어우러져 사람들로 하여금 눈물을 흘리게 했다고 보는 것이 적절할 것이다. 여기에서 언급된 '시조별곡'은 특정한 양식을 지칭하기보다는 〈춘면곡〉이 당시에 유행하는 곡조로 불린 가사라는 의미로 사용되었다고 이해된다. 즉 '시조'는 요즘 유행하는 노래라는 뜻이며, '별곡'은 시조와는 다른 가사 양식을 지칭하는 것이다.

이밖에도 이하곤은 강진의 사찰인 수인사에서도 병영에 소속된 기녀들이 부르는 〈춘면곡〉을 들었으며, 돌아가는 중에는 남원에서 맹인 이씨가 부르는 노래를 들었던 경험도 아울러 기록했다. 또한 그의 한시 〈강진잡시〉에는 "기생들이 새로운 노래를 배웠는데/춘면곡 한 곡에 많은 이들 눈물 흘리네"라는 구절이 보인다. 지방의 병영이나 관아에 소속된 기녀들이 새로운 노래를 배워 가창했음을 알 수 있는데, 18세기 초 전라도 지역의 연행 문화의 일단을 보여준다는 점에서 흥미로운 자료라 하겠다. 병영의 하급 관리인 진무 가운데 특히 〈춘면곡〉을 잘 부르는 사람이 있었고, 남원에서 만났던 맹인 이씨는 아마도 그 지역에서 음악을 담당하던 여항 예술인이었던 것으로 추정된다. 그렇다면 18세기 초에 강진을 비롯한 전라도 지역에서 〈춘면곡〉이 비교적 널리 불렸으며, 주로 병영에 속했던 진무 등 하급 관리와 기녀들이 가창을 담당했던 것으로 파악할 수 있다.

조선 시대에는 맹인들이 악기 연주를 담당하는 경우가 많았기에, 남원에서 만났던 맹인 이씨는 아마도 당시 그 지역에서 활동했던 악사일 것이다. 그렇다면 여항의 음악가들도 〈춘면곡〉을 불렀으며, 이들은 주로 사대부들의 모임에 불려가 노래와 음악을 담당했을 것이다. 이 기록들로 보아 당시 전라도 지역에서는 사대부들이 주축이 되었던 풍류의 현장에서 기녀 혹은 가창자를 초빙하여 〈춘면곡〉을 비롯한 노래들이 연창되었음을 알 수 있다. 이 밖에도 신유한 (1681~1752)의 한시 〈조강행〉에는 18세기 중엽 한강과 임진강이 만나는 조강 유역의 색주가에서 한 여성이 〈춘면곡〉을 부르자 이를 듣던 상인들이 다투어 돈을 던져주었다는 내용이 있다. 18세기 후반에 이르면 서울의 유흥 공간에서 기녀들이 〈춘면곡〉을 부르는 기록들을 적지 않게 발견할 수 있다. 이러한 기록들을 통해, 〈춘면곡〉이 당시에 빠르게 강진에서 서울로 전파되어 폭넓게 향유되었음을 알 수 있다.

하지만 〈춘면곡〉이 수록된 《해동유요》라는 가집에는 작자를 '나이단'이라 밝히고 있으며, 홍한주(1798~1868)의 《지수염필》에서는 숙종 때 활동했던 나학천(1658~1731)을 이 작품의 작자로 기록하고 있다. 작자 문제에 대해서는 서로 다른 기록이 공존하고 있어 〈춘면곡〉을 누가 지었는지를 단언할 수는 없으나, 현 단계에서는 대체로 다양한 연행 상황과 함께 작자를 밝히고 있는 이하곤의 기록을 보다 신뢰할 수 있을 것 같다. 또한 19세기 전반기의 풍속을 기록한 유만공(1793~1869)의 《세시풍요》에는 "고조 춘면곡은 지금 부르지 않고(古調春眠今不唱)"라는 내용이 있는데, 여기서 말하고 있는 '고조 춘면곡'이 현재의 작품과 어떤 차이가 있는지도 따져봐야 할 것으로 보인다. 논자에 따라서는 '고조'를 장형의 작품으로, 이에 대비되는 '신조'를 현재 가사창으로 부르는 단형의 작품으로 구분하기도 한다. 그러나 단순히 내용의 길고 짧음이라는 차이가 아닌, 전승 과정에서 가창되는 곡조가 달라지면서 발생하는 음악적인 문제로 '고조'와 '신조'의 차이를 설명하기도 한다.

　현재 각종 문헌에 수록된 〈춘면곡〉의 이본은 10종이 넘으며, 60행 내외에서부터 77행에 이르는 장형의 작품과 12행에서 18행 사이의 단형의 작품으로 구분할 수 있다. 단형의 작품들은 대체로 남성 화자가 기루(妓樓)에서 여성을 만나 꿈같은 시간을 보내고 헤어지는 장면까지의 내용을 담고 있다. 이에 비해 장형의 작품들은 그 이후 상사병에 걸려 다시 만나기를 애타게 소망하고, 마음을 고쳐먹고 공명을 다짐하는 부분에서 마무리되는 것이 일반적이다. 장형의 작품들 가운데 하나로 《남훈태평가》(1863)에는 63행의 작품이 수록되어 있으며, 현행 가사창의 악보를 집성한 박헌봉의 《한국가창대계》(1976)에는 18행으로 된 단형의 작품이 전해지고 있다.

장형의 작품들은 대체로 전체적인 내용을 포괄하면서 화자의 정서를 표출하는 것에 초점을 맞추고 있는 반면, 단형은 작품 전반부의 일부만을 수록하여 가창의 용이성을 고려했다. 또한 이본에 따라 일부 구절이 생략되거나 위치가 뒤바뀌기도 하지만, 화자의 일방적인 감정을 표출하는 작품의 특성상 내용 파악에는 큰 어려움이 없다. 여기에서는 《남훈태평가》에 수록된 63행의 작품을 분석 대상으로 삼았으며, 행 구분 역시 이에 따랐다.

춘면을 늦게 깨어 죽창을 반개하고
정화는 작작한데 가는 나비 머무는 듯
안류는 의의하여 성근 내를 띠었구나
창전에 덜 괸 술을 일 이 삼 배 먹은 후에
호탕하게 미친 흥을 부질없이 자아내어
백마 금편으로 야유원 찾아가니
화향은 습의하고 월색은 만정한데
광객인 듯 취객인 듯 흥을 겨워 머무는 듯
배회 고면하여 유정이 섰노라니

이 작품은 시간적 배경이 봄으로 설정되어 있으며, 남성인 화자가 봄날 늦은 잠에서 깨어 창을 반쯤 열고 주변을 돌아보는 것으로 시작된다. 화자가 바라본 뜰에는 '꽃(정화, 庭花)'이 화려하게 피어 있고, 멀리 보이는 '언덕의 버드나무(안류, 岸柳)'는 성근 안개에 싸여 있는 듯하다. 화자가 창가의 채 익지 않아 덜 괸 술을 두세 잔 먹으니, 봄날의 분위기에 휩싸여 주체할 수 없는 흥을 자아내는 듯하다. 일반적으로 '춘정(春情)' 혹은 '춘의(春意)'란 남녀 사이의 정욕을 일컫는 말인데, '춘면(春眠)'도 이런 의미를 담고 있다. 이 작품 역시 춘정에 휩싸인 남성 화자가 기루에 찾아가 여성과 하룻밤을 지내고 그 경험을 잊지 못해 상대방을 그리워하는 내용이기 때문이다.

화자는 화사한 봄기운에 젖어 술을 마시고, 마침내 금으로 장식한 채찍을 갖추어 백마를 타고 야유원을 찾아갔다. 야유원은 술을 마시면서 흥겹게 노는 장소로, 흔히 기루(妓樓)를 달리 일컫는 표현이다. 화려하게 꾸민 기루의 주변에 가득한 꽃향기는 지나는 사람들의 옷에 스며드는 듯하고, 때마침 달이 떠올라 세상을 밝게 비추고 있다. 이미 봄 분위기에 취한 화자는 기루를 찾은 자신을 마치 광객(狂客)이나 취객인 것처럼 생각하고, 흥에 겨워 그곳에 머물게 된 것이다. 좌우를 돌아보며 이리저리 배회하면서 화자는 자신의 마음을 받아들여 줄 곳을 찾기 위해 가만히 서 있다. 서두의 흐름으로 보아 화자가 기루의 기녀와 만나는 내용이 이어질 것이라 예상할 수 있다.

> 취와주란 높은 집에 녹의홍상 일 미인이
> 사창을 반개하고 옥안을 잠깐 들어
> 웃는 듯 찡그린 듯 교태하고 맞아들여
> 추파를 암주하고 녹의금 빗기 안고
> 청가 일곡으로 춘의를 자아내니
> 운우 양대상에 초몽이 다정하다
> 사랑도 그지없고 연분도 그지없다
> 이 사랑 이 연분 비길 데 전혀 없다
> 너는 죽어 꽃이 되고 나는 죽어 나비 되어

삼춘이 기진토록 떠나 살지 말자 터니

인간의 말이 많고 조물조차 시샘하여

신정 미흡하여 애달플손 이별이라

청강에 놀던 원앙 울며 날아 떠나는 듯

광풍에 놀란 봉접 가다가 돌치는 듯

석양은 다 져가고 정마는 자주 울 제

나삼을 부여잡고 암연히 여흰 후에

슬픈 노래 긴 한숨을 벗을 삼아 돌아오니

이제 임이야 생각하니 원수로다

'취와주란(翠瓦朱欄)'은 비취색의 기와와 붉은 난간으로 장식된 기루의 모습을 묘사한 것으로, 마침 '푸른 저고리(녹의)'와 '붉은 치마(홍상)'를 입은 한 미인이 '비단 창문(사창)'을 반쯤 열고 얼굴을 내보이는 내용이 이어진다. 마치 웃는 듯 찡그리는 듯하면서 교태를 부리는 듯한 몸짓으로 그 여인은 기루를 찾은 화자를 맞아들인다. 이어지는 부분은 화자가 기루에서 만난 '한 미인'과의 꿈같은 경험을 서술하고 있는데, 화자가 만난 미인은 그 모습이나 행동으로 보아 기생이라 할 것이다. 아리따운 여인이 추파를 보내고 가야금을 비스듬히 연주하면서 노래를 부르니, 화자의 춘정이 절로 생겨날 수밖에 없었을 것이다. '운우 양대(雲雨陽臺)'와 '초몽(楚夢)'은 모두 중국 초나라 회왕이 꿈속에서 무산의 선녀와 만나 육체적인 사랑을 나누었다는 고사와 연관되는 표현이다. 이로 볼 때, 화자가 기방에서 만난 미인과 '운우지정'을 나누었음을 알 수 있다. 이미 하룻밤을 같이 지냈기에 화자는 미인과의 만남을 '사랑도 그지없고 연분도 그지없다'고 여겼으며, 서로 죽어 꽃과 나비가 되어 '봄 석 달(삼춘)'이 다 되도록 함께 살기를 바랐던 것이다.

　하지만 화자와 미인과의 이별은 정해진 수순일 수밖에 없다. 작품에서는 그것을 두 사람을 시기하는 사람들의 말이 많고 조물주가 시기하기 때문이라고 했지만, 기방에서 기생과 손님으로 만났기에 다음 날이면 헤어지는 것은 당연하다. 따라서 이어지는 애틋한 내용은 화자의 일방적인 감정 표출이라고 할 수 있다. '새롭게 맺은 정(신정, 新情)'이 미흡한데도 화자는 애달픈 이별을 해야만 했다. 그 심정을 마치 청강에서 놀던 원앙이 울면서 떠나는 듯하고, 세찬 바람에 놀란 벌과 나비가 서로 다른 방향으로 돌아가는 듯하다고 표현한 것이다. 이미 시간은 흘러 석양이 다 지는 가운데, 타고 온 말도 돌아가자고 울어대는 이별의 시간이 다가왔다. 안타까운 마음에 미인의 '비단 속옷(나삼)'을 부여잡고 아득하게 헤어진 후에, 화자는 슬픈 노래와 긴 한숨을 쉬며 돌아올 수밖에 없었다. 화자는 상대가 함께 있을 때는 님으로 여겼으나, 헤어진 뒤에는 보고 싶어도 볼 수 없기에 마치 원수인 것처럼 느껴지기도 했다.

　　간장이 다 썩으니 목숨인들 보전하랴

　　일신에 병이 되니 만사에 무심하여

　　서창을 굳이 닫고 싱겁게 누웠으니

　　행용 월태는 안중에 삼연하고

　　분벽 사창은 침변이 여기로다

　　하엽에 노적하니 별루를 뿌리는 듯

　　유막에 연롱하니 유한을 머금은 듯

공산 야월에 두견이 슬피 울 제

슬프다 저 새소리 내 말같이 불여귀라

삼경에 못 든 잠을 사경 말에 겨우 드니

상사하던 우리 님을 꿈 가운데 잠깐 보고

천수만한 못다 일러 일장호접 흩어지니

아리따운 옥빈홍안 곁에 얼핏 앉았는 듯

어화 황홀하다 꿈을 생시 삼고지고

무침 허희하야 바삐 일어 바라보니

운산은 첩첩하여 천리안을 가리었고

호월은 창창하여 양향심에 비치었다

상대와 이별한 화자에게 상사병 증상이 시작되는데, 보고 싶은 마음에 간장이 다 썩는 듯하고 목숨조차 보전하기 힘들 지경이라고 했다. 상사병 때문에 만사가 무심하게 느껴져서, 화자는 애써 창문을 닫고서 멋쩍게 자리에 누워보는 것이다. '행용월태'는 아마도 '화용월태'를 잘못 표기한 듯한데, 누워 있는 화자의 눈앞에 꽃 같은 얼굴과 달처럼 아름다운 자태의 미인이 어른거리는 것이다. 게다가 그녀와 함께 밤을 지새웠던 기루의 '아름다운 벽(분벽)'과 '비단을 바른 창(사창)'도 화자가 누워 있는 '침상 주변(침변)'인 것처럼 여겨지기도 했다. '연잎(하엽, 荷葉)'에 이슬이 어리는 모양이 마치 '이별의 눈물(별루)'인 듯 느껴지고, '장막처럼 늘어선 버드나무(유막, 柳幕)' 주변의 자욱한 안개는 화자의 '그윽한 한(유한)'을 머금은 듯 생각되었다. 늦은 밤 산에서 두견새가 슬피 우니 그 울음소리가 마치 화자의 마음을 아는 듯하다. 그래서 화자에게는 두견새의 울음소리가 돌아가지 못한다는 뜻의 '불여귀'라는 말로 들리는 것이다.

삼경이 되어도 잠이 오지 않더니, 화자는 사경 끝 무렵에야 겨우 잠이 들었다. '삼경'은 밤 11시에서 1시 사이를 가리키고, '사경'은 새벽 1시에서 3시 사이를 일컫는다. 잠깐 잠이 든 사이에 '상사하던 우리 님'을 꿈속에서 만났지만, '온갖 근심(천수만한, 千愁萬恨)'을 말로 다 풀기도 전에 일장춘몽처럼 꿈이 깨니, 그 모습이 산산이 흩어져 버렸다. '일장호접(一場胡蝶)'이란 마치 장자가 꿈에 나비(호접)가 되었다가 깨는 한 바탕의 꿈이란 의미이다. 화자는 꿈에서 만난 아리따운 님이 곁에 있는 듯 느껴지고, 그 황홀했던 꿈을 생시로 삼고 싶다는 생각이 절로 생겨났던 것이다. 그러나 현실은 그렇지 못하니, 화자는 다시 '잠을 이루지 못하고(무침, 無枕)' 길게 한탄(허희, 歔欷)하면서 혹시나 싶어 밖으로 나가보았다. 하지만 '구름 낀 산(운산)'이 눈 앞을 가려 천 리 밖을 볼 수도 없으며, '밝은 달(호월, 皓月)'은 높이 떠서 님과 화자가 있는 곳을 따로 비추고 있을 뿐이다.

이 작품의 제목은 일반적으로 '춘면을 늦게 깨어'로 시작하는 첫 구절을 따서 지은 것으로 논의되는데, 위에서 인용한 부분의 '님을 만나는 꿈'이 오히려 〈춘면곡〉이라는 제목과 더 어울린다. 실상 기루에서 인연을 맺은 님은 화자가 다시 찾아간다면 얼마든지 만날 수 있다. 하지만 화자는 상대를 기생이 아닌 '님'으로 생각하는 데 반해, 그 상대는 화자를 님이 아닌 '손님'으로만 생각했을 것이다. 화자는 자신의 상상 속에서 기루에서 만난 미인을 일방적으로 '님'이라 상정한 것이다. 따라서 이 작품의 주제와 긴밀하게 연관되는 '춘면'이란 '일장춘몽'의 '춘몽'과 다르지 않다고 하겠다. 즉 현실에서는 화자의 만남이 쉽게 이루어질 수 없기에 꿈속에서라도 재회하기를 바라는 것이다. 혹은 기루에서 미인을 만나 봄날의 꿈처럼 인연을 맺은 것을 '춘면'이라 표현한 것으로도 해석할 수 있다.

어저 내 일이야 나도 모를 일이로다
이리저리 그리면서 어이 그리 못 보는고
약수 삼천 리 멀단 말을 이런 것을 이르도다
가약은 묘연하고 세월은 여류하여
엊그제 이울 꽃이 녹안변 붉었더니
그덧에 훌훌하여 낙엽이 추성이라
새벽달 지샐 적에 외기러기 울어 널 제
반가운 님의 소식 행여 올까 바라보니
창망한 구름 밖에 빗소리 뿐이로다
지리하다 이 이별을 언제 만나 다시 볼까
산두에 편월 되어 님의 낯에 비추고자
석상에 오동 되어 님의 무릎 베어보랴
옥상 동량에 제비 되어 날고지고
옥창 앵도화에 나비 되어 날고지고
해산이 편지 되고 금강이 다 마르나
평생 슬픈 회포 어디를 가을하리
서중 유옥안은 나도 잠깐 들었더니
마음을 고쳐먹고 강개를 다시 내어
장부의 공명을 일로 좇아 알리로다.

꿈에서 깬 화자는 이제 자신의 일을 자신조차도 모르겠다고 탄식하게 되었다. 님을 이리저리 그리워하지만 현실에서는 볼 수조차 없으며, 마치 이승과 저승을 가르는 약수(弱水) 삼천 리가 님과 화자 사이에 놓여 있는 것처럼 생각되는 것이다. '약수'는 길이가 삼천 리나 되며 부력이 아주 약하여 새털처럼 가벼운 것도 가라앉는다는 전설상의 강으로, 상대방으로부터 일체의 소식이 없는 것을 '약수 삼천 리가 앞에 놓여 있다'고 표현한다. 다시 만나리란 '아름다운 약속(가약)'은 쉽게 이루어지지 못하니 묘연할 수밖에 없고, 세월은 속절없이 흘러만 가는 것이다. 마치 엊그제인 듯 시들던 꽃이 '푸른 언덕 가장자리(녹안변)'에 붉게 비치더니, 그사이 세월이 흘러 어느덧 낙엽이 지는 가을이 되었다. 화자는 밤새 잠을 못 이루고, 외기러기 울며 날아갈 때 행여나 반가운 님의 소식을 들을 수 있기를 기원해 보았다. 하지만 반가운 님의 소식은커녕, 바라본 아득한 구름 밖에서는 빗소리가 들려올 뿐이다.

지리한 이별이 끝나고 언제 다시 만날 수 있을까 기원하면서, 산머리에 '조각달(편월)'이 되어서라도 님의 얼굴을 비추고 싶다는 생각도 해보는 것이다. 아니면 화자가 바위 가장자리에 핀 오동나무가 되어, 누군가 그것으로 가야금을 만든다면 그것을 연주하는 님의 무릎이라도 베어볼 수 있을 것이라는 상상도 한다. 님의 집 '대들보(동량)'에 집을 짓고 날아다니는 제비가 되거나, 창가에 핀 앵두꽃에 나비가 되어 날아서 혹시라도 님을 만날 수 있을 것이라는 생각을 해보기도 했다. 산과 바다가 평지가 되고 금강의 물이 다 마를지라도, 님을 만나지 못하는 슬픈 회포는 그 어느 것에라도 비교할 수 없다고 진술하고 있다.

이렇듯 님을 만나지 못하는 슬픔에 젖었던 화자는 갑자기 마음을 고쳐먹고 공명을 이루겠노라고 다짐하는 것으로 작품을 끝맺고 있다. '서중유옥안(書中有玉顔)'이란 '책 속에 아름다운 얼굴이 있다'는 뜻으로, 공부를 하기 위해 책을 펼치더라도 님의 얼굴이 떠올라 집중할 수 없다는 표현이다. 이제 화자는 과거를 통해 성공할 수 있다면 님을 떳떳하게 만날 수 있을 것이라는 기대를 품고, 마음을 고쳐먹고 굳센 마음으로 공부를 하여 장부의 공명을 이루겠다고 다짐해 본다. 실상 이러한 결말은 한편으로는 지극히 현실적인 해법일 수도 있겠지만, 다른 한편으로는 화자의 애절한 심정에 대한 대응책으로서는 다소 뜬금없어 보이기도 한다.

과거에 합격하여 관직에 나아갈 수 있다면 기루에 속해 있는 기녀를 쉽게 다시 만날 수 있기에, 오히려 현실적인 대안이 될 수도 있을 것이다. 그러나 상사병에 걸려 어떤 일에도 열중하지 못하던 화자가 갑자기 마음을 고쳐먹고 공명을 이루겠다는 다짐으로 끝나는 결말이 다소 황당하게 여겨질 수밖에 없다. 특히 〈춘면곡〉을 듣고 사람들이 눈물을 흘렸다는 조선 시대의 기록들이 있는데, 이 작품의 결말은 막연하나마 희망을 제시하면서 끝나고 있기에 그러한 기록과는 어긋난다고 여겨진다. 만일 이희징이 지은 〈춘면곡〉이 듣는 사람들로 하여금 눈물을 짓게 했다면, 애초에는 이러한 결말은 아니었을 것이라고 추론할 수 있다. 그렇다면 화자가 마음을 고쳐먹고 공명을 이루겠다는 결말은 후대에 첨가된 것이라고 볼 수 있다. 아마도 기루와 같은 유흥 공간에서 가창되면서 향유층의 흥미를 돋우기 위해 덧붙여진 것이 아닐까 싶다. 이에 대해서는 그 가능성만을 제시하고, 현재 전해지는 〈춘면곡〉 이본들의 비교를 통해서 더 정밀하게 따져볼 필요가 있다.

가사, 조선의 마음을 담은 노래

1판 1쇄 발행일 2020년 10월 26일

지은이 김용찬

발행인 김학원
발행처 (주)휴머니스트출판그룹
출판등록 제313-2007-000007호(2007년 1월 5일)
주소 (03991) 서울시 마포구 동교로23길 76(연남동)
전화 02-335-4422 **팩스** 02-334-3427
저자·독자 서비스 humanist@humanistbooks.com
홈페이지 www.humanistbooks.com
유튜브 youtube.com/user/humanistma **포스트** post.naver.com/hmcv
페이스북 facebook.com/hmcv2001 **인스타그램** @humanist_insta

편집책임 문성환 **편집** 김사라 **디자인** 김태형 이수빈
조판 홍영사 **용지** 화인페이퍼 **인쇄** 청아디앤피 **제본** 정민문화사

ⓒ 김용찬, 2020

ISBN 979-11-6080-487-4 03810

이 도서의 국립중앙도서관 출판예정도서목록(CIP)은 서지정보유통지원시스템 홈페이지(http://seoji.go.kr)와
국가자료종합목록 구축시스템(http://kolis-net.nl.go.kr)에서 이용하실 수 있습니다.(CIP제어번호: CIP2020041004)